爆弾魔

続・新アラビア夜話

THE DYNAMITER
More New Arabian Nights

R・L・スティーヴンソン
ファニー・スティーヴンソン

南條竹則訳

国書刊行会

装画　磯良一
装丁　山田英春

目次

警察官コール氏とコックス氏へ

拝啓

今お手元にある本の中で、著者の私共は、あなた方が立派に戦って来られた醜い悪魔の如き犯罪に触れています。真面目な心でこれを書いたなら、インクの無駄となるでしょう。我々の恐怖はもっと入り混じった調子の行為に捧げさせてください——犯罪に何らかの高貴な性質が残っており、理性と人間性とがその誘惑をいまだ楽しむことができるような行為に。この場合、恐怖の念はパーネル氏に向けられるべきです。彼は後世の人々の前にだんまりを決め込んでおり、フォースター氏の訴えは世々を通じて谺（こだま）しています。恐怖は私達自身に向けられるべきです。私達はかくも長い間、政治犯罪というものを真剣に考量せず、原因から結果までを十分に理解しようとせず、学校生徒が三文小説に対してするように、もっともらしいものに拍手を送り、根拠もなしに入れ込んで戯れていたのですから。それが（まことに卑劣な形で）私達自身に触れた時、私達はこうした空想について行けないことを知りました。犯罪は聞こえの良い名前を持っていても、やはり残酷で醜いものだと瞬時にして気がつきました。そして偽り（いつわ）の神々の前から尻込みしたのです。
けれども、真剣さは私達を護る人々について語る時こそ、もっともふさわしいものです。この大きな混乱した政治の戦いにおいて誰が正しくとも、この非人間的な争いに於いて、いかなる貪欲の要素が、いかなる弱い者いじめの性質が双方を辱（はずかし）めているとも――少なくともあなた方の立場、あなた方の役割は疑惑に汚れておりません。あなた方の立場は子供の立場、子を育てる婦人の立場、個人の同情と公の信頼の立場です。我々の社会が悪魔の王国にすぎないとしても（実際、その気味を帯びていますが）、そこにはなお多くの貴い要素があり、多くの無辜（むこ）の人々がいて、それを護ることは名誉です。勇気と献身は警察仲間に於いてはごくありふれたもので、認められることが少なく、報われることもわずかですが、ついに歴史的な行為のうちに記念されました。歴史はフォースター氏の訴えの下にだんまりを決め込んでいるパーネル氏と、悲劇的な企図に乗り出すゴードンを思い浮かべるでしょうが、無防備な両手にダイナマイトを持ち運んだコール氏と、冷静に救援に駆けつけたコックス氏を忘れることはないでしょう。

ロバート・ルイス・スティーヴンソン
ファニー・ヴァン・ド・グリフト・スティーヴンソン

〔訳者付記〕

一八八五年一月二十四日、ロンドン塔と下院の爆破事件によって二人の警官が負傷した。この献辞はその二人に捧げられたものである。

文中に登場するパーネル、フォースター、ゴードンは、アイルランド自治運動の指導者だったチャールズ・スチュワート・パーネル（一八四六―九一）、アイルランド独立運動に強硬な姿勢に出、生命を狙われたウィリアム・エドワード・フォースター（一八一八―八六）、ハルツームで戦死した軍人チャールズ・ゴードン（一八三三―八五）のことかと思われる。

かれらについて作者が何を仄めかそうとしたのか、当時の政治情勢に昏（くら）い訳者には今ひとつピンと来ないが、パーネルがフォースターの後任であるアイルランド担当大臣フレデリック・キャヴェンディッシュ殺害の濡衣（ぬれぎぬ）を着せられた事件があることを付言しておく。但し、それは「爆弾魔」発表の二年後、一八八七年のことだった。

読者への注意

この本を手にお取りになった貴君が、前作『新アラビア夜話』第一集を御存知ないこともあり得るだろう。その場合、損をなさるのは貴君であり——私である。いや、もっと正確に言えば、私の版元である。しかし、もしも貴君がそのように不運であるとしたら、私に出来るせめてものことは、一つ助言をして差し上げることだ。この先、ソーホーのルーパート街なる「ボヘミアン・シガー・ディヴァーン」のシオフィラス・ゴッドオールという人物の名が出て来たら、それは、このように身を窶（やつ）しているが、かつてヨーロッパの貴人の一人たりしボヘミアのフロリゼル王子にほかならず、今は廃位され、国を逐われ、貧乏して、煙草商を始められたのであると心得ていただきたい。

R・L・S

爆弾魔

「シガー・ディヴァーン」のプロローグ

出遇いの街、西洋のバグダッドで、もう少し詳しく言えばレスター広場(スクエア)の北側の広い舗道で、二十五歳と二十六歳になる二人の青年が久方(ひさかた)ぶりに顔を合わせた。第一の青年はまことに人あたりが良く、身形(みなり)もじつに洒落(しゃれ)ていたが、もう一人は金に窮しているらしいみすぼらしい様子だったので、迷った末に声をかけた。

「やあ！ ポール・サマセットじゃないか？」

「まさしくポール・サマセットだよ」と相手は答えた。「自業自得で貧乏と裁判沙汰を経験した、その男のなれの果てと言ってもいいがね。でも、チャロナー、君は全然変わらないな。時は君の空色(そらいろ)の額に皺(しわ)一つ刻んでいないと言っても誇張じゃないね」

「輝くものすべて金(きん)にあらず、だぜ」とチャロナーは言い返した。「でも、ここじゃ立ち入った話もできないし、御婦人方の通行の邪魔になる。よかったら、もっと落ち着ける場所を探さないか」

「僕に案内させてくれるなら」とサマセットはこたえた。「ロンドンで最高の葉巻を吸わせてやろう」

　彼は連れの腕をとると、無言で足早に、ソーホーのルーパート街にある静かな建物の入口へ案内した。そこには、ほとんど骨董（こっとう）の域に達している巨大なハイランド人の木像が飾ってあり、パイプや、煙草や、葉巻を普通に並べた飾り窓のガラスに、「ボヘミアン・シガー・ディヴァーン、T・ゴッドオール経営」と金文字で書いてあった。店内は狭いが間取りが良く、飾り立ててあった。店主は謹厳で、にこやかで、垢抜（あかぬ）けていた。二人の若者はそれぞれ上等なリゲイリア葉巻をふかしながら、さっそく鼠色のフラシ天のソファーに陣取り、互いの身の上を話し合った。

「僕は今」とサマセットは言った。「法廷弁護士をしてる。しかし、天の配剤と弁護士たちは、これまで僕が頭角をあらわす機会を与えてくれなかったがね。晩になると、〝チェシャー・チーズ〟〔フリート街にある旗亭〕の入会資格のやかましいクラブに通っていた。午後は、こちらのゴッドオール氏も証人になってくれるだろうが、おおむねこの長椅子（ディヴァーン）で過ごしていた。それに十二時前には起きないようにして、朝を縮めるように心がけて来た。こんな風にして、親譲りのささやかな財産はごく速やかに、そして誇りをもって思い出せるが、じつに愉快に使い尽くした。それ以来、母方の叔父だという以外に何の取柄もない紳士が、週に十シリングの端金（はしたがね）をあてがってくれる。もし僕がお気に入りの界隈で、街の明かりの灯（とも）るところへもう一度行くのを見かけたら、財産を相続したってことがわかるだろうよ」

「そうとは知らなかった」とチャロナーはこたえた。「だが、君は間違いなく仕立屋に行く途中だったんだね」

「その訪問は先延ばしにしてるんだ」サマセットは微笑（ほほえ）んで、こたえた。「僕の財産にははっきりした限界がある。そいつは百ポンドから成る——というより、今朝は百ポンドだったんだよ」

「これはじつに妙だ」とチャロナーは言った。「ほんとに奇妙な偶然だな。じつは僕も、同じだけしか金が残っていないんだ」

「君が！」サマセットは声を上げた。「しかし、栄華をきわめたソロモン王だって——」

「事実、その通りなのさ。まったく、弱っちまってね」とチャロナー。「今着ているこの服を除くと、衣装簞笥にまともなズボン一本ありやしない。やり方さえわかれば、今からでも何か仕事か商売を始めたいところだ。百ポンドも資本（もとで）があれば、人間、道を切り開かなくちゃいかん」

「そうかもしれんな」とサマセットは言い返した。「しかし、この元手をどうすればいいか、僕には考えもつかんよ。ゴッドオールさん」と店主に向かって、言った。「あなたは世間を知っておられる方です。そこそこの教育を受けた若い男が、百ポンドで何ができるでしょう?」

「場合によりけりですな」店主は両切り葉巻煙草（シェルート）を引っ込めながら、こたえた。「はっきり申しますと、金の力という信仰箇条に対してわたしは疑いを抱いているのです。百ポンドで一年暮らしてゆくのは難しいでしょうし、一晩で使い切るのは、もっと難しいかもしれません。証券取引所で五分のうちに失くす(な)ことは、造作もないでしょう。もしあなたが成り上がる性(たち)の人間なら、一ペニーでも役に立つでしょう。没落する人間のお仲間だったとしても、一ペニーが役に立たないことはありますまい。かく申すわたしは、思いもかけず世間に放り出された時、幸運にも一つの技術(アート)を持っておりました。良い葉巻というものを知っていたのです。あなたは何も御存知ないのですか、サマセットさん？」

「法律さえ知りません」という返事だった。

「その答は賢者の言にふさわしいですな」ゴッドオールは言い返した。「それで、あなたは」とチャロナーの方を向いて、「サマセットさんのお友達として、同じ質問をしてもよろしいでしょうか？」

「そうですね」とチャロナーはこたえた。「ホイスト〔トランプの遊戯の一つ〕なら上手ですよ」

「ロンドンには」と店主は言った。「歯が三十二本ある人間が何人いるでしょう？　いいですか、あなた、ホイストの上手な人間はそれよりも大勢いますよ。ホイストは世界中に広まっています。呼吸(いき)をすることにも似た才芸なんです。わたしは以前、英国の大法官になるために勉強しているという若者を知っていました。そのもくろみはたしかに野心的でしたが、ホイストで生計を立てようと志す人間のそれほど、法外ではないと思いますな」

「やれやれ」とチャロナーは言った。「どうやら僕は落ちぶれて労働者にならねばならないようだ」

「落ちぶれて労働者になる?」ゴッドオール氏は鸚鵡返し(おうむがえし)に言った。「地方監督が聖職を剝奪されたら、落ちぶれて陸軍少佐になりますか? 陸海軍の大尉や大佐が罷免(ひめん)されたら、落ちぶれて陪席判事になりますか? やれやれ、あなた方中流階級の無知には驚きますな。あなた方は、自分たちを除く世間の人間がまったく無知で、平等で、共通の頽廃(たいはい)に沈んでいると考えておられる。しかし、観察者の目から見ると、すべての階級が秩序立った階層組織をなしており、それぞれが特有の適性や知識に飾られています。あなたの受けた教育の欠点の故に、あなたが労働者となることは帝国の支配者になるよりも難儀です。大きな溝が足下にあります。そして、真の深い技術は――押し寄せる素人(しろうと)との競争に負けない唯一のものは――職人にその肩書きを与えるものです」

「こいつは随分尊大な男だな」チャロナーは連れの耳にささやいた。

「凄い大人物なんだ」とサマセットはこたえた。

あたかもその時、ディヴァーンの扉が開いて第三の若者が現われ、やや含羞(はにか)んで煙草を注文した。他の二人よりも若く、少々無駄でまったく英国的な美貌の男子だった。注文の品が供され、パイプに火を点けてソファーに場所を占めると、彼はデスボローと名告(なの)って、チャロナーに自分のことを思い出させた。

「デスボロー、たしかにそうだ」チャロナーは声を上げた。「やあ、デスボロー、君は何をしてるんだい?」

「じつは、何もしていないんだ」

「財産でも手に入ったのかい?」

「いいや」デスボローは少し不機嫌にこたえた。「じつをいうと、何か良いことがあるのを待ってるのさ」

「いずれも同じ身の上だな!」とサマセットが言った。「それで、君も百ポンド持ってるのか?」

「生憎と、そんな金はないよ」とデスボロー氏はこたえた。

「じつに悲愴なながめでしょう、ゴッドオールさん」とサマセット。「能なしが三人です」

「このせわしない時代には、異色の存在ですな」と店主は言った。

「いや」とサマセット。「僕はこの時代がせわしないことを否定します。一つの事実を、その事実だけを認めましょう。すなわち僕は能なしで、あいつも能なしで、僕らは三人共悪魔みたいに能なしだということです。僕は一体何者でしょう? 僕は法律をかじり、文芸をかじり、地理学をかじり、数学をかじりました。判断占星術についてさえ、いっぱしの知識を持っています。それなのに、ロンドン中が街路の端で吠え叫んでいるというのに、赤ん坊のように為すすべもなく立ってるんです。僕は母方の叔父をひどく軽蔑していますが、彼がいなければ、たちまち不安定な化合物みたいに元素に分解してしまうことは、否定できません。何か一つのことを——たとい、それが文学にすぎなくても——とことん知るのが必要だと僕にもわかって来ました。ですがね、あなた、世慣れた人間というのはこの時代の大きな特徴ですよ。並外れて豊かで多様な知識を有し、どこへ行っても自若として人生のあらゆる局面を見ている——そういう偉大な生き方が実を結ばないはずはありません。僕は自分を頭のてっぺんから爪先まで、才芸に秀でた世慣れた人間だと思っています。君もだろう、チャロナー。デスボロー、君だってそうだろう？」

「そうとも」と若者はこたえた。

「さあ、そうしますと、ゴッドオールさん、ここにいる僕らは三人共世慣れた人間で、食っていける商売はしていませんが、宇宙の戦略的中心（ループート街をそう呼ぶことをお許し下さるでしょう）に、この地球上でもとくに人間がたくさんいて、金の鳴る音がもっとも絶え間なく聞こえる場所にいるんです。僕らは文明人として、何をするべきでしょう？　教えてあげましょう。あなたは新聞をとっていますか？」

「わたしは」とゴッドオールはおごそかに言った。「世界一の新聞、『スタンダード』をとっております」

「結構」とサマセットは言った。「僕も今そいつを手に持っています——世間の声を、万人の欲求を繰り返す電話を。それを開いて、最初に目に留まるのは——いや、モリソン丸薬じゃありませんよ——ここです。そら、その少し上に僕の探していた継ぎ目がある。ここに社会の鎧の弱点がある。ここには必要が、訴えが、多額の謝礼の申し出がありますーー『賞金二百ポンド。——昨日グリーン・パーク界隈で目撃された男の身元と所在に関する情報を提供した人物に、右の賞金を支払う。男は身長六フィートを越え、肩が不釣合に広く、髭をきれいに剃り、黒い口髭を生やし、海豹の毛皮の大外套をまとっている』諸君、ここに我々の財産が、まだ出来てはいないにしても、その土台があるじゃないか」

「それじゃ君、探偵になることを提案するのかい?」チャロナーが尋ねた。

「提案だって? 違うね」サマセットは声を上げた。「理性が、運命が、世界の素顔がそれを命令し、義務として課すんだ。ここでは僕らの長所がものを言う。僕らの行儀作法や、世の中での習慣や、会話の能力や、膨大にため込んだ繋がりのない知識、人となりや持っているものすべてが、完全無欠な探偵の性格を築き上げる。それは要するに、紳士の唯一の職業だよ」

「そいつは大袈裟すぎるだろう」とチャロナー。「はっきり言って、僕はこれまで探偵というものを、あらゆる汚ない、コセコセした、紳士的でない商売のうちで一番下等なものと見なして来たからね」

「社会を守ることがかい?」とサマセットは言った。「他人のために命を賭けること、隠れた強力な悪を根絶することがかい? 僕はゴッドオール氏に訴える。少なくとも、この人は悟りを開いた人生観察者だから、そういう俗物的な意見には唾を吐きかけるだろう。彼は知っているよ――警官というものは、たえず分の悪い敵と立ち向かうことを求められるし、装備はより貧弱にして目的はより立派なのだから、形式に於いても本質に於いても、兵士より立派な英雄だということを。君はよもや御存知ないんじゃあるまいね――この地上で隊を組んだ最善の軍隊でも、そしてもっとも重大な戦場に於いても、ペッカム・ライ〔ロンドン南東部の一地域〕の普通の巡査がするような行動を、将軍が軍隊に求めることなんかないんだぜ〔原註1〕」

〔原註1〕 ここで、アラビア人の著者は脱線の一つを始める。サマセット氏のいささか風変わりな見解が、この物語の一部の真実に疑いを抱かせることをおそれて、著者は英国国民に警察の務めをもっと感謝の念を持って思い出してもらいたいのである。かれらがいかに人の気づかぬ孤独な英雄的行為を求められているか。人数や武器の点で勝る相手を敵とし、名声に於いても金銭に於いても、いかにわずかな報酬しか得ていないか。こうした事柄は、この場で扱うには重大すぎる事柄だと翻訳者には思われる。

「警察隊に入るとは思ってなかったな」とチャロナー。

「そんなことはしないさ。かれらは手だ。しかし、ここに――ここに、君、頭があるのさ」サマセットは声を上げた。「もうたくさん。話は決まった。僕らは海豹の毛皮の外套を着た悪党を捜し出すんだ」

「僕らが承知したとして」とチャロナーが言い返した。「君には何の計画も、知識もない。手始めにどこを探せば良いかもわからないんだぜ」

「チャロナー！」サマセットは声を上げた。「君が〝自由意志〟の教義を奉ずるなんてことがあり得るのかい？　そんな、とうに論破された謬説（びゅうせつ）を蒸し返すなんて、君には哲学のかけらもないのかい？　この地上のやっさもっさは偶然という異教徒の盲目の聖母（マドンナ）が支配している。そして僕は偶然に全幅の信頼をおくんだ。偶然が僕ら三人を引き合わせた。次に別れて、べつべつの道を行っても、偶然は僕らの不注意な目の前に、千もの雄弁な手がかりをたえず引き寄せて来るだろう。この謎だけではなくて、僕らを取り囲む無数の謎の手がかりを。その時こそ世慣れた人間、生まれついての探偵の出番だ。町中の人間が意味もわからずに見ている手がかりに、探偵は猫のように素早く跳びつき、自分の物にして、技（わざ）と情熱をもって追いかけ、たった一つの些細（ささい）な状況から一つの世界を見抜くんだ」

「そうだな」とチャロナー。「君が自分自身にそういう長所を認めているのは嬉しいよ。でもね、僕自身はお仲間に加われないな。僕は生まれも育ちも探偵じゃなくて、温和な喉の渇（かわ）いた紳士なんだ。僕としては、そろそろ何か飲みたくなって来たよ。手がかりや冒険に関して言えば、僕の身に起こりそうなのは執行吏との冒険だけだろうよ」

「そら、そこが間違っている」とサマセットは声を上げた。「君が生活に無能なのは、そこに理由があると見たぞ。この世界は冒険に満ちみちている。冒険は街路（とおり）で君を取り囲む。窓からは人が手を振っているし、ぺてん師どもがやって来て、君が外国にいた時に知り合いだったと断言する。あらゆる種類、あらゆる状態の、愛想の良い怪しげな人間が君の気を惹（ひ）きたくてぺコペコする。ところが、君はそっぽを向いて、自分のみすぼらしい粉挽き場を歩く。君は一番退屈な道を行かなければならない。さて、ここでお願いだが、次に冒険が向こうからやって来たら、両腕に抱きしめてくれ。それがどんな様子をしていても、汚らしくても、ロマンティックでも、そいつをつかんでくれ。僕もそうする。そいつの中には悪魔がひそんでいるが、少なくとも面白く遊べるだろう。そして僕ら一人一人が順番に自分の出逢った運命のことを、ディヴァーンの哲人先生、偉大なゴッドオールに話して聞かせるんだ。彼は今だって、内心喜んで僕の話を聞いているからね。さあ、そういうことで良いかい？　二人共、約束してくれるかい？　やって来たチャンスをすべて歓迎し、あらゆる隙間に勇敢に飛び込み、用心深く目を見開いて、冷静な頭脳で起こったことをすべて吟味し、つなぎ合わせることを？　さあ、約束したまえ。君たちのために、偉大な策謀の職業への入口を開かせてくれ」

「あんまり僕の流儀じゃないが」とチャロナー。「君がそう言い張るなら、いいだろう」

「約束してもかまわんよ」とデスボロー。「でも、僕には何にも起こりゃしないよ」

「ああ、信念のない奴らだな！」サマセットは声を上げた。「だが、約束だけはしてもらったぞ。それに、ゴッドオールも、嬉しくて天にも昇る気持ちでいるようだ」

「少なくとも、わたしはみなさんの色々なお話を楽しめると自分に約束しております」店主はいつもながらの冷静な、洗練された態度で言った。

「それでは諸君」サマセットが話をしめくくった。「散会にしよう。僕は急いで運だめしに行くよ。ほら、聞きたまえ、この静かな一画でも、ロンドンの街は戦のどよもしみたいに唸っているじゃないか。四百万の人間の運命がここに集まっている。僕は持参人払いの百ポンドという強力な甲冑をまとって、今からあの網の目の中へとび込むんだ」

チャロナーの冒険——御婦人方の付添い役

エドワード・チャロナー氏はパトニーの郊外に間借りをして、居間と寝室を使い、家の人々に心から尊敬されていた。彼は翌朝ごく早い時刻に、この遠い家へ歩いて帰らなければならなかった。恰幅（かっぷく）の良い人間にありがちな習慣の青年で、運動はあまり好まず、泰然と坐ってばかりいる、のんびりした、乗り合い馬車のつっかい棒だった。羽振りの良い時なら辻馬車を雇ったろうが、今はそんな贅沢も出来なかったので、ありったけの元気を奮い起こして歩きはじめた。

時は社交期と夏の盛りだった。天気は晴朗で雲もなく、日避（ひよ）けを下ろした家々が立ち並ぶ空（から）っぽの街路（とおり）を歩いて行くうちに、早暁の肌寒さは去り、七月の日の暖かさの幾分と輝かしさのすべてが、もう街にあふれていた。チャロナーは初めのうち深思に沈み、ホイストの勝負を思い返して悔やしがっていたが、南西部の迷路の中へ進むにつれて、その耳は次第に静寂に支配された。街路という街路が一人ぼっちの彼の姿を見下ろし、家また家が彼の足音に幽（かす）かな、軋（きし）

るような谺を返し、店また店が鎧戸を下ろした正面と看板の謳い文句を見せていた。一方、彼は赫々と輝く陽の穹窿の下で、日中なお眠り呆けている人々の野営地を通り、船のようにただ一人道を辿っていた。

「ここには」と彼は思った。「僕がもし能天気なサマセットみたいだったら、ほんとに冒険を探しても良さそうな場面があるな。昼日中だっていうのに、ここの街路は一月の真っ暗な夜みたいに秘めやかだ。まわりにはおよそ四百万の人間が眠っているのに、ユカタン半島の森みたいに寂しい。大声を上げるだけで山ほどの人間が集まって来るだろうが、墓場ですら、この眠りの都市ほど静まり返っちゃいない」

　こうした風変わりで真面目な黙想に耽っていると、やがてこの界隈には珍しく雑多な成分の混淆している街路へ出た。ここには一方の側に、塀と緑の木々の梢に縁取られて、道徳家がうさん臭げに見がちな、控え目で瀟洒な住宅があった。ここにはまた貧乏人の住む、正面が煉瓦造りの大きいあばら家もたくさんあった。牛乳屋のしるしとおぼしい石膏の雌牛や、洗濯物を絞る商売を告げる張り札があった。塀をめぐらした庭の中に少しポツンと離れて立っている、そうした家の一軒の前で、猫が藁にじゃれていた。チャロナーはしばし立ちどまって、近隣の平和を象徴するかのような、このつややかな毛並の孤独な生き物をながめていた。彼自身の足音が歇むと共に、死んだような静寂が下りた。その家からは煙も立たなかった。日避けは下りていて、生活の機械装置全体が停まっていた。チャロナーには、眠っている人々の息の音が聞こえるような気がした。

そうやって立っていると、家の中から鈍い耳障りな爆発音が聞こえたので、びっくりした。それから聖ポール寺院ほどもある湯沸かしが立てているような、途方もないシュウシュウ、グツグツという音がした。と同時に、扉と窓の隙間という隙間から、厭な臭いの蒸気が噴き出した。猫はギャッと鳴いて、姿を消した。下宿屋の中で、階段をドタバタと駆け下りる足音がした。扉が内向きに大きく開いて、濛々たる煙が出、二人の男と上品な服装をした若い婦人が慌てふためいて往来へとび出して来ると、何も言わずに逃げ出した。シュウシュウという音はもう歇んでおり、煙は空気に溶け込んで、この出来事全体が夢の中で起こったように消え去ったが、チャロナーは依然そこに根を生やしたように突っ立っていた。やがて理性と恐れが一時に目醒め、この男にしては珍しく一目散に走り出した。

初めのうちはひた走ったが、足取りは次第に緩み、やがてふだんの落ち着いた歩き方に戻ると、彼は五感の混乱した報告をつなぎ合わせて、この事件を説明しようとした。しかし、いきなり彼を襲った音と悪臭、それと同時に、奇妙にも家から人が逃げ出すのを見たことは、計り知れぬ謎だった。彼は漠然たる畏怖を感じて、そのことを考えながら網の目をなす街路を縫うように歩きつづけ、朝の日射しの中でふたたび独りになった。

逃げ出してから初めのうちはまったく右も左もわからずに歩いていたが、今は何となく西へ向かって行くと、とあるつつましやかな街路に出た。道はやがて広くなり、真ん中に一条の細長い庭があらわれた。ここには小鳥が囀(さえず)っていた。早朝のその時刻でも、葉蔭は有難かった。街々の焼けた大気のかわりに、空気に何かすがすがしい田園的なものがあった。チャロナーは目を舗道に向け、心は遠い風景を走りながら進んで行ったが、そのうち突然塀が現われて通せんぼをしたため、現実に呼び戻された。この街路は、著者(わたし)はその名前を忘れたが、通り抜けできないのである。

その朝そこへ迷い込んだのは、チャロナーが最初ではなかった。彼が落ち着いて視線を上げると、若い娘の姿が目にとまった。娘はあの家から逃げ出した三人の一人であることに気づいて、チャロナーはハッとした。どうやら盲滅法にそこへ走って来たらしい。塀のために先へ進めず、疲れきって庭の柵の傍にぺたんと坐り込み、夏の土埃にドレスを汚していた。二人はまったく同時にお互いを見た。女は一瞬凄(すご)い目つきをすると、急に立ち上がり、急いで逃げようとした。

チャロナーは冒険の女主人公(ヒロイン)に再会したことと、彼女が恐ろしげに自分を避けたことに、二重の驚きをおぼえた。同情と警戒とが相半ばする力で彼の心を占めようと争ったが、彼はそのどちらにもおかまいなく、婦人を追いかけねばならなかった。これ以上怖がらせまいとして用心深く跟(つ)いて行ったが、どんなにそっと地面を踏んでも、足音が人気(ひとけ)のない街路に雄弁に谺(こだま)した。その音は娘の心に何か強い感情を惹(ひ)き起こしたようだった。彼があとを追いはじめると、娘はすぐに立ちどまったからである。もう一度逃げ出そうとして、もう一度立ちどまった。それからこっちをふり向き、こわごわとした足取りで、何とも可愛らしい臆病な様子を見せて、近づいて来た。青年の方も同じように不安と羞恥のしるしを見せて、さらに進み出た。やがて、もう数歩のところまで近づくと、彼は娘の目から涙がこぼれそうなのに気づき、娘は雄弁に訴えるごとく両手を差し伸ばして、言った。

「あなたは英国の紳士でいらして？」

　不幸なチャロナーは驚いて相手を見つめた。彼は礼儀作法を良く心得ており、御婦人への敬意を欠くことがあれば恥ずかしく思っただろうが、その一方で、恋の冒険などは嫌いだった。左右を見やったが、二人を見下ろす家々は堅く門を閉ざしており、太陽は眼をぎらぎらと輝かせていたが、人間の干渉からはいっさい切り離されているのがわかった。彼の視線はしまいに哀願する娘に戻った。娘は顔も姿も魅力的で、優雅な服をまとい、手袋を嵌めている。彼はそのことに気づいて、苛立ちをおぼえた。れっきとした貴婦人であることは否定し難い。苦悩と無垢を絵に描いたようだ。それが昼なお眠る街に迷って、泣いているのだ。

「マダム」と彼は言った。「申し上げておきますが、わたしがお邪魔をすることを御心配なさる理由はありません。わたしがあとを追っているように見えたとしたら、それはわたしたち二人を欺いた、この街路のせいなのです」

　紛う方なき安堵の表情が婦人の顔に浮かんだ。「まあ、そういえば、そうですわね！　本当に有難うございます。でも、この時間に、ゾッとするほどの静けさの中で、こうした窓に見つめられて、わたくしは恐怖のうちに迷っているんです——ああ、迷っているんです！」娘の顔は、そう叫びつつ、ますます血の気を失っていった。「どうぞ、腕をお貸しください」と何とも愛らしい、縋りつくような口調で言い足した。「一人ではとても歩けません。勇気がなくなってしまいました——ショックを受けたんです。ああ、何ていうショックでしょう！　お願いですから、一緒にいらして下さいまし」

「親愛なるマダム」チャロナーは物憂げにこたえた。「どうぞ、お心のままに」

娘はチャロナーの腕を取ると、いっときしがみついて、泣くまいとこらえていたが、やがて熱に浮かされたような早足で、街の方へ彼を引っ張って行った。何だか良くわからないことばかりだったが、一つだけ明らかなのは、彼女の恐怖が本物だということだった。彼女は道を進みながら、今も危険がないかと確かめるようにあたりをチラチラ見まわし、凍えた人間のようにゾッと身震いするかと思うと、チャロナーの腕を両腕でしっかりと抱えた。チャロナーは相手が怖がっているのを厭だと感じながら、その怖さが伝染って来た。恐怖心は不愉快だったが、力を得て彼を支配し、心細くなって早く解放されたいと思った。

「マダム」とチャロナーはしまいに言った。「もちろん、御婦人のお役に立つことは嬉しく思うのですが、じつを申しますと、あなたがいらっしゃる方角とは反対の反角へ行くところなんです。ですから、一言御説明を——」

「しっ！」娘は泣き声で言った。「ここじゃだめ——ここじゃだめ」

チャロナーの血は凍った。この御婦人は狂っているように見えなくもなかったが、もっと危険なことが起こったのを憶えているし、あの爆発と煙と、妙な取り合わせの三人が逃げ出したことを考えると、彼の心は謎のさなかで途方に暮れた。それで二人は物も言わず、うしろめたさに逃げるような早足で、迷路のような路を縫って歩きつづけ、二人共、口には言えぬ恐ろしさに戦いていた。だがそのうちに、何よりも早い足取りのおかげで、気がしっかりして来た。御婦人は道の角であたりを見まわすのをやめたし、チャロナーは巡査の足音が響き、遠くに姿が見えたことに意を強くして、それまでよりもきっぱりとした態度で女に向かった。

「はっきり見たわけではありませんが」彼はおしゃべりするような調子で言った。「あなたは二人の紳士と一緒に、家から出て来られたような気がするんですが」

「ああ！」と女は言った。「本当のことを言ってわたしを傷つけるのを御心配なさるには及びませんわ。あなたはわたしが安下宿から逃げ出すのをごらんになったのですし、わたしの連れは紳士ではありませんでした。そういう場合、一番のお世辞は率直であることです」

「それに」チャロナーはこの返事の力強さに驚きかつ勇気づけられて、言葉を継いだ。「ある種の匂いもしたと思うんです。音も——あれを何に喩えたら良いかわかりませんが——」

「しっ、お黙りになって！　あなたはどういう危険を招くか、おわかりになっていないんです。待って下さい、ただお待ちになって下さい。この街路から出て、人に聞かれる心配がなくなったら、何もかも御説明します。それまで、その話はよして下さい。この眠る街は何という光景でしょう！」彼女はそう言うと、ひどく震える声で、「おお、神よ！」と詩の文句を引用した。「家々さえも眠れるが如し。彼の力強き心臓も静かに横たえり〔ウィリアム・ワーズワースの詩「一八〇二年九月三日、ウェストミンスター橋にて詠める」からの引用〕」

「マダム、あなたは読書家とお見受けします」

「それだけではございません」女はため息をついた。「年齢に不相応なほど物を考えなければならない身の上なんです。それにひどく不運なので、こうして見知らぬお方の腕に縋って歩いておりますと、まるで平和な束の間の慰めを得たような気がいたしますわ」

二人はもうヴィクトリア駅の近くまで来ていた。街角で若い婦人はふと立ちどまり、チャロナーから腕を離すと、悩むか躊躇うかするように天を仰ぎ、うつ向いた。それから可愛らしく表情を変え、手袋を嵌めた手をチャロナーの腕に置いて、言った。

「あなたが今、わたしのことをどう思っていらっしゃるかを考えると、ぞっといたします。でも、ここでいっそう怪しい者だと疑われるようなことをしなければなりません。ここにあなたを置いて行かなければなりませんし、戻るまで待っていて下さいとお願いします。ついて来ようとか、わたしの行動を監視しようとかなさらないで下さい。あなた御自身の姉妹のように罪のない娘についての御判断を、もう少しだけ保留なさって下さい。何よりも、わたしを見捨てないでください。あなたは見ず知らずのお方ですが、ほかに頼る人がいないんです。ごらんのように、わたしは悲しみと大きな恐れの中におります。あなたは礼節をわきまえた御親切な殿方です。ですから、ほんの二、三分我慢してくださいとお願いしても、いやとはおっしゃらないことをあらかじめ確かめておきます」

チャロナーは渋々約束し、若い婦人は感謝の目を向けると、角(かど)を曲がって姿を消した。しかし、彼女の訴えの力は少し弱かった。青年には姉も妹もいなかっただけでなく、ウェールズにいる大伯母さんよりも近い女の親類はいなかったからだ。それに、こうして一人になると、これまで彼が従っていた魔法の効き目は薄れはじめた。彼は自分の振舞いを顧みて冷笑し、反抗心を奮い起こして女のあとを追った。読者がもし夜間歩行者という魅惑的な商売をなさったことがおありなら、大きな鉄道駅の近くでは、早朝からある種の居酒屋が開(あ)いていることにお気づきのはずである。チャロナーは街区の角を曲がると、魅力的な連れがその手の居酒屋に姿を消すのを見た。彼が驚いたと言うのは正確であるまい。そうした感情はとうの昔にどこかへ置き忘れていたからである。強い嫌悪と失望が彼の魂をつかみ、彼は無言でこのつまらない妖婦を罵(ののし)った。女が中へ入ってから一秒と経たないうちに、自在扉がまた開いて、彼女は貧相な、だらしのない服装(かっこう)をした若い男と出て来た。二人は快活な様子で五、六回言葉を交わし、それから男は肩で扉を押して、また居酒屋に入り、若い婦人は歩くよりもやや速い足取りで、チャロナーの方へ引き返した。こちらへ来るその姿は、まるで優美さの奇蹟だった。急ぎ足に歩いて来ると、ドレスの裾からくるぶしがチラチラ見えた。その身動きは素早さと若さを雄弁に語っており、彼は今も逃げることを考えていたが、その考えは距離が縮まるにつれて、哀れに凋(しぼ)

んでいった。相手が美しいだけなら、平気だった。今、彼から臆病者の勇気を奪ったのは、彼女の紛う方なき育ちの良さだった。相手が浮かれ女とわかっていれば、彼は厳格に自分の権利によって行動したが、何はともあれ貴婦人かもしれないとなると、お手上げだった。女は、曲がり角でいまだに突っ立っているチャロナーを見つけると――「ああ!」と顔を真っ赤に染めて、叫んだ。「ああ、心の小さい人ね!」

この手厳しい攻撃が、〝御婦人方の付添い役〟をいくぶん正気に戻した。

「マダム」チャロナーは断固たる態度を示して、言った。「今のところ、心が小さいとお咎めをうけるいわれはないと思うんですが。わたしはあなたに引きまわされて、この大都会を相当歩きました。それに、わたしが今、保護者のつとめをお役御免にしていただきたいと申し上げても、あなたには喜んで代わりを務めるお友達がそばにいらっしゃいます」

女はしばらく黙り込んでから、言った。

「いいですわ。お行きなさいまし! 神様がわたしを助けて下さいますように! あなたはわたしをごらんになりました――罪のない娘のわたしを! おそろしい災難を逃れようとしていて、悪い男たちにつきまとわれているわたしを。しかも、同情も、好奇心も、名誉心も、あなたを動かしてわたしの説明を待つなり、困っているわたしを助けるなりさせることはないのです。お行きなさい!」と繰り返した。「わたし、本当に、もうおしまいだわ」そう言って激しい身振りをしながらふり返り、街路を走って行った。

女が遠ざかって姿を消すのを見ている間、チャロナーの胸中ではほとんど耐え難い罪悪感が、騙されているという強い感覚と争っていた。彼女が行ってしまったとたん、前者が優勢に立った。もし彼女に不当な仕打ちをしたのであれば、自分の振舞いは無礼の見本だと思った。彼女の声の教養ある調子や、言葉の選び方、仕草の優雅な礼儀正しさが、無情な解釈に大声で異を唱え、彼は後悔と好奇心とが半ばする気持ちで、ゆっくり女のあとを追いはじめた。道の角まで行くと、ふたたび女の姿が見えた。その足取りは撃たれた鳥のように遅くなっていた。女は彼が見ている間も、手探りでもするように腕を投げ出して、壁に寄りかかった。それを見て、チャロナーの固い意志は崩れた。大股に二、三歩進み出て女に追いつくと、初めて帽子を取り、感動的な言葉で約束した――わたしはあなたに心から敬意を払い、何としてもお力になりたいのです、と。相手は初めのうち聞いていなかったが、彼の言葉がだんだん耳に入ってきた様子で、少し身体を動かし、背筋をしゃんと伸ばした。しまいに、突然赦しの身ぶりをするかのように、非難と感謝の入りまじった顔を青年に向けた。

「ああ、マダム！　わたしをお心のままにお使い下さい！」

チャロナーはそう言うと、もう一度、しかし今度はいとも恭しく女に腕を差し出した。女はため息を一つついてその腕を取り、そのため息はチャロナーの胸を打った。二人はふたたび無人の街路を歩き出した。だが女の足取りは、感情が昂ぶったために疲れてしまったように、途中から遅くなった。チャロナーの腕にいっそう重く寄りかかり、彼は親鳥さながら、うなだれる相手の上に優しく身をかがめた。女の身体は弱っていたが、意気は挫けていなかった。たちまち魅力的なふざけた調子でしゃべりはじめるのを聞くと、チャロナーはその心の融通無碍さにほとほと感心した。

「忘れさせてください」と彼女は言った。「半時間だけ、忘れさせてください」

果たして、その言葉と共に悲しみを忘れたようだった。彼女は一軒一軒の家の前に立ちどまって、家の持主に勝手な名前をつけ、どんな人物かを語った。ここに住んでいるのは年老った将軍で、自分は来月五日にその人と結婚するのだとか、あそこにあるのは金持ちの未亡人の屋敷で、彼女はチャロナーにお熱なのだとかいった具合に。今も青年の腕に重く凭れかかっていたが、その笑い声は彼の耳に低く、快く響いた。

「ああ」彼女は説明するように、ため息をついた。「わたしのような生活をしておりますと、どんな幸せでも、見つけたらそれにしっかりとしがみつかなければいけないんです」

こんな呑気な調子でグローヴナー・プレイスの端にさしかかると、今しも公園の門が開くところで、身形の汚ない、夜歩きする人間の群がようやく彼の芝生の楽園に入ろうとしていた。チャロナーと連れの女もそれについて行って、襤褸を着た群衆の中をしばらく無言で歩いた。しかし、街の舗道を夜通し歩きまわって疲れ果てた連中が、一人また一人とベンチに坐り込んだり、べつべつの小径へフラフラ入って行くにつれて、広大な公園はまもなく侵入者たちを最後の一人まで嚥み込んだ。チャロナーと娘は心地良い朝の静けさの中で、二人きりで道を進んだ。

やがて、芝生の盛り上がったところに吹きさらしのベンチが見えた。若い婦人はまわりを見て、安心した。

「ここなら、話を聞かれる心配もありませんわ。それでは、ここでわたしの素性を申し上げますから、御判断なさって下さい。さもなければ、あなたはきっとお別れしてから、いかがわしい相手に無駄な御親切をなさったとお思いになるでしょう。それが耐えられなかったんです」

そう言うと、ベンチに腰かけ、手振りでチャロナーを隣に坐らせると、何とも楽しそうに身の上話を始めた。

破壊の天使の話

わたしの父は英国の生まれで、爵位こそ持ちませんが、由緒の古い大家の末息子でした。そして罪を犯したのか、運が悪かったのかはわかりませんが、ある出来事のために母国から逃げ、先祖代々の名前も捨てる羽目になりました。父は合衆国へ向かい、軟弱な街にとどまる代わりにすぐさま開拓者の探検隊に加わって、西部の奥地へ進んだのです。父は普通の旅行者ではありませんでした。勇敢で熱烈な性格だっただけでなく、さまざまな学問に通じていて、ことに愛する植物学の造詣が深かったからです。そんなわけで、数ヵ月と経たないうちに、一行の名目上の指導者であるフリーモント自身が、礼を尽くして父に意見を聞くようになりました。

先程申し上げたように、一行は西部のいまだ人の知らない地域へ分け入って行きました。しばらくの間はモルモン教徒のキャラバンが通った跡について行き、人や動物の骸骨を道しるべにして、広大な、物悲しい砂漠を進みました。やがて道筋を少し北の方へ向けると、こういった悲惨な記念物さえも見えなくなって、近づき難い静寂の支配する郷(くに)へ入りました。わたしは父が旅の様子をくわしく語るのを何度も聞いています。岩山と、絶壁と、不毛の荒地（ムーア）がかわるがわる現われ、川は非常に間遠（まどお）でしたし、獣も鳥も寂寥（せきりょう）を乱すことはありませんでした。四十日目になると、もう食糧が残り少なくなったので、全員に停止を命じ、八方に別れて狩をするべきだという判断が下されました。大きな焚火（たきび）が焚かれましたが、それは四散した人々がまた集まって来る時、煙を目印にするためでした。それで一行のうちの男は全員馬に乗り、周囲（まわり）の砂漠へ冒険に出かけました。

　父が馬に何時間も乗って行ったところは、片側に真っ黒な恐ろしい断崖が続き、もう一方の側は水のない谷間で、まるで引っくり返した街の土台のような大岩がところどころにありました。しまいに父は大きな獣の足跡を見つけて、爪跡と藪（やぶ）に残っている毛から、自分が追っているものは異常に大きいアメリカ黒熊だと考えました。馬の進みを速めて、なおも獲物を追ってゆくと、やがて分水界に来ました。向こう側の土地はきわめて入り組んでいて険しく、丸石がうず高く重なり、ここかしこに松の木が生えていましたから、近所に水がありそうでした。父はそこに馬をつなぎ、ライフル銃を頼りに、たった一人でその荒野へ踏み入りました。

　あたりはしんと静まり返っていましたが、そのうち、右の方で水の流れる音がするのに気づき、そちらへ身を乗り出すと、自然の驚異と人間の悲哀が奇妙に入りまじった光景が見えたのです。川は狭い曲がりくねった道の底を流れていました。道の両側は岩が壁のようにそそり立って、人間には攀（よ）じ登れないところが時には何マイルも続いていました。雨が降って川の水嵩（みずかさ）

が増すと、端から端まで水で一杯になっていたにちがいありません。陽の光がそこに射すのは、正午（ひる）だけでした。風はその狭い湿った漏斗（じょうご）の中を、嵐のように吹き荒れました。けれども、この穴窖（あなぐら）の底、崖の端から身をのり出して覗（のぞ）いている父の真下に、五十人ほどの大人と子供が岩の間に散らばって、苦しげに横たわっていました。仰向けに寝ている者もあれば、うつ伏せになっている者もあり、一人として身動きをしませんでした。仰向いた顔はみな異様に青白く、やつれているように見え、時折、川の水音の間からかすかな呻（うめ）き声が父の耳にとどきました。

　そうやって見ておりますと、一人の老人がよろよろと立ち上がって、身に巻きつけていた毛布を取り、すぐそばの岩に凭（もた）れて坐っている若い娘に優しく掛けてやりました。娘はそれに気づく様子もありませんでした。老人は哀れそうにつくづくと彼女を見たあと、寝ていた場所に戻って、掛ける物もなく芝生に横たわりました。けれども、その飢えた野営地ですら、この様子を見ていた者がありました。一行の端の方から、白鬚を生やした、見たところ高齢の男が膝を突いて起き上がると、眠っている者の間をこっそりと這（は）って行って、娘に近づきました。この卑怯な悪党が彼女の身に掛かっている物を剝ぎ取り、それを持ってもとの場所へ戻るのを見た時、父の憤りはいかばかりだったかお察し下さい。男は分捕り品を上に掛けて、しばらくそこに横たわり、眠ったふりをしているようでした。ところが、そのうち片肘を突いてまた身を起こすと、様子をうかがうように仲間たちをじろじろと見て、それから素早く胸元に手を差し入れ、その手を口に運びました。顎の動きからすると、何か食べているにちがいありません。

男は飢えた野営地で食べ物を取っておき、死にかけた仲間が昏睡している間に、こっそり力を取り戻していたのです。

父はこれを見て、怒りのあまりライフル銃を持ち上げました。偶然ある事が起こらなかったら、その場で男を撃ち殺していたろう、とよく言っておりました。そうしていたら、わたしの運命はどれほど違っていたことでしょう！　けれども、父が銃身を持ち上げたまさにその時、下の方の岩棚を熊が這って行くのに目がとまりました。狩人の本能に従って、父は人間ではなくこの獣に向けて銃を撃ちました。熊はとび跳ねて、川の水溜りへ落ちました。大峡谷に銃声が反響し、野営していた人々はたちまち起き上がりました。人間のものとは思われない叫び声を上げて、餓えた人々はつまずき、転び、互いを押し倒しながら、獲物の方へ駆け寄りました。そして父が岩棚を伝って川べりへ下りてゆく閑もないうちに、大勢の者がすでに生肉で空腹を満たし、口の奢った者は焚火の用意をしていました。

しばらくの間、父がやって来たことに誰も気づきませんでした。父は土色の顔をした、よろめく操り人形たちのさなかに立っていました。かれらはまわりで叫んでいましたが、その心はもっぱら熊の死骸のことを考えていました。身体が弱って動けない者でさえ、寝返りを打ち、熊に目を釘づけにしていました。父は自分がこの見苦しい騒ぎのただ中に、目に見えない人間のように立っていることに気づくと、泣き出したくなりました。しかし、誰かが腕に触ったので、こらえました。ふり返ると、さいぜん殺しそうになった老人がこちらに面と向かって立っていました。ところが、良く見ると老人ではありませんでした。若盛りの男で、力強く、物言いたげな、知的な顔つきをしていましたが、疲労と飢餓のしるしがあらわれていました。男は手招きして父を断崖の近くに呼ぶと、声をひそめて、ブランデーをくれと言いました。父は軽蔑の眼差しで相手を見ました。「おまえさんのおかげで、義務（つとめ）をなおざりにしていたのを思い出した。ここにわたしの携帯壜（フラスク）がある。たぶん、一行の御婦人方を生き返らせるのに十分なだけ入っているだろう。まずはおまえさんが毛布を奪った御婦人から始めよう」そう言うと、男の訴えにかまわず、この利己主義者に背を向けました。

　娘は今も岩にもたれかかって寝ていました。死の入口に沈み込んでいたため、まわりの騒ぎに気づかなかったのです。けれども、父がその頭を持ち上げて、壜を唇にあて、気つけ薬を何滴か飲ませてやると、懶（ものう）げな目を開（あ）いて、弱々しく父に微笑（ほほえ）みかけました。この世にそれほどいじらしい笑顔はありませんでした。そんなに深い菫色（すみれいろ）の、魂をそれほど正直に語る眼はありませんでした！　わたしは自分でもそのことを知っています。それは揺籠（ゆりかご）にいたわたしに微笑みかけたのと同じ眼だったからです。父はのちに妻となる娘から離れて、なおも白鬚の男に執（しゅう）念（ね）く見張られ付きまとわれながら、婦人全員の様子を見、壜に最後に残ったわずかな酒を、それを一番必要としていると思われる男たちに与えました。

「もう残ってないのか？　わたしの分は一滴もないのか？」顎鬚（あごひげ）を生やした男は言いました。

「一滴もない」と父は答えました。「それに足りない物があるなら、おまえさんの上着のポケットに手を突っ込んでみたらどうだね」

「ああ！」と相手は叫びました。「あなたは誤解しているんだ。わたしを利己的で平凡な動機から生にしがみつく人間だと思っている。だが、言わせてくれ——たとえ、このキャラバンが全滅したとしても、世界の重荷がいくらか軽くなるだけのことだ。こいつらは虫けらのような連中で、ヨーロッパの街々の貧民窟に蜉蝣みたいにうじゃうじゃとわいていたのを、このわたしが堕落と悲惨から、糞の山とジン酒場の戸口から救い出して来たんだ。それなのに、あんたは連中の命をわたしの命と較べようというんだ！」

「それじゃ、おまえさんはモルモン教の宣教師なのかね？」と父はたずねました。

「ふん！」男は妙にニヤリと笑って言いました。「モルモンの宣教師と呼びたければ、呼ぶがいい！　肩書はどうでもいい。わたしがもしそれだけのものなら、文句を言わずに死んでも良かったんだが、医師としてのわたしの生命には、偉大なる秘密の知識と人間の未来がかかっている。我々のキャラバンが下手に近道を試みて、この荒寥とした峡谷に迷い込んでしまった時、それが無念でならないために、真っ黒だったわたしの髪は五日間で白髪に変わってしまったんだ」

「おまえはそれでも医者なのか」父は男の顔を見ながら、そう思いました。「苦しむ人を救う誓いを立てた医者なのか」

「あなた」とモルモン教徒は言いました。「わたしはグリアソンというんです。いずれ、またこの名前を聞くことでしょう。その時は、わたしがこの貧民のキャラバンにではなく、全人類に義務を負っていたことがわかるでしょう」

父は残りの人々の方をふり向きました。みんな、もう話を聞けるほど元気になっていたからです。今すぐ自分の一行から助けを呼んで来る、と父は言いました。「それに、もしもまたあいう風に食べ物に困ったら、まわりを見なさい。地上に助けがふり撒かれているのがわかるでしょう。たとえば、ここなら、この崖の割れ目の下に黄色い苔が生えているのが見えるでしょう。いいですか、あれは食用になるし、美味しいんです」

「ほほう！」とグリアソン博士が言いました。「植物学を御存知ですな！」

「わたしだけじゃあるまい」父は声を低くして言いました。「この苔が削り取られたところを見たまえ。図星かな？　あんたの秘密の食糧はそれなのかな？」

父が合図の焚火のところへ戻ると、仲間は狩でたっぷり獲物をとっていました。ですから、モルモン教徒のキャラバンに救いの手を差し伸べてくれと説得するのも容易で、翌日には、どちらの一行もユタ州の辺境目ざして進んでいました。そこまでの距離は大してありませんでしたが、道は険しく、食べ物を得るのも難しかったために、旅は三週間近くかかりました。おかげで父には自分が助けた娘を知り、その人となりをたしかめるための時間が十分あったのです。わたしは母をルーシーと呼ぶことにしましょう。母の旧姓を申し上げる自由はわたしにはありませんが、あなたも良く御存知の名前です。一体いかなる不幸な災難が打ちつづいて、この罪もない花の乙女が――美しく、教育によって洗練され、高尚な趣味を身につけたこの乙女がモルモン教徒の恐ろしいキャラバンに放り込まれたのかは、申し上げるわけにゆきません。ただ、こうした不遇な環境にあっても、彼女が自分にふさわしい相手を見つけたと申し上げれば十分でしょう。父と母をつないでいた愛情の激しさは、一つには、こういう不思議な出会いをしたためかもしれません。少なくとも、神人共(かみひと)にそれを縛りつけることはありませんでした。父は母のために志を諦(あきら)め、信仰を棄てる決意をしました。旅を始めて一週間と経たないうちに、自分の一隊を抜けてモルモン教に改宗し、一行がソルト・レイクに着いたら母と結婚する約束をしました。

二人は結婚し、わたしはただ一人の子供でした。父は仕事がたいそう上手く行って、いつまでも母に忠実でした。こんなことを申しますと驚かれるかもしれませんが、わたしが生まれて娘になるまで育った家ほど幸福な家は、どこの国へ行ってもめったにないと思います。けれども、わたしたちは裕福だったにもかかわらず、やかましくて敬虔な信者からは、信心の薄い異端として避けられていました。あの恐ろしい圧制者のヤング自身、父の富を胡乱(うろん)な目で見ていることが知られていましたけれども、わたしはそのことに思い到りませんでした。わたしは実際、モルモンの制度の下で、まったく無邪気に教えを信じて暮らしていたのです。わたしたちの友達のうちには妻を大勢持っている者もいましたが、そういう習慣だったのですから、結婚というそのこと以上にわたしを驚かせる理由がどこにありましょう？　時折、裕福な知り合いの一人がいなくなって、家族は離散し、妻たちと家は教会の長老の間で分配され、その人の思い出は、息を殺し、恐ろしげに首を振って語られるだけになりました。わたしがたいそう静かにしていて、そこにいることを大人たちがたぶん忘れてしまった時、夕(ゆうべ)の火を囲んでそんな話題が出たのです。そういう時、大人たちは身を寄せ合い、怯(おび)えた目でうしろをチラチラと見るのでした。わたしはかれらのささやきから、次のようなことを察しました――誰か裕福で、名誉もあり、健康で血気盛んな人、たぶん一週間前にはわたしを膝にのせてくれた人が、ほんの一時間のうちに神隠しにあって、家からいなくなり、鏡に映った像(すがた)のように跡形なく消えてしまったというのです。それは本当に恐ろしいことでしたが、万人の定めである死もまたそうです。それに話がもっと大胆になって、人々が無気味に押し黙ったりうなずいたりして、〝破壊の天使〟という名前がヒソヒソ声で聞こえて来ても、子供のわたしにこうした謎がどうして理解できましょう？　わたしは英国のもっと幸せな子供が主教とか地方監督のことでも聞くように、漠然とした尊敬の念をもって〝破壊の天使〟のことを聞き、それ以上詳しく知りたいとは思いませんでした。生(せい)というものはどこでも、自然の中でも社会の中でも、恐るべき基礎の上に成り立っています。わたしは安全な道や、砂漠の中に花咲く庭や、大勢で礼拝に行く信心深い人々を見ていました。両親の優しさや自分の生活の害のない贅沢を感じていました。この誠実そうな表面(うわべ)の土台となっている謎を、わざわざ探る必要があるでしょうか？

わたしたちは最初街中に住んでおりましたが、せせらぎの音が快い緑の谷間にある美しい家へ、早いうちに引っ越しました。谷間のまわりは、ほとんどすべての側に、有毒で岩だらけの砂漠が二十マイルも続いていていました。街はそこから三十マイル離れていて、道は一本しかなく、父の家の戸口で行きどまりになっていました。それ以外は冬には通れない乗馬道でした。このように、わたしたちはヨーロッパ人には想像もできない寂しい場所に住んでいたのです。近所の住人といえば、グリアソン博士だけでした。髪の毛に油をさし、顎鬚（あごひげ）を生やした街の長老たちと、かれらのハーレムにいる不器量で心のいじけた女たちを見たあとでしたから、幼いわたしの目には、この老博士の礼儀正しさや上品な振舞い、薄い白髪と白鬚、そして射抜くような鋭い眼差しにも、何か好ましいものがありました。それでも、博士はほとんど唯一の訪問客だったにもかかわらず、わたしはこの人がいると一種の恐れを抱かずにいられませんでした。この不安は、彼がひどく寂しいところに独りで暮らしており、何やら良くわからない仕事をしているために、いっそう増したのです。博士の家はわたしたちの家からほんの一、二マイルしか離れていませんでしたが、非常に異なった場所にありました。その家は急な斜面の天辺（てっぺん）を通る道を見下ろしていて、覆いかぶさる絶壁のすぐ近くにポツンと立っていました。ここでは自然が人間の造る物を真似しようとしているようでした。くだんの斜面はまるで砦（とりで）の斜堤のようで、一様な高さの崖は都市の城壁のようだったからです。その寂しい風景の特徴は、春になっても一つも変わらず、博士の家の窓はアルカリで雪のように真っ白な平原ごしに、北方に長々と連なる冷たい石の山脈まで見下ろしていました。この物恐ろしい住居が見えるところを二、三回通ったのを憶えています。わたしはその家がいつも鎧戸を下ろし、煙も立たず、人気（ひとけ）がないのを見て、いつかあすこに泥棒が入るだろうと両親に言いました。

「いやいや」と父は言いました。「泥棒などけして入らんよ」わたしは父の口調が妙に自信ありげであることに気づきました。

しまいに、不幸なわが家が打ちのめされる少し前のことでしたが、わたしは偶然博士の家をそれまでとは違う光の中で見ました。父は病気でした。母は枕元につきっきりで、わたしは御者に預けられ、二十マイルほど離れた寂しい家へ行かされました。わたしたち宛（あて）の小荷物がそこに届いていたからです。馬の蹄鉄（ていてつ）が外（はず）れたために家へ帰る途中で夜になり、もう午前三時になろうとする頃、御者とわたしは荷馬車に二人きりで、博士の家の下を通りかかりました。月が冴（さ）え冴（ざ）えと輝き、強い光の中に、断崖と山々がいとも寂しく横たわっていました。けれども、家は、長い斜面の上にあって絶壁の真下というその位置から、まるでお祭の場所さながらにすべての窓から光を放っているだけでなく、西側にある大煙突から煙をモクモクと吐き出していました。濃くて大量の煙は、風のない夜の空気に何マイルにもわたって覆いかぶさり、月光を浴びてチラチラ光るアルカリの大地に、その影がはるか遠くまで続いていました。その上、わたしたちがさらに近づくと、規則的な、動悸（どうき）を打つような音が静寂を切り分けはじめました。最初は心臓の鼓動のように思われました。次に考えたのは、巨人が山の下に生き埋めになり、それでも途方もない努力をして息を吸っている、ということでした。わたしは鉄道というものを見たことがありませんでしたが、話には聞いておりましたので、これは鉄道の音に似ているかと尋ねようとして、御者の方を向きました。けれども、御者の目に浮かんでいた表情と、その顔の青白さ——恐怖のためか月光のせいなのかわかりません——を見ると、わたしの言葉は唇の上で消えてしまいました。それでわたしたちは無言で先へ進み、やがて明かりのついた家のすぐ下に来ました。その時突然、コソリという前触れの音さえなしに、ひどく大きな爆発音が大地を揺るがし、断崖から断崖へ山の谺を響き渡らせました。琥珀色の焰の柱が煙突の天辺から跳び出し、無数の火花となって散り落ちました。と同時に、窓の明かりが一瞬ルビー色に変わって、消えました。御者がとっさに馬を止め、谺がまだ遠くの山でゴロゴロと鳴っている時、暗くなった家の中から一連のわめき声——男の声か女の声かを言い当てるのは不可能でした——が聞こえて、扉がバタンと開き、長い斜面の上で、白衣をまとった人物が月光の中に走り出て来ました。その人物は家の前で踊ったり跳ねたり、地面に身を投げたりして、まるで悶え苦しんでいるように転げまわりました。わたしはもう悲鳴を抑えることができませんでした。御者は馬の横腹に滅茶滅茶に鞭をあて、わたしたちは命がけで険しい道をひた走りました。そうしてやっと馬を止めたのは、山の角をまわって、父の牧場と深い緑の小森と庭が静穏な光の中に眠っているのを見た時でした。

　わたしの人生に於いてこんな冒険は稀有なことで、やがて父はこれ以上はないほど仕事に成功し、わたし自身は十七歳になりました。わたしは相変わらず子供のように無邪気で陽気でした。庭の手入れをしたり、喜んで丘を駆けまわったりしておりました。殿方に媚びるとか、生活の苦労とかいうことは考えてもみませんでしたし、わたしの目が鏡や森の泉に映る自分の姿を見つめたとしても、それは両親の面ざしを求めるためなのでした。けれども、長い間他の人々の上にのしかかっていた恐れが、とうとう若いわたしを苦しめたのです。ある蒸暑い曇った日の午後、わたしは長椅子に寝ていました。窓が開いており、外のヴェランダに母が腰掛けて刺繍をしていました。父が庭から母のところへやって来ると、二人の話声がはっきりと聞こえましたが、びっくりするような内容だったので、わたしは寝たまま聞き入ってしまったのです。

「禍がやって来た」父は長い間をおいてから言いました。

　母がハッとふり向くのがわかりましたが、言葉では返事をしませんでした。

「そうだ」と父はしゃべりつづけました。「今日、わたしの全財産の目録を受けとった。全財産だぞ、いいか。内緒で人に貸したが、脅して口止めしてある金も、空に鳥一羽いない時、禿山にこの手で埋めた金も入っている。それなら、空気が秘密を洩らすというのか？　丘はガラスで出来ているのか？　我々が踏む石は足跡を保っておいて、我々を密告するのか？　ああ、ルーシー、ルーシー、何だってこんな国へ来てしまったんだろう！」

「でも、それは」と母は言いました。「そんなに目新しいことでも、恐ろしいことでもないわ。隠したのを咎められているんです。これからはもっと税金を払って、罰金も払わされるでしょう。たしかに、わたしたちの行動がこんな風に監視されて、内密にしていることまで知られてしまうのは、薄気味悪いですわ。でも、今に始まったことじゃないでしょう？　わたしたち、昔から草の葉が一つ揺れても、怖がって疑ぐっていたじゃありませんか？」

「ああ、それに自分の影もな！」と父は言いました。「しかし、こいつはどうでも良いんだ。そら、ここに同封されていた手紙がある」

　母がページをめくる音が聞こえました。母はしばらく黙っていました。

「わかったわ」母はしまいにそう言って、それから、書いてある物を読む口調で、「『神慮によってこの世の富をかくもふんだんに恵まれた信者から、何らかの敬神のしるしのあらんことを、教会は信じて待つものなり』問題はここね。そうでしょう？　この言葉を恐れているんでしょう？」

「この言葉だ」と父はこたえました。「ルーシー、プリーストリーを憶えているかい？　あいつは、いなくなる二日前に、わたしを寂しい丘(ビュート)の頂上へ連れて行った。そこからは十マイル四方が見渡せた。この国にもし監視される心配のない場所があるとしたら、それはああいうところだろう。だが、あいつの打ち明け話を聞かされた時、二人共恐ろしくて瘧(おこり)にかかったように震えていたよ。奴もこれと似たような手紙を受け取っていた。それで、財産の三分の一を奉納すると答えるつもりだが、どうだろう、とわたしに訊くんだ。あんたは命が大切なようだから捧げ物をもっと増やせ、とわたしは忠告し、別れるまでに、奴は金額を倍にしていた。それから二日後に、奴はいなくなった――午（ひる）に街の本通りから姿を消して――それっきりだ。ああ、神様！　一体、奴らはどういう手段で、人間一人をこの世から消してしまうんだろう？　跡形も残さないとは、いかなる死神を操るんだろう？　この肉体組織が、この強い腕が、何百年も墓に抗（あらが）うことのできる骸骨が、一瞬のうちに感覚の世界から刈り取られてしまうとは？　それを考えると、単に死ぬことよりも恐ろしい」

「グリアソンが何とかしてくれないかしら?」と母は言いました。

「そんなことは考えるな」と父はこたえました。「あいつに教えられることはすべて教えてしまったから、助けてはくれんだろう。それにあいつの力は小さい。身の危険がわたし以上に差し迫っていることも、あり得なくはない。なぜなら、奴も人と離れて暮らしているからだ。奥さんたちの面倒を見ずにうっちゃらかしているし、不信心だと大っぴらに言われている。だから、もっと恐ろしい代価を払って身の安全を購（あがな）わなければ――いや、しかし、そんなことは信じないぞ。べつにあいつが好きじゃあないが、そんなことは信ずるまい」

「信ずるって、何を?」と母はたずね、それから調子を変えて言いました。「でも、それがどうしたというの？　アビメレク、道は一つしかないわ。逃げなければ！」

「無駄だ」と父はこたえました。「おまえを巻き添えにするだけだ。この土地から出られる望みはない。人間が生活の中に閉じ込められているように、わたしたちはここに閉じ込められている。出口は墓だけだ」

「それなら、死んだっていいわ」と母は言い返しました。「せめて一緒に死にましょう。アシーナス〔原註1〕とわたしを置いて行かないでちょうだい。わたしたちをどんな運命が待っているか、考えてちょうだい！」

〔原註1〕 この名前 Asenath のアクセントは e にある。s は歯擦音である。

父は母の激しい愛情をこめた言葉に逆らえませんでした。それで、一筋の希望も抱いておりませんでしたが、手元にあった数百ドル以外は全財産を棄てて、その夜のうちに――暗い曇った夜になりそうでしたから――逃げることを承知しました。使用人たちが眠ってしまうと、父はさっそく二頭の騾馬に食糧を荷わせました。他の二頭が母とこのわたしを乗せて行きます。こうして、人のあまり通らない小道から山々を突っ切り、自由と生命を求めて旅立つつもりでした。二人がそう決心するや否や、わたしは窓辺に出て行って、すべて聞いてしまったことを認め、自分の思慮と愛情をあてにしても大丈夫だと言いました。実際、わたしはこの両親の子にふさわしくない真似をすること以外、何も恐れていませんでした。自分の命に責任を負うことになっても、不安はありませんでした。そして、父がわたしの頸にすがって泣きながら、勇敢な子供を持ったことを天に感謝した時、わたしは誇りと戦士が戦から得る喜びの幾分かを感じて、危険な逃走を待ち遠しく思いはじめたのです。

まだ真夜中にならない頃、星のない曇り空の下で、わたしたちは谷間の農場をはるか後方に残し、丘の中の峡谷を登っていました。谷は狭く、大岩にふさがれていて、騒がしい激流の音があたりに谺していました。瀑布また瀑布が雷のように轟き、暗闇に白い旗を掲げたり、流れ落ちる時に立てる湿った風で、わたしたちの顔を撫でたりしました。山道はひどく危険で、飢餓が人を寄せつけない砂漠へ通じていました。もっと通りやすい道筋があるので、その道は長い間打ち棄てられ、何年も人が足を踏み入れていませんでした。ですから、崖の角を急に曲がった時、突き出した岩の下に、番人もいないのに明るく燃えている篝火を見た時のわたしたちの当惑をお考えになって下さい。岩の上には、大きな〝開いた眼〟が炭で粗っぽく描いてありました。それはモルモン教のしるしなのです。わたしたちは火明かりの中で顔を見合わせました。母はわっと泣き出しましたが、一言も言いませんでした。騾馬はまわれ右をさせられて、わたしたちは寂しい峡谷を監視する大きな眼をそこに残し、無言で引き返しました。まだ夜が明けないうちに家に帰りましたが、もう取り返しのつかぬ有罪宣告を受けていたのでした。

父がどういう返事をしたのか、わたしは聞かされませんでしたが、二日後、日が沈む少し前に、無骨で正直そうな男が、濛々と埃の立つ道を馬でゆっくりとやって来ました。手織物を着て鍔広の麦藁帽子をかぶり、長老然とした顎鬚を生やしていました。いかにも素朴な田舎の農民という風だったので、わたしの目には安心できる人のように見えました。実際、まことに正直な人で、信心深いモルモン教徒でした。自分の来た用向きを嫌がっていましたが、この男も、ユタ州にいる何人も、それに従わないわけにはゆかないのでした。彼はたいそうおずおずして、アスピンウォールと名告り、不幸な一家が集まっている部屋へ入って来ました。気まずそうに母とわたしをその場から退(さが)らせ、父と二人きりになるや否や、父の目の前にヤング大管長の署名入りの書類を置いて、二つの奉仕のうち一つを選ぶように言いました。白海(はっかい)のあたりに住む部族のもとへ宣教師として旅立つか、翌日、〝破壊の天使〟の一隊に加わって、六十人のドイツ移民を虐殺するかのどちらかです。父はもちろん後者を受け入れることはできませんでしたし、前者は口実にすぎないと思いました。たとえ無防備な妻を置き去りにして、自分を虐げている圧政の新たな犠牲者を狩り集めに行くことに同意しても、けして生きては帰れないと確信していました。父は両方共断わりました。すると、アスピンウォールは真情を露(あら)わにしたそうです。その一部分は、不服従を目(ま)のあたりにしたための宗教的感情でしたが、一部分は父とその家族を哀れむ人間的な感情でした。彼は父に再考を求め、やがて説得できないことを悟ると、月が昇るまで待つから、身のまわりを整理して妻と娘に別れを告げよと言いました。「というのは、どんなに遅くとも、その時にはわたしと一緒に来てもらわなければならんからです」

　そのあとの数時間のことは、あまりお話ししたくありません。時間は飛ぶように過ぎました。やがて月が東の山並の上に昇り、父とアスピンウォール氏は轡(くつわ)を並べて夜の旅に出ました。母はそれでも気丈な顔をしていましたが、急いで自分の部屋に閉じ込もると、それからずっと一人でいました。暗い家に一人ぼっちにされたわたしは悲しみと不安に苛(さいな)まれ、急いで小馬に鞍をつけると、山の角まで上って行って、去り行く父の後姿を最後に一目見ようとしました。二人はゆっくり出発したので、その場所に着いた時には、まだそれほど先へ行っていないはずでした。ところが、風景のどこにも動く生き物の姿がなかったので、わたしはびっくりしたのです。月は俗に言う通り、昼間のように明るく輝いていましたが、夜空の下には伸び育つ木も、藪も、農場も、畑もなく、人間がいる証拠はただ一つしかありませんでした。わたしの立っている角からは、絶壁がゴツゴツした稜堡のように連なって、博士の家を隠していました。その突き出した絶壁を越えて、穏やかな夜風がとぐろを巻く黒い煙を運び、丘々のまわりに解きほぐしました。あの乾燥した空気の中でも容易に拡散しない煙をいかなる燃料が生み出したのか、またいかなる炉があれほど多量の煙を吐き出したのか、わたしには想像もつきませんでしたが、それが博士の煙突から出て来ることは良くわかっていました。父がもう消えてしまったことも、良くわかりました。そして、理屈に合わないことですが、わたしは愛する保護者を失ったことと、山々に沿ってなびく汚ない煙の帯とを心の中で結びつけていました。

それから何日も経ちましたが、母とわたしは空しく報せを待ちわびていました。一週間が経ち、二週間が過ぎても、父であり夫である人の消息は伝わって来ませんでした。煙が薄れていくように、鏡から映像が滑って消えるように、わたしが馬の用意をしてあとを追うのに費した十分か二十分のうちに、強くて勇敢なあの人はこの世から消えてしまったのです。わたしたちに希望があったとしても、その希望は刻々と飛び去りました。父に関して、今は最悪のことが確実となり、無防備な彼の家族は最悪のことを惧れねばなりませんでした。弱音も吐かず、必死で落ち着きを保って――そのことを思い返すと、感心しますが――寡婦と孤児は事が起こるのを待っていました。三週目の最後の日、朝起きると、わたしたちは家の中で二人きりになっていました。農場を探してみましたが、ほかに誰もいませんでした。使用人は全員しめし合わせて逃げてしまったのです。わたしたちはかれらが感謝の念を持って忠実につとめてくれたのを知っておりましたから、ひどく不吉なことを予感しました。その日は何事もなく過ぎましたが、夕暮れになると、ついに馬の蹄の音が近づいて来たので、わたしたちはヴェランダに出ました。

博士が小馬に乗って庭へ入って来ると、馬を下りて挨拶しました。前に会った時よりもずっと腰が曲がり、白髪が増えているようでしたが、落ち着いた真面目な態度で、けして不親切ではありませんでした。

「マダム」と博士は言いました。「大事な用事で参ったのです。あなた方の唯一の隣人であり、ユタ州では御夫君の一番古い友人であるわたしを使者に遣わしたことは、大管長の御厚意であることをおわかりいただきたいと思います」

「あなた」と母は言いました。「わたしにはただ一つの気がかり、ただ一つの思いしかありません。それが何かはおわかりでしょう。言って下さい。夫はどうなったんです?」

「マダム」博士はヴェランダの椅子に坐ってこたえました。「聞き分けのない子供のような真似をなさると、わたしの立場は困ったものになってしまいます。しかし、あなたは賢くて気丈な方です。わたしの配慮によって、あなたには御自分の結論を出し、避けられぬものを受け入れるために三週間の猶予が与えられました。これ以上何か申し上げることは無用だと思いますが」

　母は死人のように青ざめ、葦のように震えました。わたしは母の手を握り、母はわたしの手をドレスの襞に入れたまま、きつく握りしめたので、わたしは叫び声を上げそうになりました。

「それなら」と母はやがて言いました。「何をおっしゃっても無駄です。本当にそういうことなら、使い走りの人間に何の用がありましょう？　死ぬ以外に、天に求めることはございません」

「まあ、まあ」と博士は言いました。「落ち着きなさい。亡くなった御主人のことは忘れて、御自分の将来と娘さんの運命を賢明にお考えなさい」

「忘れろとおっしゃるの――」と母は言いました。「それじゃ、あなたは知っているのね！」

「知っています」と博士はこたえました。

「知っている？」哀れな婦人はわっと泣き出しました。「それなら、あなたがやったんですね！　わたしは仮面を剝がして、恐れと嫌悪の情を持って、あなたをあるがままに見ます――哀れな逃亡者たちが夢に見て、うわごとを言いながら目醒めるあなた――あなた、〝破壊の天使〟を！」

「マダム、それがどうしたというんです？」と博士は言い返しました。「わたしたちの運命は似たようなものじゃありませんか？　二人共、この強固なユタの牢獄に閉じ込められているんじゃありませんか？　あなた方は逃げようとした時、峡谷で〝開いた眼〟に出遇いませんでしたか？　あの眠らぬユタの目から逃れることが、誰にできましょう？　少なくとも、わたしにはできません。本当に、わたしは恐ろしい務めを色々課せられて来ましたが、もっとも恩知らずな務めがこの間のことでした。ですが、わたしが仕事を拒んだとしたら、御主人は助かったでしょうか？　そうじゃないことはおわかりでしょう。わたしも御主人の道連れになって死んでいたでしょう。彼の最後の時を楽にすることもできなかったでしょうし、今日、こうして彼の家族をブリガム・ヤングの手から守ることもできなかったでしょう」

「ああ！」とわたしは叫びました。「あなたはそんな妥協をして命を購(あがな)うことができたんですか？」

「お嬢さん」と博士は言いました。「できましたし、事実やったのです。あなたはいずれその卑劣な行為に感謝なさるでしょう。あなたには気骨がありますね、アシーナス、それがわかって嬉しく思いますよ。しかし、こんなことを話していても時間の無駄だ。お察しかと思いますが、フォンブランク氏の地所財産は教会に復帰しますが、その一部は、家族と結婚する者のために残されています。そして、その人物とは――ぐずぐずせずに申し上げた方がよろしいでしょう――ほかならぬわたしなのです」

この忌まわしい求婚を受けて、母とわたしはあっと叫び、浮かばれない魂のように互いにしがみつきました。

「思った通りだ」博士は同じ慎重な言葉遣いで話をつづけました。「あなた方は尻込みなさる。わたしがあなた方を説得するとお思いですか？　御承知の通り、わたしはモルモン教徒のような女性観を持ったことはありません。困難きわまる研究に打ち込んで来たので、連中がわたしの妻と呼ぶお引きずりどもを、勝手に引っ掻き合ったり、いがみ合ったりさせておきました。あいつらが持っているのはわたしの財布だけです。あんなものはわたしが望む結婚ではありませんでした――たとえわたしにそういうことを追い求める閑(ひま)があったとしても。いや、マダム、わたしの古いお友達であるあなた――」ここで博士は立ち上がり、いくらか婦人への敬意を示して、頭を下げました――「わたしの要求を理解する必要はありません。それどころか、あなたの顔にローマ人魂が読み取れるのを嬉しく思いますよ。お二人には今すぐついて来なさいと、わたしの願いではなく命令として、そう言わねばなりませんが、それでも、わたしたちは一つ心(こころ)であることがわかるでしょう」

こうして、博士はわたしたちに出かけるための着替えを命じ、ランプを取って（もう宵闇が下りていましたので）、馬の用意をしに厩(うまや)へ向かいました。

「これはどういうことなの？――わたしたち、どうなってしまうの？」とわたしは叫びました。「少なくとも、あの人が言った通りにはならないわ」母は震えながら、こたえました。「今のところは、あの人を信用しても良いでしょう。あの人の言葉を聞いていると、何か悲しい約束をしているように思えるから。アシーナス、もしわたしがあなたを残して死んでも、惨めな両親のことを忘れないでくれるでしょうね?」

ここでわたしたちの考えは食い違いました。わたしは母にどういう意味か説明してくれと頼みましたが、母は取り合わず、博士は味方なのだと言いつづけました。

「あの博士が!」わたしはしまいに叫びました。「父さんを殺した男が?」

「いいこと」と母は言いました。「公平にものを見ましょう。わたしはあの人がわたしたちのためを思ってくれたことを、天に誓って信じます。そして、アシーナス、彼だけがこの死の国であなたを護ることができるのよ」

その時、博士がわたしたちの二頭の馬を引いて戻って来ました。全員鞍にまたがると、わたしに先に行けと言いつけました。自分はフォンブランク夫人と話があるから、というのです。二人はわたしの少しあとから跟いて来て、小声でしきりに話し合っていました。やがて月が昇り、二人がお互いの顔をしきりに覗き込んでいるのが見えました。母は博士の腕に手をかけ、博士自身はいつもとちがって、抗議するか頑固に言い張るような仕草をさかんにしていました。

山の斜面を博士の家まで登って行く道の下で、博士は速足でわたしに追いつきました。

「ここで馬を下りよう。お母さんは独りになりたいそうだから、わたしたちは一緒にわたしの家まで歩いて行こう」

「もう一度母に会えますか?」とわたしはたずねました。

「約束する」と博士は言って、わたしが馬から下りるのを手伝いました。「馬はここにおいて行く。この石の荒野(あらの)に泥棒はいないからな」

道は次第に上り坂になり、家はずっと見えていました。窓がふたたび明るく輝き、煙突は煙を吐いていましたが、完全な静寂があたりを領していて、ゆっくりあとから来る母を除けば、数マイル四方に人間はいないことをわたしは確信しました。そのことを考えると、わたしは猫背になってわたしのわきを重々しく歩いている博士を見、それから、明かりが点いて工場のように煙を出している家を見ました。すると、好奇心が急に湧き起こって、言いました。「一体、人のいないこの砂漠で何をつくっているの?」

博士は妙な笑い方をしてわたしを見ると、はぐらかすように言いました。

「わたしの炉が燃えているのを見たのは、これが初めてじゃないな。いつか、明方におまえがここを通るのを見た。難しい実験に失敗(しくじ)ったんだが、おまえの御者かおまえを引いてゆく馬を驚かしたのは、本当に済まなかった」

「まあ!」わたしはあの時とび出して来た男の道化(おどけ)た仕草を思い出して、叫びました。「あれはあなただったの?」

「そうとも」と博士はこたえました。「だが、わたしが狂っていたなどと思わんでくれ。苦しんでいたんだ。ひどい火傷(やけど)をしたんだ」

わたしたちはもう家のそばに来ていました。家は、このあたりの普通の家とはちがって粗削りな石で出来ており、非常に頑丈でした。土台も石なら、背景も石でした。壁のまわりの崩れた鉱物の間には草一本生えておらず、窓を飾る花一つありませんでした。扉の上に唯一の飾りとして、〝モルモンの眼〟がぞんざいに彫りつけてありました。わたしは幼い頃からその象徴(しるし)を見て育ったのですが、脱出を試みたあの夜以来、それは新しい意味合いを帯びて、わたしを縮み上がらせました。煙は煙突の天辺からモクモクと渦巻いて立ち上り、焔のために縁(へり)が赤くなっていました。建物の向こうの隅を見ると、地面に近いあたりから蒸気が激しく噴き出し、月光の中で雪のように白く輝いては消えました。

博士は扉を開け、戸口で立ちどまりました。「ここで何をつくっているかと訊いたな。二つのものだ。生と死だ」そう言うと、入れと仕草でうながしました。

「母を待ちます」とわたしは言いました。

「いいかね」と博士はこたえました。「わたしを見なさい。ヨボヨボの年寄りじゃないか？わたしたちのどっちが強い？ 若い娘かね、それともしなびた老人かね？」

わたしはお辞儀をして、彼の横を通り、家の玄関広間か台所のようなところに入りました。そこは良く燃える暖炉の火と笠のついた読書燈に照らされていました。家具といっては、食器棚と粗末なテーブルと、木の椅子数脚があるだけでした。博士は椅子に坐れと手ぶりで促すと、もう一つの扉から家の奥へ入り、わたしをそこに残してゆきました。やがて建物の遠い端の方から鉄の軋(きし)る音が聞こえました。そのあとに続いたのは、以前(まえ)に谷間でわたしを驚かした、あの動悸を打つような音でしたが、今度はすぐ近くから聞こえて来たため、怖いくらい大きくて、ドスンドスンというたびに家が揺れました。博士はわたしが気を落ち着けるひまもないうちに戻って来て、それとほとんど同時に、母が戸口に現われました。けれども、その顔に浮かんでいた安らぎと恍惚（こうこつ）を、どうやって御説明すれば良いでしょう？　馬に乗ってここまで来たあの短い間に、歳月が母の上を通り過ぎて、若く美しくしたようでした。眼は輝き、その微笑みはわたしの胸に浸（し）みました。母はもう人間の女性ではなく、うっとりするほど優しい天使のようでした。わたしは何か恐ろしくなって母に駆け寄りましたが、母は少しあと退（じさ）りして、悪戯（いたずら）な、けれどもこの世離れした様子で、唇に指をあてました。一方、博士の方へ、まるで彼が友であり協力者であるかのように手を伸ばしました。あまりに奇妙な光景だったので、わたしは憤ることも忘れてしまいました。

「ルーシー」と博士は言いました。「準備は出来ている。独りで行くかね？　それとも、娘を我々について来させるかね？」

「アシーナスも来させて下さい」と母はこたえました。「可愛いアシーナス！　わたしはもう浄められて恐れも悲しみもなくなり、自分のことも肉親の情も心の中にありません。それでも、あの子について来て欲しいのは、あなたのためであってわたしのためではないんです。あの子を除（の）け者にしたら、あなたの親切を誤解するかもしれませんからね」

「母さん」わたしは夢中で叫びました。「母さん、これはどういうことなの？」

けれども母は輝く笑みを浮かべながら、「しっ！」と言うだけでした――まるでわたしが子供に戻り、熱を出して寝返りを打ってでもいるかのように。黙りなさい、お母さんをこれ以上困らせないように、と博士も言いました。「あなたは選択をした」博士は母に向かって言いました。「わたしもしばしばその選択に、奇妙に誘惑されたものだ。両極端――すべてか無か、けしてやらないか、今すぐやるか――こうしたことが、わたしの不遜な願望だった。中間を受け入れること、そこそこの贈物に甘んずること、束の間明滅して燃え尽きてしまうこと――そうしたことは、生まれてからこの方、一時たりとわたしの野心を満足させたことがなかった」彼はそう言って母をじっと見据えましたが、その眼には多くの称讃の念と幾分の嫉妬があらわれていました。それから深いため息をついて、奥の間へ案内しました。

そこは随分と細長い部屋でした。端から端までたくさんのランプに照らされていましたが、その光はさまざまな色で、ひっきりなしにパチパチ音を立てていましたから、電燈だったのだろうと今では思っています。一番奥に開いた扉があって、その向こうにチラリと見えたのは、煙突のそばの差掛け小屋にちがいありません。そこは部屋とは対照的に、炉の扉から見えるような、真っ赤な反射光に彩られていました。壁には本とガラスケースが並び、机には科学研究に使う道具が所狭しと置いてありました。大きなガラスの蓄電槽が明かりの中で光っていました。差掛け小屋の扉に近い切妻壁に空いた穴から重厚な駆動ベルトが部屋に入って来て、頭上の鋼鉄の滑車の上を走り、ぎこちなく作動をして、ドクンドクンという気味の悪い音をさかんに立てていました。一方の隈に、ガラスの足がついた椅子がありましたが、それには奇妙な具合に電線が巻きついていました。母はこの椅子に向かって、素早く決然と進み出ました。

「これがそうなの?」と母はたずねました。

　博士は無言でうなずきました。

「アシーナス」と母は言いました。「わたしは人生のこの悲しい終わりに、一人の協力者を見つけました。この人をごらんなさい。グリアソン博士よ。いいこと、あのお友達に恩知らずな真似をしてはいけませんよ!」

　彼女は椅子に坐り、椅子の腕の先についている丸い物を手に握りました。

「これでよろしいの?」と言って博士を見ました。その顔があまりにも晴れ晴(ば)れとしているので、わたしは母が正気かどうか不安になりました。博士はまたうなずきましたが、今度は壁に強く凭(もた)れかかっていました。彼は何かの発条(ばね)に触ったにちがいありません。坐っている母はかすかなショックをうけて動揺し、一瞬、かすかな震えが顔を横切ったと思うと、疲れきった人のように、椅子の背に身体を預けました。その時、わたしは母の膝元にいましたが、母の手はわたしに握られたまま、だらんと垂れ下がりました。顔は今もあの胸を打つ微笑を浮かべていましたが、うつ向いて胸先に垂れていました。彼女の霊魂は永久に飛び去ったのです。

　どれだけ時間が経ったかわかりませんが、涙に濡れた顔をふと上げると、博士と視線が合いました。その眼は同情と関心をたたえてわたしをしげしげと見ていたので、悲しみはまだ新たでしたが、ハッと注意を向けずにいられませんでした。

「嘆くのはもう沢山だろう」と彼は言いました。「お母さんは結婚式にでも行くように死に赴いたのだ。夫が死んだ場所で死んだのだからな。今は生き残った者のことを考える時だよ、アシーナス。わたしについて隣の部屋へ来なさい」

わたしは夢を見ているように、博士について行きました。博士はわたしを暖炉のそばに坐らせて、飲めといって葡萄酒をくれました。そして石の床の上を歩きまわりながら、こんな風に語りはじめました。

「いいかね、おまえはもうこの世に独りぼっちで、ブリガム・ヤングに直接監視されているのだ。普通なら、下劣な長老の五十番目の花嫁となるか、特別の幸運に恵まれて——この国でいうところの幸運だがな——大管長その人に可愛がられるか、それがおまえの運命なのだ。おまえのような娘にとって、そんな運命は死ぬよりも辛かろう。女の堕落の泥沼地獄に毎日深く沈み込むよりは、母さんのように死んだ方がましだろう。だが、脱出は可能だろうか？　おまえの父さんは試みた。そして、おまえは自分の目で見ただろう——番人たちが厳重な警備を敷いていること、岩に描いた物言わぬ絵が、自由の大道を見張る歩哨として十分だとされていることを。父さんが失敗したことを、おまえはもっと賢く、あるいはもっと幸運にやり遂げられるかな？　それとも、やはりどうすることもできないかな？」

わたしは彼の言葉を聞いているうちに気持ちが変わってゆきましたが、今は相手の言うことを理解したと思いました。

「わかりました」とわたしは叫びました。「あなたの御判断は正しいわ。両親が先に行ったところへ、わたしもついて行かなければなりません。ああ！　そうします。ぜひそうしたいの！」

「いや」と博士はこたえました。「死んではいけない。罅の入った器は割っても良いが、完全な器はいけない。だめだ、おまえのお母さんはちがう望みを抱いていたし、わたしもそうだ。わたしには見える。少女が一人前の女になり、計画は実現し、約束は——そう、約束以上のことがなされるのが！　このように生き生きした可愛らしいものの成長を止めるには忍びない。お母さんは」と声の調子を変えて、言い足しました。「わたしがおまえと結婚することを考えていたのだ」わたしは思わずゾッとする気持ちを顔にあらわしたのでしょう。博士は急いでわたしを落ち着かせようとしました。

「安心しろ、アシーナス。わたしは年寄りだが、若い頃の嵐のような心を忘れてはおらん。いかにも、わたしは実験室で人生を過ごして来たが、徹夜の研究をしながらも、若い心臓の鼓動の調べを忘れはしなかった。老人は弱気になって、耐えがたい苦痛を与えないでくれと頼む。若者は運命の鬢をつかみ、当然の権利として喜びを求める。こうしたことをわたしは忘れておらん。むしろ、それをわたしほど切実に感じた者は、羨ましく思った者はおらん。わたしはただ、それを然るべき日まで先延ばしして来ただけだ。さて、いいかな、おまえには頼れる者がいない。おまえに残された唯一の味方は、この年老いた研究者だ。年寄りの狡智と若者の同情を持つ男だ。一つだけ、わたしの質問に答えてくれ。おまえは世間で愛と呼ぶもののしがらみから自由なのか？　今も自分の心と意志を支配しているのか？　それとも、目と耳の奴隷の軛（くびき）にとらわれているのか？」

わたしはただどたどしい言葉で答えました。わたしの心は、死んだ両親と共にあると言ったのだと思います。

「よろしい」と博士は言いました。「わたしは今まで、今夜話したあの奉仕をあまりにもしばしば求められた。ユタ州の誰も、わたしほど見事に務めを果たすことはできなかった。それ故、わたしはいくばくかの影響力を手に入れた。それを今おまえのために使おう。一つには死んだ友達、すなわち、おまえの両親のためだし、一つには、おまえに対して持つ興味のためだ。わたしはおまえを英国へ、大都市ロンドンへ送ろう。そこでおまえはわたしが選んだ花婿を持つのだ。婿とはわたしの息子だが、ちょうど良い年齢の若者で、おまえのような年頃の娘に必要な美しさという長所にも、さほど欠けてはおらん。おまえの心は自由なのだから、多額の費用とそれ以上の危険と引きかえに、わたしが求める唯一の約束をしてくれても良いだろう——妻の淑徳を持って、その花婿の到着を待つ、と」

わたしはしばらく呆然としていました。博士は何度も結婚したけれども、子供ができなかったと聞いたのを思い出し、それが悲しみにさらに困惑を加えました。けれども、彼が言った通り、わたしは独りぼっち——あの暗黒の国で独りぼっちだったのです。釣り合った相手と結婚して逃げ出すことを考えると、それだけでいくらか希望の曙光（ひかり）が射して来ました。それで、どんな言葉遣いをしたかわかりませんが、申し出を受け入れました。

博士は、わたしが承知すると、思いのほか感動しているようでした。「見せてやろう。自分で判断するがいい」そう言って、急いで隣の部屋へ行くと、油絵で粗雑に描いた小さな肖像画を持って、戻って来ました。それには四十年ほど前の服装をした男が、若いけれども、博士と見分けのつく人物が描かれていました。「気に入ったか？」と彼はたずねました。「そいつは若い頃のわたしだ。わたしの――わたしの息子もそんな風だ。似ているが、もっと品が良い。天使も羨むほど健康で、アシーナス、堂々たる精神を持つ男だ。そいつは立派な男に、きっと万人に一人の男になるだろう。そんな男なら――青年の情熱と老人の自制、力、威厳を兼ねそなえた男――あらゆる資質や能力を持つ男、男の鑑（かがみ）――どうだ、そんな男なら、野心ある娘の要求を満たすのではないかね？　どうだ、それで十分ではないかね？」彼はわたしの目の前に絵をかざしていましたが、両手が顫（ふる）えていました。

それ以上の人は望みません、とわたしは言葉少なに言いました。博士が父親らしい気持ちを見せたことに胸を打たれたからです。けれども、そう言っている間にも、傲慢な反抗心がわたしの血管に沸き立っていました。わたしは彼を嫌悪していました――彼を、彼の肖像画を、彼の息子を。もしも死かモルモン教徒との結婚以外に選択肢があったなら、わたしはそれを受け入れたと神かけて断言します。

「よしよし」と博士はこたえました。「おまえの気骨を見込んだのは正しかった。それでは食べなさい。遠くまで行かねばならないからな」そう言いながら、わたしの前に食べ物を置きました。わたしが何とか彼の言葉に従おうとしていると、彼は部屋を出て行き、一抱えの粗末な衣類を持って戻って来ました。「そら。変装用の服だ。独りで身づくろいをするがいい」

その服は、たぶん十五歳くらいの少し太った少年のものだったのでしょう。着てみると、まるで頭陀袋(ずだぶくろ)のようにブカブカで、ひどく身動きの邪魔になりました。けれども、わたしが戦慄を抑えられなかったのは、その服の出所(でどころ)と持主だった若者の運命を考えたからでした。博士は着替えが済むか済まないかのうちに戻って来て、裏手の窓を開け、わたしを助けて、家と蔽いかぶさる絶壁との間の狭い隙間に出すと、梯子(はしご)のように岩に打ち込んだ鉄の足がかりを示しました。

「登れ」と彼は急いで言いました。「天辺まで上がったら、煙の蔭を歩けるだけ歩くのだ。煙をつたって行くと、いずれ峡谷に出るだろう。そこをずっと行くと、男が馬を二頭連れて待っている。その男の言う通りにするのだ。そして忘れるな、何もしゃべってはいかんぞ！　今からおまえのために動かすからくりは、ただの一言でおまえの敵となるかもしれないのだ。さあ、行け。天の御加護があるように！」

崖を登るのは簡単でした。天辺に着くと、向こう側には、広々としたなだらかな石の下り坂が月とまわりの山々にさらされていました。有利な場所も、隠れる場所もありませんでした。

こうした砂漠に監視がどれだけ散らばっているか知っていたわたしは、急いで風になびく煙の尾の下に隠れました。煙は時に夜風に乗って高く立ち上り、月が投げかけるその影以外に身を隠すところはなくなりました。煙はまた時に地の上を這い、山霧のようにわたしの肩ほどの高さになりましたが、わたしはその中を歩きました。けれど、どちらにしても、あの不吉な炉の煙は脱出の第一歩を護ってくれて、敵に見つからずに峡谷まで行けました。

そこには、果たして、無口で陰気な男が二頭の乗用馬を連れて待っていました。それから夜通し、わたしたちは無言で、山の中の危険な秘密の道を彷徨いました。夜が明ける少し前に、山峡の底にある、湿気た、風の吹き抜ける洞穴に避難し、一日中そこに隠れていて、次の夜、西空の光が消える前にふたたび放浪の旅をつづけました。正午頃、小川のほとりの草叢でまた止まりました。そこは藪がついたてのようになっていて、案内人は荷物から包みを取り出してこちらに渡し、もう一度着替えろと言いました。包みの中には、家から持って来たわたしの服と、梳や石鹼のような日用品が入っていました。わたしは静かな水たまりを鏡にして身形を整え、自分らしい姿に戻ったのを見て満足げに微笑んでいますと、人間の声などよりもはるかに鋭い叫びが山々に響き渡りました。びっくりして立っているうちに、何とも恐ろしい、大地を劈く音が嵐のようにわき起こって、たちまち大きくなりました。わたしはうつ伏せに倒れて悲鳴を上げたことを白状いたしましょうか？　けれども、それは近くの山間を走る汽車にすぎなかったのです。それこそ、まさにわたしを救う手段、わたしをユタ州から連れ出してくれる力強い翼でした！

着替えが済むと、案内人は鞄をくれて、これには金と書類が入っていると言いました。おまえはもう州境を越えてワイオミング州に入ったから、半マイル下にある鉄道駅まで小川伝いに行け、と命じました。「ここにカウンシル・ブラフスまでの切符がある。東部行き急行は二、三時間すれば通る」男はそう言うと両方の馬の手綱を取り、何も言わず挨拶もせずに、来た道を帰って行きました。

三時間後、わたしは汽車の後ろのデッキに坐っていて、汽車は東に向かって山峡を走り、山のトンネルで轟音（ごうおん）を立てました。風景が変わったこと、逃げられたという感覚、今もドキドキする追跡の恐怖――何よりも、新しい乗り物の驚嘆すべき魔法のために、わたしは理詰めでものを考えることも、くよくよすることもありませんでした。一昨日（おととい）の晩は死ぬ覚悟をし、死ぬよりも厭（いや）な運命を覚悟して、博士の家へ行ったのです。そのあと起こったことは、恐ろしかったには違いありませんが、予想したことに較べれば上々吉と言っても良いくらいでした。それで、飛ぶように走る客車で一晩ぐっすり眠ってから、ようやく取り返しのつかない喪失感と、将来へのもっともな不安に目醒めたのでした。こうした気分で、鞄の中身を調べてみました。鞄にはお金がたっぷり入っていて、リヴァプールまで行くための切符と、行き届いた指図書き（さしずがき）と、博士からの長い手紙がありました。手紙にはわたしの名のるべき偽名と偽りの素性が記してあり、用心深く沈黙を守り、息子が来るのを忠実に待てとありました。してみると、すべてあらかじめ用意してあったのです。博士はわたしが同意することを、そして十倍も悪いことに、母が自ら死ぬことを予想していたのです。唯一の味方に対するわたしの嫌悪、自分と結婚する息子への反感、自分の人生のなりゆきに対する反撥（はんぱつ）は今や完全でした。悲しみと無力感に呆然として坐っておりますと、嬉しいことに、感じの良い婦人が話しかけて来ました。わたしはこの慰めにとびつき、やがて博士の手紙に書いてあった身の上話をぺらぺらとしゃべっていました。自分はネヴァダ・シティーのグールド嬢といい、英国にいる叔父のところへ行く途中だとか、これだけのお金を持っていて、家族はこれこれで、年齢（とし）は――などと話しているうちに、博士から教わったことは言い尽くしてしまいましたが、それでも婦人はわたしを質問責めにするので、自分の考えで話を潤色（じゅんしょく）しはじめました。すると、世間知らずのわたしはたちまち相手に納得できないことを言ってしまい、婦人の顔が曇（くも）ったのに気づきました。その時、一人の紳士が近づいて来て、たいそう慇懃（いんぎん）に話しかけました。

「グールド嬢（さん）ですね？」紳士はそう言うと、わたしの保護者だと称して、わたしをプルマン式車輛の前方のデッキへ連れて行きました。

「グールドさん」とわたしの耳元でささやきました。「まさか御自分が安全だと思っているんじゃないでしょうな？　本当のことをわからせてあげましょう。もう一ぺん、ああいう無分別なことをしたら、あなたはユタ州へ逆戻りです。とりあえず、あの女がまた話しかけて来たら、こう返事をするんです。『マダム、わたしはあなたが嫌いですので、話し相手を選ばせてくださると有難いですわ』」

ああ、わたしは言われた通りにしなければなりませんでした。わたしはすでにあの婦人に強い同情の絆で引かれておりましたが、その人を侮辱して追い払い、そのあとは一日中黙って坐ったまま、草木のない平原をじっと見つめて、涙ぐんでいました。これだけお話しすれば十分でしょう。道中はずっとそんな具合でした。汽車でも、ホテルでも、航洋船の上でも、ほかの旅行客と親しい言葉を一言でも交わすと、必ず邪魔が入ったのです。あらゆる場所で、男女や貧富を問わず、およそ意外な人々がわたしを先へ進める保護者となり、わたしの行動を監視し掣肘するスパイとなるのでした。わたしはこのようにして合衆国を横断し、大洋を渡り、〝モルモンの眼〟はつねにわたしの動きを追っていました。そして、ついに辻馬車がロンドンの下宿屋――今朝あなたはわたしがそこから逃げ出すのをごらんになりました――の前に下ろした時、わたしはもう抗うことも、希望を持つこともやめていました。

旅の間に会った人間はみなそうでしたが、宿の女将さんもわたしの到着を待っていました。庭に面したわたしの部屋に火が焚かれました。テーブルには本が、抽斗には服があり、わたしはそこで（満足して、と言いそうになりましたが、ともかく観念して）一月また一月と時が経つにまかせておりました。女将さんは時々散歩や遠出に連れて行ってくれましたが、わたしが独りで家を出ることはけっして許しませんでした。彼女もまた、世間に網を張ったモルモンの恐怖の影の下に生きていることがわかりましたから、気の毒で逆らうこともできませんでした。

秘密教団の誓約を受け入れた人間と同様、モルモンの土地に生まれた子供には逃げることは不可能なのです。わたしはそれをはっきりと悟り、この一時の安らいに感謝さえいたしました。一方、来る婚礼のため、真面目に心の準備をしようとしました。花婿が訪れる日は近づいていて、わたしは感謝と恐れと、両方の理由から承諾せざるを得ませんでした。グリアソン博士の息子は、人柄はともかくまだ若いにちがいなくて、ことによると美男子かもしれません。それ以上のことはあてにできないと思ったので、自分の心を承諾に向けてゆくために、期待しても良さそうな容姿の魅力について考え、道徳的、あるいは知的な事柄から目をそらしました。人間は自分の精神に働きかける大きな力を持っています。時が経つにつれて、わたしは自分を忍従の枠に嵌め込み、それどころか、その時を待ち遠しく思うようになりました。夜はちっとも眠れませんでした。昼はひねもす炉端に腰かけて夢見に耽り、夫となる人の顔形を考え、空想の中で彼の手に触れ、声の響きを聞くのでした。沈滞した生活と孤独の中で、これだけがたった一つの東向きの窓であり、希望の扉だったのです。しまいにわたしは心の備えをするあまり、逆の心配に襲われるようになりました。わたしの方が気に入られなかったら、どうしよう？　もしもまだ見ぬ恋人が不満を持って、わたしに背を向けたらどうしよう？　今やわたしは何時間も鏡に向かって自分の魅力を研究し、批評し、服を着替えたり、髪を整えたりして飽きることがありませんでした。

いよいよその日が来ると、長い時間をかけて化粧しましたが、ついに一種の希望と諦めを持って、自分にこれ以上のことはできない、今は生まれ持ったものに賭けるだけだと認めねばなりませんでした。やることをやってしまうと、不安の入り混じった何とも厭な焦燥感にかられました。次第に大きくなる街路のざわめきに耳を澄まし、音と静けさが入れ替わるたびにハッとしたり、怖気（おじけ）づいたり、額まで赤くなったりしました。愛情は相手を多少知らなければ育ちません。けれども、ついに辻馬車が玄関先へガタガタとやって来て、訪問者が階段を上がって来る足音を聞いた時、哀れなわたしの胸にあった荒れ騒ぐ希望は、愛の神自身もそれを生んだことを誇らしく思うほどのものでした。扉が開き、現われたのはグリアソン博士でした。わたしは大声で叫んでしまったと思います。少なくとも、気絶して床に倒れたことは知っています。

気がつくと、博士がわたしの上に屈（かが）んで脈を診（み）ていました。「驚かしてしまったな」と彼は言いました。「思いも寄らぬ問題が起こって――純度の高い薬品が手に入らなくてな――仕方なく、準備をせずにロンドンへ来たのだ。魅力のない姿をふたたび見せたことは残念だが、その魅力はおまえにとって大切でも、わたしにとっては、海に落ちる雨のように取るに足らぬものなのだ、若さとは一つの状態にすぎず、おまえがたった今そこから醒（さ）めた失神状態のように束の間のもので、科学にもし真実があるなら、同じくらい容易に取り戻せる。こう言うのは、アシーナス、今は秘密を打ち明けねばならないからだ。わたしは若い頃から、人生のすべての時間と行動をある野心的な課題に捧げて来た。そして成功の時が近いのだ。長い間我慢して滞在した新しい国々で、わたしは必要不可欠な材料を集めた。あらゆる面で、誤りを犯す可能性から自分を守って来た。かつては夢だったことが、今現実となる。おまえに息子をやると言ったのは言葉の綾だ。その息子——その夫とは、アシーナス、わたし自身なのだ——今おまえが見ているわたしではなく、青春の元気を取り戻したわたしなのだ。わたしの気が狂っていると思うかね？　無知な者はみなそう考える。議論はすまい。事実をして語らしめよう。浄化されて活力を与えられ、もとの姿に新しく鋳直されたわたしをおまえが見たら——わたし（これからわたしがなるもの）の中に人類の能力の最初の完璧な表現を見たら——わたしはおまえがいっとき疑ったことをもっと優雅に笑えるだろう。おまえが望むものは何だろうと——名声でも、富でも、権力でも、若さの魅力でも、高い価を払って買った老年の知恵でも——わたしには完璧な形で与えられる。自分を欺いてはいけない。わたしはすでにただ一点を除いて、人間のあらゆる天稟に於いておまえに優っている。その一つを取り戻した時、おまえは自分の主人が誰かわかるだろう」

　彼はこの時、時計を見ると、今はおまえを独りにして行かねばならないが、若い娘の気まぐれではなく理性と相談しろと言って、立ち去りました。わたしには身動きする気力もありませんでした。夜になりましたが、わたしは依然失神している間に寝かされた場所にいて、顔を両手で蔽い、わたしの魂は真っ暗な不安のうちに溺れていました。その晩遅く、博士は蠟燭を手に戻って来て、苛立たしげに身を顫わせながら、起きて夕食を食べろと命じました。「おまえに勇気があると思ったのは、見込みちがいだったのか？　臆病者の娘は、わたしにふさわしい相手ではない」

わたしは彼の前に身を投げ出して跪き、さめざめと涙を流して言いました——どうかこの婚約から自由にして下さい。わたしは見下げ果てた意気地なしで、知性や人格のあらゆる点で、どうしようもなく、あさましいほどあなたに劣っているのですから、と。

「いいかね」と博士はこたえました。「わたしはおまえ自身よりも、おまえを良く知っている。それに人情に通じているから、こういう場面も理解できる。おまえが今話しかけているのは」とニッコリして言い足しました。「まだ変貌しないわたしに向かってなのだ。しかし、先のことは心配せずとも良い。ともかく、わたしに目的を遂げさせてくれ。そうすれば、アシーナスよ、おまえだけでなく、地上にいる女という女がすすんでわたしの奴隷となるだろう」

そう言うと、わたしを無理矢理立たせて、食事をさせました。わたしと一緒にテーブルにつき、上品な会席のもてなし役のような心配りをして、飲み物や食べ物を勧めました。そして夜も更けてからようやく礼儀正しい就寝の挨拶をすると、惨めなわたしをまた一人にして、出て行きました。

こうした不老不死の霊薬や若返りの話を聞かされたわたしには、一体どちらの仮定がより恐ろしいかわかりませんでした。博士の希望がもし何らかの事実に基づいているのだとしたら——忌まわしい奇蹟によって、彼が本当に老いを捨て去るとしたら、そのような自然に反した罪深い結婚からの避難所は死しかないでしょう。一方、これが単なる狂人の夢で、生涯にわたる狂気が突然つのったものだとしたら、わたしの同情心はこの結婚への嫌悪と同じほど耐え難い重荷となることでしょう。その夜は反抗と絶望、憎しみと憐れみが交互に胸の中を去来し、翌朝、わたしは自分の奴隷的な立場をいっそう深く理解しました。博士は非常に穏やかな表情で現われましたが、わたしの顔に嘆きの色を見たとたん、彼自身の顔にも暗い翳がさしたからです。

「アシーナス。おまえはすでにわたしにたいそうな恩を受けている。わたしは今でも、死の上に宙吊りになったおまえを指一本で支えているのだ。わたしの人生は労苦と不安に満ちている。だから」と博士はことさらに命令口調で言いました。「おまえには気持ち良い顔でわたしに接してもらいたい」

この忠告を繰り返す必要はありませんでした。その日以降、わたしはいつもうわべは朗らかに博士を迎え、博士はそのお返しに長時間わたしの相手をして、厭になるほど何でも打ち明けました。彼はその家の裏手に実験室を造って日夜霊薬の研究に励み、そこからわたしの応接間へ来るのでした。時には気落ちしていることもありましたが、希望に輝いていることの方がずっと多いのでした。そうして始終会っておりますと、彼の余命が残り少ないことに気づかずにはいられませんでした。けれども、彼は広大な未来を設計し、若者の自信を持って、快楽と野心の計画を際限もなく立てるのでした。わたしはそれに何とこたえたかわかりませんが、話を聞いて内心泣いたり怒ったりしている時でさえも、返事をするための声と言葉を見つけました。

一週間前、博士は明るい気分が肉体の哀れな衰弱と争っているといった様子で、わたしの部屋へ入って来ました。「アシーナス」と彼は言いました。「やっと最後の材料を手に入れたぞ。今から一週間もすれば、最後の投入の危険な瞬間が近づくだろう。おまえは前に一度、自分では気づいておらんが、同じような実験の失敗に立ち合ったことがある。いつかの晩、おまえがわたしの家の前を通った時に恐ろしい爆発を起こしたのは、あの霊薬なのだ。こういう大都会の数知れない震動のさなかで、あれほど微妙な工程を行うことが、ある種の危険を有することは否定できない。この点からすると、砂漠の中の家の完全な静けさを失ったのは残念だよ。しかし、投入を行う時の霊薬が異常に不安定な平衡状態になるのは、材料の性質よりも不純さが原因であることを、わたしは証明した。今は何もかも緻密に準備ができているから、結果は心配しておらん。従って、今日から一週間後に、アシーナスよ、この試煉の時は終わるのだ」そう言うと、博士はいやに父親ぶった顔で微笑(ほほえ)みかけました。

わたしも口元では微笑みを返しましたが、胸のうちには暗澹(あんたん)とした抑えのきかない恐怖が荒れ狂っていました。彼がもし失敗したら？　そして、ああ、それより十倍も悪いことに、もし成功したらどうなるでしょう？　何という厭らしい自然に悖(もと)る取り代えっ子が、わたしを妻にしようとして現われるでしょう？　そして――わたしは空恐ろしくなって自問しました――わたしの不本意な気持ちを必ず乗り越えてみせると豪語する彼の言葉に、少しでも真実があり得るでしょうか？　実際、彼は支配力を持ち、わたしの人生を合図一つで動かしています。それなら、仮に実験が成功したとしましょう。仮に彼が伝説の吸血鬼のように、おぞましくも若返って戻って来たとしたら、そして何か悪魔的な魅力で……わたしは頭がクラクラしました。それまでの恐怖はみな消えてしまい、そんな目に遭うくらいなら、どんなことにも耐えられると思いました。

わたしの心はすぐに決まりました。博士がロンドンにいることは、モルモンの組織が認めていました。わたしと話す時、博士はその偉大な組織のことを悦に入って細々と語るのでしたが、その組織を自分で使いながら恐れていて、喧騒の絶えぬロンドンの迷路の中でも、ユタ州の眠らざる眼は今なおわたしたちを見ているのだと言いました。実際、彼のもとを訪れる客は、伝道師から〝破壊の天使〟まであらゆる種類の人間がいて、世間のあらゆる階級に属しているようでしたが、その時までわたしの心をただただ嫌悪と警戒心で満たしていました。もしもこの秘密が誰か指導者の耳に入れば、わたしの運命は決まって、もう取り返しがつかないことを知っていました。けれども、今恐怖と絶望の窮地に立たされたわたしは、ほかでもないこの人たちに助けを求めようとしたのです。わたしは階段でモルモンの宣教師の一人を呼びとめました。彼は下層階級の人間でしたが、同情心を持っていました。わたしは彼に何と言ったかほとんど憶えていませんが、ともかく、手の込んだ作り話をして自分の願いを説明し、彼を通じて父の親族と連絡を取りました。親族はわたしが助けるべき人間であることを知って、ほかならぬ今日、わたしは逃げ出すはずだったのです。

昨夜(ゆうべ)わたしは正装して、博士の労苦の結果を寝ずに待ち、最悪のことを覚悟していました。この季節、北国の夜は短(みじこ)うございますから、まもなく陽の光が戻って来ました。家の内外の静けさを破るのは、実験室にいる博士の動きだけでした。わたしはその音に耳を澄まし、時計を手にして脱出の時を待ちましたが、頭上で進んでいる奇妙な実験のことが不安でなりませんでした。今は自分の身を守る手立てが出来たと思いますと、わたしの同情は以前よりも直接に博士の方へ向いていました。わたしは彼の成功を祈ってさえいました。そして数時間前に低い奇妙な叫び声が実験室から聞こえて来ると、もう矢も楯もたまらなくなり、階段を上がって扉を開けました。

博士は部屋の真ん中に立っていました。手に大きな丸々したガラスのフラスコを握っていて、それには輝く琥珀(こはく)色の液体が三割方(がた)入っていました。博士の顔には感謝と得も言われぬ喜悦の表情がありました。わたしを見ると腕を伸ばしてフラスコを差し出し、「やったぞ！」と叫びました。「やったぞ、アシーナス！」すると、その時――震える指からフラスコが滑り落ちたのか、ひとりでに爆発したのかはわかりません――ともかくわたしたちは吹き飛ばされて、わたしは扉の脇柱に、博士は部屋の隅に投げつけられました。わたしたちは、街路(とおり)にいるあなたをびっくりさせたにちがいないあの爆発によって、心の底まで動揺したのです。そして、ほんの一瞬の間に博士の生涯の労苦はフイになり、あとに残ったのは割れたガラスの欠片(かけら)と、逃げるわたしを追って来た大量の厭な臭いのする煙だけだったのです。

御婦人方の付添い役（結び）

娘の興奮した態度やら声の劇的な調子やらで、チャロナーは一つ一つの出来事を聞くたびに本物の感動にうち震えた。彼の想像力はさほど活発ではなかったかもしれないが、話の内容にも語り口にも喝采を送った。とはいえ、彼の精神のもっと公正な機能は承服を拒んだ。それは素晴らしい物語だったし、本当の話かもしれないが、そうではないと信じていた。フォンブランク嬢は淑女であり、淑女も真実を離れることがたしかにあり得る。しかし、紳士たる者、どうしてそれを言えよう？　彼の気力はしばらく前から衰えていたが、今はゼロになった。娘の声が歇（や）んでからも、長い間苦しげな顔をそむけて、話をしてくれた礼を何と言ったものかと悩んでいた。実際、彼には、ここから逃げ出したいというぼんやりした思い以外何もなかった。沈黙は一秒ごとに気まずいものになって行ったが、御婦人がいきなり笑い出したので、チャロナーはハッとした。彼の虚栄心が警戒を覚え、ふり返って相手に面と向かうと、目と目が合った。彼は相手の目から率直な笑いの火花が飛ぶのを見て、たちまち気が楽になった。

「あなたはたしかに、災難を素晴らしい勇気で耐えておられるようですね」

「そうではなくて？」女はそう言って、また楽しげに笑いだしたが、今度はもっと早く立ち直った。「それはいいんですけれども」と言いながら、重々しくうなずいた。「でも、わたしはまだひどく辛（つら）い状況におりまして、あなたがお力を借して下さらなければ、そこから逃れることは本当に難しいんです」

　力を借せと言われると、チャロナーは憂鬱に逆戻りした。

「深く御同情申し上げます」と彼は言った。「ですから、そうすることができれば嬉しいのは山々ですが、我々の置かれている立場ははなはだ異常なものです。それに、自分ではどうにもならない事情で、わたしにはその力が――喜びが――まったく」ここでふと思いつき、いくらか明るい顔をして言った。「警察に御相談なさってはいかがでしょう？」

　女は彼の腕に手を置き、その目を覗（のぞ）き込んだ。出会ってから初めて、彼女の頬がまったく色を失っているのに気づいて、チャロナーは驚いた。

「そうなさい」と彼女は言った。「そうしたら――良く聞いて下さい――あなたはナイフで殺すように確実に、わたしを殺すことになるでしょう」

「何ですって！」チャロナーは叫んだ。

「ああ。わたしの話をお疑いになって、わたしを取り巻く危険を軽んじておられるのはわかります。でも、あなたにどうして判断できるんです？　わたしの親族はわたしと同じことを案じて、こっそり助けてくれます。かれらがどういう密使によって、またどういう場所で、わたしに逃亡の資金を渡したかを御覧になったじゃありませんか。たしかに、あなたは勇敢で賢くて、わたしにたいそう良い印象を与えました。でも、どうしてわたしの伯父の意見よりも御自分の意見を良しとされるんです？　わたしの伯父はもとの大臣で、女王陛下にも意見を訊いてもらえるほど政治経験を積んだ人なのです。たとえわたしが狂っていたとしても、伯父はどうなんですか？　それに、あなたは助けていただく特別な権利をわたしにお許し下さらなければいけません。わたしの話を奇妙だとお思いになるかもしれませんが、そのうちの多くのことが本当であることを、あなたは御存知です。あの爆発音を聞いて、ヴィクトリア駅であのモルモン教徒を御覧になったあなたが、わたしを信じて協力して下さらないなら、わたしは誰に縋れば良いんでしょう？」

「それじゃ、あの男がお金をくれたんですね？」それまで、その事ばかり考えていたチャロナーはたずねた。

「やっと、わたしに興味をお持ちになりましたのね」と女は言った。「でも、はっきり申しますと、あなたはわたしを助けざるを得ないんです。もしもお頼みすることが重大だったり、いかがわしかったり、普通でないことでしたら、これ以上何も申しません。でも、それはどんなことでしょう？　楽しい旅行をして（お許し下さるならば、費用はわたしが払います）、一人の婦人からべつの婦人へお金を届けるだけなんです。これよりも簡単なことがあるでしょうか？」

「それはかなりの額ですか？」とチャロナーは言った。

女は懐から包みを取り出し、まだ中身を数える閑がなかったと言って、被いを破ると、膝の上にかなりたくさんの英国銀行紙幣を広げた。計算にはしばらくかかった。あらゆる金額の紙幣が混じっていたからである。だが、しまいに二、三ばらのソヴリン金貨を数えると、総額は七一〇ポンドに少し足りなかった。その大金を見ると、チャロナーの心にたちまち激変が生じた。

「それで、マダムは」と彼は声を上げた。「そのお金を見ず知らずの人間に託そうというのですか？」

「ええ！」女は魅力的な笑顔で言った。「でも、あなたを見ず知らずの人間だとはもう思っていません」

「マダム」とチャロナーは言った。「あなたに告白しなければいけないようです。僕は非常に良い家柄の生まれですが――実際、母は愛国者ブルース〔イングランドと戦ったスコットランド王ロバート一世のこと。一二七四―一三二九〕の直系の子孫なんですが――内証が苦しくて、首が回らないことを隠すわけにまいりません。借金をしていますし、ポケットは事実上空っぽです。手短に申しますと、高額の金が多くの人間にとって抗しがたい誘惑であるような、そういう状況に陥っているんです」

「おわかりになりませんの」と若い婦人は言い返した。「今のお言葉によって、あなたはわたしの最後のためらいを取り除いてしまったことを？　お受け取り下さい」と言って、紙幣を青年の手の中に突っ込んだ。

チャロナーはそれを持って長い間、洗礼を受ける赤ん坊のように坐っていたので、フォンブランク嬢はまた吹き出した。

「お願いですから、ためらうのは、もうやめて下さい。それをポケットにしまって下さい。そして、わたしたちの立場から気まずい影を取り去るために、わたしの遍歴の騎士を何という名前で呼んだら良いか、教えて下さい。そうしないと、よそよそしくあなた、あなたと言わなければなりませんから」

金の貸し借りが問題であれば、我々の祖先の知恵はすぐに青年を助けに来ただろう。ただ、このように鷹揚に信頼されては、一体どういう口実で断わることができよう。許し難いほど相手を傷つける口実以外の口実はないことがわかっていた。それに相手のキラキラする眼と潑剌とした様子は、すでにチャロナーの警戒心の城壁に突破口を開いていた。この一件全体がただの秘密ごっこであって、それに腹を立てるのは愚の骨頂かもしれないと彼は思った。一方、あの爆発と酒場での待ち合わせ、それに彼の手中にある金そのものが、深刻な危険の存在を否定の余地なく証明しているようだった。もしそうだとすると、彼女を見捨てることができようか？　どのみち危険を選ばなければならないのだ——淑女に対し、並外れて無礼で見苦しい振舞いをする危険と、骨折り損をする危険である。あの話は嘘のようだが、金は否定できない。状況全体は胡散（うさん）臭く曖昧（あいまい）だが、御婦人は魅力的で、言葉遣いも態度も上流社会の人のそれである。彼がなおどちらとも決めかねている間に、一つの記憶が予言の重々しさをもって心に蘇（よみがえ）った。自分は平凡な旧慣と縁を切り、最初に出会った冒険を受け入れるとサマセットに約束したではないか？　そう、ここにその冒険がある。

　彼は金をポケットに突っ込んで、言った。

「僕の名はチャロナーといいます」

「チャロナーさん」と女はこたえた。「あなたはわたしが困り果てている時、御親切にも助けに来て下さいました。わたし自身はごく賤しい人間ですけれど、わたしの一族は大きな権益を握っています。この立派なお振舞いをけして後悔はなさらないと思いますわ」

　チャロナーは喜びに顔を赤らめた。

「わたしの想像では、きっと、領事職が」女は人を見定めるような眼で彼をじっと見ながら、言い足した。「どこか大きな町か首都の領事職が――さもなければ――でも、わたしたち、時間を無駄にしております。届け物の仕事に取りかかりましょう」

　彼女は信じきった様子で相手の腕を取り――チャロナーの心には、それがぐっと来た――深刻な考えはまたそっちのけにして、公園を横切る間、気持ちのよい朗らかな心で彼を楽しませた。大理石門（マーブル・アーチ）のそばで辻馬車（ハンサム）を見つけ、それに乗って速やかにユーストン広場の駅へ行くと、ここのホテルで素敵な朝食をとった。若い婦人が最初にしたのは、紙とペンを持って来させ、テーブルの隅で慌しく短信を書くことだった。その間も相変わらず笑顔で連れをチラチラと見た。「さあ。この手紙がわたしの従姉妹への紹介状になるでしょう」と言うと、紙をたたみ始めた。「従姉妹には会ったことがありませんけれども、じつに魅力的な女性で、美人だそうです。それはどうか知りませんが、少なくとも、わたしにはすごく親切にしてくれました。従姉妹のお父様もそうです。あなたもそう――誰よりも御親切で――申しわけないくらい御親切で」彼女は一方ならぬ感情をこめてそう言いながら、封筒に封をした。「いけない！　うっかり封をしてしまったわ！　礼儀に適いませんが、友達同志の間では、これでも良いでしょう。何といっても、わたしはあなたに一族の秘密を明かすんですし、わたしたちはもう仲間ですけど、伯父はまだあなたを知りません。それでは、この住所へ行って下さい。グラスゴーのリチャード街です。向こうへ着いたら、すぐに行って下さいましね。そしてこの手紙をあなた御自身の手で、フォンブランク嬢に渡して下さい。従姉妹はそう名告るでしょうから。次にお会いする時、彼女をどう思うか聞かせて下さいね」とほんの少し挑発的に、そう言い足した。

「ああ」チャロナーはほとんど愛情をこめて言った。「何とも思うはずがありません」

「わかりませんことよ」若い婦人はため息をついた。「そういえば、忘れていました――子供じみていて、口にするのも恥ずかしいほどなんですが——フォンブランク嬢にお会いになったら、少し滑稽なことをなさらなければいけません。あなたにはとても似合わない役だと思いますけれども、わたしたちは合言葉を決めたんです。あなたは伯爵令嬢にこういって呼びかけなければならないんです――『くろんぼ、くろんぼ、くたばるな〔原文はアメリカ南部の童謡からの引用〕』でも、御安心あそばせ」と笑って言い足した。「綺麗な貴族のお嬢さんはすぐに引用の続きを言いますから。さあ、それじゃ言ってごらんなさい」

「『くろんぼ、くろんぼ、くたばるな』」チャロナーは厭そうな様子を露骨に示して、繰り返した。

フォンブランク嬢は激しく笑いだした。「結構です。じつにユーモラスな場面になるでしょうね」そう言って、また笑った。

「それで、向こうの合言葉は何と言うんです？」チャロナーは少しむっとしてたずねた。

「それはぎりぎり最後になってから申し上げます」と彼女は言った。「あなたはあんまり横柄になって来ましたから」

朝食が済むと、彼女はプラットホームまで青年について行き、「グラフィック」と「アシニーアム」と紙切りナイフを買ってやり、デッキのステップに立って汽笛が鳴るまでおしゃべりをしていた。それから車輛に首を突っ込むと、「黒いお顔に輝く眼！」とささやいて、すぐさまプラットホームへ跳び下り、玉を転がすような笑い声を立てた。汽車が蒸気を吐きつつガラスの大きな拱門（きょうもん）から出て行く時、その笑い声はまだ青年の耳に鳴り響いていた。

チャロナーの置かれた立場はあまりにも異常だったので、そのうち考えるのも厭になって来た。彼は今、ある使命をおびてイングランドを縦断しようとしている。その使命には曖昧で馬鹿げた事情がつきまとっているが、信用されて引き受けてしまった以上、どうしてもやり遂げなければならない。考えてみれば、頼みを断わって金を返し、自由で幸福な人間としてふたたび自分の道を行くのは造作もないことだった！ 今ではもう不可能だ。その眼で自分をとらえた女魔法使いは、彼の名誉を質草にとって、もう姿を消してしまった。居所を教えてくれなかったから、彼には撤退という不名誉な安全手段さえ残されていないのである。紙切りナイフを使うこと、彼女がくれた雑誌を読むことさえ、苦い悔恨を蘇らせた。彼は客室に独りだったので、後悔に苛まれながら風景をながめてその日を暮らし、セント・イーノック駅のプラットホームに下りるよりもずっと前から、見下げ果てた人間だと己を蔑んでいた。

彼は空腹だったし、ふだん優雅な生活をしていたから、まずは食事をして、旅の垢も洗い落としたかった。しかし、あの娘の言葉と彼自身の性急さがぐずぐずすることを許さなかった。そこで、まだ空は明るい夏の夕暮れの、ランプの星が瞬く薄闇の中を、キビキビと先へ進んだ。

彼が向かっている街路は、もともと丘の中腹に小さい郊外住宅が並んでいるだけの場所だったが、街の拡張によって、大分以前から数マイルにわたる街路に四方を囲まれていた。丘の天辺から、非常に高い建物の並ぶ区域が――ここにはもっとも貧しい人々が密集して住んでおり、家の窓の二つに一つからは物干し竿が突き出して、色どりを添えている――郊外住宅とその小さな庭を、海岸の崖のように見下ろしていた。しかし、長年にわたって街の塵煙に汚れながらも、ベネチアンブラインドと田舎風の柱廊式玄関のあるこうした古い家々は、少しばかり物寂しい昔の趣を保っていた。

チャロナーが入って行った時、その街路にはまったく人気（ひとけ）がなかった。たしかに、すぐ近所からは千もの足音が聞こえて来たが、リチャード街そのものは人間が住んでいるらしい明かりもなく、物音もしなかった。界隈の様子が青年の心に重くのしかかった。ロンドンの街中と同じように、ここでも都会の砂漠という感覚に襲われたのだ。指示された番地へ近づいて、ためらいがちに鈴（りん）を鳴らした時、彼の心は滅入（めい）っていた。

呼鈴は家と同様に古めかしく、かぼそい、おしゃべりな音で鳴った。音は建物の裏手から聞こえて来て、しばらくすると歇（や）んだ。そのあと奥の扉が忍びやかに開いて、用心深い猫のような足音が玄関広間をこちらへ近づいて来た。チャロナーはすぐに中へ入れてもらえると思い、手紙を出して、精一杯にこやかな顔をした。ところが、何とも驚いたことに足音は歇み、それからいっとき間（ま）をおいて、やはり忍びやかに戻って行って、家の中に消えた。青年はもう一度激しく呼鈴を鳴らした。耳を澄まして聞いていると、古い住宅のうつろな床の上で慎重に足を運ぶ音がしたが、意気地のない守備兵は今度も近くまで来て、引き返した。訪問者の忍耐はもう限界に達していた。彼はフォンブランク一族全員にありとあらゆる非難を浴びせて、クルリとふり向くと、戸口の石段を下りた。家の中で動いていた人間はたぶん窓から覗いていて、これを見ると勇気を奮い起こしたのだろう。あるいは住宅の裏手に隠れて震えていたが、理性が自力で警戒心を克服したのかもしれない。ともかく、チャロナーは舗道に足を踏み下ろそうとした時、家の内側の掛金が外される音を聞いたので、立ちどまった。掛金は一つまたひとつと軸受けの中でガタガタいって、鍵が錠前の中で荒っぽくまわり、扉が開いた。がっしりした身体つきの男が、シャツ一枚の姿で戸口に現われた。さほど男前でもないし、洗練された容子でもなかった。普通の雰囲気では観察者の目を引く男ではなかったが、入口に立っている今、その様子から極度の恐怖の感情が読み取れたので、チャロナーは驚いて立ち尽くした。一刹那、二人は無言で見つめ合い、それから、この家の男は青ざめた息苦しげな声で来訪者に用向きをたずねた。チャロナーは驚きを声に出すまいとしながら、フォンブランク嬢への手紙を持参したのだと言った。この名を出すと、まるでそれが魔法の護符であるかのように、男はうしろへ退(さが)って、入れとせっかちに促(うなが)した。冒険者が敷居を跨ぐや否や、扉が背後に閉められ、退路は断たれた。

もう夜の八時を大分まわっていた。街路にはまだ北国の遅い薄明が残っていたが、廊下は手探りで進まねばならないほど暗かった。男はチャロナーを裏庭に面した客間へまっすぐ案内した。彼はここで夕食をとっていたらしい。獣脂蠟燭の明かりで、テーブルにナプキンが敷かれ、一クォート入りの麦酒(エール)の壜とゴーダチーズの切れ端があるのが見えた。一方、部屋には色褪(あ)せているがしっかりした家具が置かれ、壁には、ガラスを嵌めた書棚に高価な学術書が並んでいた。家は居抜きで借りたにちがいない。シャツ一枚でつましい夕食をとるこの男にはそぐわなかったからだ。伯爵令嬢に関して言うと、伯爵も、外国の街の領事職の幻も、チャロナーの頭の中ではとうの昔に消えかかっていた。それはグリアソン博士やモルモンの天使たちと同様、明らかに夢の素材から編まれたものだった。この遍歴の騎士には一つの幻想も、一つの希望も残されていなかった――このいかがわしい一件からすみやかに解放される望み以外は。

男は依然不安も露わに訪問者を見て、ふたたび用向きをたずねた。

「ここへ来たのは」とチャロナーは言った。「単に二人の御婦人のお役に立つためなのです。それで早速お願いしますが、フォンブランク嬢を呼んで下さい。わたしが持って来た手紙は、その人にだけ渡すことを許されているのです」

男の顔の上で、次第につのる疑念が憂慮の皺に混ざりはじめた。「フォンブランク嬢は俺だ」と男は言った。それから、この言葉の効果を見て、「おいおい！　何をそうじろじろ見てるんだ。俺がフォンブランク嬢なんだよ」

語り手がかなり長い顎鬚を生やしており、顔のその他の部分は髭を剃って青々しているのを見ると、チャロナーは揶揄われているとしか思えなかった。彼はもはやあの若い御婦人の魔法にかかっておらず、男が、なかんずく自分の目下である男が相手なら、気骨を示すことができた。

「君」チャロナーは厳しく言った。「わたしはろくに知りもしない人たちのために、至極迷惑していてね。この件にはうんざりして来たんだ。今すぐフォンブランク嬢を呼ばないなら、この家から出て行って警察の指示に従うまでだ」

「参ったな！」と男は叫んだ。「天地神明に誓って、俺がその人なんだ。だが、どうすれば納得してもらえるかな？　あんたを使いに出したのは、きっとクララにちがいない――あの気狂い女は恐ろしく危ないことまで冗談の種にしやがるんだ。これじゃ、たぶん話がつかないだろう。しかし、ぐずぐずしていると、どんなことが起こるか知れない」

男がびっくりするほど真剣な口調で語ると同時に、チャロナーの心に合言葉として使えるはずの滑稽な文句が閃いた。「もしかすると、これが役に立つかもしれませんよ」そう言うと、少し決まり悪そうに言った。「くろんぼ、くろんぼ、くたばるな」

顎鬚を生やした男の困り顔に安堵の光がさした。「『黒いお顔に輝く眼』――さあ、手紙をよこせ」と一息に言った。

「いいでしょう」チャロナーは多少渋りながら、「あなたを正当な受け取り人と認めなければいけないようだ。わたしはこんな扱いを受けたことに不平を言って然るべきだと思いますが、責任を果たせるのがただただ嬉しいばかりです。ほら、これです」と言って封筒を差し出した。

男は獣のように封筒に跳びつくと、気の毒なほどブルブル顫える手で封を破り、折りたたんだ手紙を開いた。読んでいるうちに、悪夢といえるほどの恐怖が彼を襲ったようだ。彼は片手で額を打ち、もう片方の手で、無意識にそうするように手紙をくしゃくしゃに丸めた。「何てこった！」と叫んで、庭に面して開いている窓のところへとんで行くと、頭と両肩を突き出し、甲高い口笛を長く吹いた。チャロナーは隅に退り、決然とステッキを握って非常の事態にそなえたが、顎鬚を生やした男は暴力など考えていなかった。部屋の中をまたふり返って、忘れていたらしい来訪者をもう一度見ると、狼狽（あわ）てジタバタした。

「あり得ない！　ああ、まったくあり得ない！　神様、どうしたらいいんでしょう」そう言って、もう一度手で額を打つと、「金だ！」と大声で叫んだ。「金をよこせ」

「御同輩」とチャロナーはこたえた。「こいつはじつに醜態だね。君が落ち着きを取り戻すまで、どんな取引をすることもお断わりだよ」

「あんたの言う通りです」と男は言った。「俺は非常に神経質なんです。長い間悪寒のしない瘧（おこり）にかかっていたんで、体質が蝕（むしば）まれてしまったんです。でも、あんたは金を持ってるでしょう。それでまだ俺は救われるかもしれないんです。ですから、ああ、旦那さん、後生だから急いでください」

チャロナーはじつに不安だったが、笑いを抑えられなかった。しかし、自分としても早く立ち去りたかったので、ぐずぐずせずに金を渡した。「金額は合ってると思うがね。受け取りを頂戴したい」

しかし、男は耳を貸さなかった。金を引っつかむと、ソヴリン金貨が床に落ちるのもかまわず札束をポケットに突っ込んだ。

「受け取りを」チャロナーは少し荒々しい口調で、繰り返した。「受け取りをくれたまえ」

「受け取り？」男は少し乱暴に言った。「受け取り？　すぐにあげますとも！　ここで待っていなさい」

　チャロナーは相手の紳士に時間を無駄にしないでくれと言った。自分は乗りたい汽車があるのだからと。

「何とまあ、俺も同じです！」顎鬚を生やした男はそう言うと、部屋から出て行き、四段ひとっ跳びに階段を駆け上がって、この家の二階へ上がった。

「こいつはまったく驚きだ」とチャロナーは思った。「何とも物騒な一件だ。どう考えても、狂人か犯罪者と係り合いになってしまったらしいな。危ないところで立派に鳧（けり）をつけられたのを、運命の星に感謝すべきかもしれない」こんな風に考えて、おそらく口笛の一件を思い出しながら、開いている窓の方を向いた。庭はまだほのかに明るかった。以前の所有者（もちぬし）がそれによってこの小さい領域を飾った石段や壇、かつては田舎の鳥に塒（ねぐら）を提供した黒ずんだ藪と枯木が見分けられた。そうしたものの向こうに高さ三十フィートばかりの頑丈な支え壁があって、庭を後ろまで囲っていた。またその上に、薄汚れた建物が、夜空を背に高々と正面をそびやかしていた。何か奇妙な物体が芝生の上に長々と伸びていて、しばらく正体がわからなかったが、しまいにそれは長い梯子（はしご）、ないし梯子をいくつも繋げたものであることがわかった。こんな狭い囲い地で、こんなに大きな道具が何の役に立つのかと訝（いぶか）しんでいると、誰かが階段を乱暴に駆け下りる音がしたので、チャロナーはハッと我に返った。そのあと、家の扉をいきなりバタンと鳴らす音が聞こえ、街路を素早く遠ざかっていく足音がした。

チャロナーは廊下へとび出した。一階二階の部屋から部屋へ駆けめぐったが、薄汚れて虫の食った古家には彼一人しかいなかった。ただ、表側の一部屋だけに最近人が住んでいた形跡があった。誰かが寝たまま蒲団を敷き直していないベッド、急いで何かを探したため散らかっている整理簞笥、床にはくしゃくしゃに丸めた紙が落ちていた。チャロナーはそれを拾い上げた。家面（やおもて）に面しているこの二階は客間よりもかなり明るかったので、その紙にユーストンにあるホテルのしるしがついているのがわかった。良く見ると、優雅で丁寧な女の字で、次のように記してあった。

「親愛なるマグワイア――あなたの隠れ家が知られていることは確かです。わたしたちはまた失敗してしまいました。時計仕掛けが三十分進んで、いつものなさけない結果に終わったんです。ゼロはすっかり落胆しています。わたしたちは散り散りになり、この手紙とお金をあなたにとどけるのに、あのうすのろしか見つけることができませんでした。集会に出るのを楽しみにしています――かしこ

輝く眼」

チャロナーは心底打ちのめされた。彼は自分がいかなる手管によって、嘲笑を恐れる不甲斐（ふがい）ない気持ちにつけ込まれ、この陰謀家のカモにされたかを悟った。彼の怒りは自分自身に、あ

の女に、またサマセットに向かって、ほとんど同じくらいに激しく湧き起こった。サマセットの無益な忠告が彼をこの冒険に駆り立てたからである。と同時に、大きく不安な好奇心と、ある種の冷たい恐怖が彼の精神を虜にした。顎鬚を生やした男の行動、手紙の文句、それに早朝の爆発が、隠微な悪しき筋書の部分部分のようにぴったりと符合した。たしかに悪事が企まれている。悪、秘密、恐怖、虚偽がこの連中の置かれた状況と情熱であり、彼はその中に混じって盲目の操り人形のように動き始めた。そして経験からすると、最初操り人形だった者は、しばしば犠牲者として死ぬ運命にあるのだ。

　彼は手紙を握ったまま深く考え込んでいたが、呼鈴の音に目醒まされた。チラと窓の外を見やると――彼の恐怖と驚きを考えてみよ――入口の段に、前庭に、街路の歩道に、恐るべき警官の群がいるではないか！　チャロナーはハッとして、力と勇気をすっかり取り戻した。逃げるのだ、何が何でも逃げるのだという考えしかなかった。軋む階段を素早く静かに下り、すでに廊下に達した時、戸口から二度目のもっと横柄な呼び出しが聞こえて、無人の家に谺した。呼鈴がジャンジャンと鳴りやまぬうちに、チャロナーは客間の窓敷居に跨り、庭へ下りようとしていた。上着が鉄の花籠に引っかかった。一瞬、逆さまにぶら下がったが、それから服がビリッと破ける音がして、芝生に落ち、あとから鉢植がいくつか落ちて来た。また呼鈴が鳴り、今度は怒り狂ったようにやかましく何度も鳴り渡った。チャロナーは必死であたり四方を見た。すると梯子が目にとまったので、そこへ走って行き、あらん限りの力をふり絞って梯子を地面から持ち上げようとしたが、駄目だった。ところが、突然、彼の満身の力に抗っていた重量が、手の中で軽くなりはじめた。梯子は生き物のように芝生から巨体を起こした。チャロナーはほとんど迷信的な恐怖にかられて跳びすさったが、見れば梯子全体が、一フィートまた一フィートと、支え壁の壁面を登って行くではないか。同時に、手摺壁の上に二つの顔がぼんやりと見え、口笛が用心深く彼に呼びかけた。その抑揚の何かが、谺のように、顎鬚を生やした男の口笛を思い出させた。

　自分を使い走りにし、カモにした悪党どもが用意しておいた逃走手段を偶然見つけたのだろうか？　これは実際、身を守る手段なのか？　それともさらなる面倒と禍いの出発点にすぎないのだろうか？　チャロナーは立ちどまって考えてはいなかった。梯子がすっかり持ち上がるや否や、格に跳び乗り、手で格をたぐりながら、ぐらつく段を猿のごとく敏捷に攀じ登った。力強い腕が彼を受けとめ、抱きかかえて、助けてくれた。チャロナーは持ち上げられて、また地面に下ろされた。驚きもまだおさまらないうちに気がついたが、彼は二人の荒くれた風貌の男と共に、とある家の舗装した裏庭にいた。そこは丘の頂上にある高い家の一軒だった。下の方からは、呼鈴の音につづいて、扉を激しく叩く音がした。

「みんな出たか？」と連れの一人が訊いた。チャロナーがもぐもぐと肯定の返事をすると、梯子の一番上の格に結んであった縄が切られ、梯子は乱暴に庭に突き戻されて、ガラガラとあたりに音を響かせながら崩れ落ちた。すると、ワッと歓声が上がった。今やリチャード街全体が興奮し、人々が窓辺に群がるか、庭の塀をよじ登るかして見ていたからだ。チャロナーに声をかけた男が彼の腕をつかんだ。彼を引っさらって家の地下室を通り抜け、反対側の往来を突っ切った。そして不運な冒険家には自分の置かれた状況がわからぬうちに扉が開き、彼は天井の低い暗い一室に押し込められた。

「やれやれ」と彼の案内人は言った。「ぐずぐずしていられなかったんでな。マグワイアは行っちまったのか？　それとも、おまえが口笛を吹いたのか？」

「マグワイアはもう行ったよ」とチャロナーはこたえた。

　案内人は明かりを点けた。「ああ。それじゃいかん。そんな格好で街を歩けないだろう。ここで大人しく待っていろよ。何かまともな服を持って来るから」

　男はそう言って去り、かくも乱暴に注意を呼び醒まされたチャロナーは、自分の服が蒙(こうむ)った惨憺たる破壊を悲しい気持ちで考えはじめた。帽子はなくなり、ズボンは無残に裂け、優美なフロックコートの片方の裾の大部分が窓の鉄の拳華(クロケット)〔ゴシック建築の柱頭などに用いられた装飾〕から垂れ下がっていた。こうした災難を見定める時間(ひま)もないうちに、男がまた部屋に入って来て、何も言わずに、洗練された都会人のチャロナーを長いアルスター・コートでくるんだ。そのコートは生地もひどい安物なら、柄(がら)も俗悪だったから、彼は見たとたんにげんなりした。侮辱的な扮装の仕上げをしたのは、チロル風のデザインで五、六番も寸法の小さすぎるフェルト帽だった。普段ならば、チャロナーはこんな見苦しい格好で人前に出ることを拒否しただろうが、今はグラスゴーから逃げ出したい一心で、ほかのことに構う余裕がなかった。新しい上着の汚点のついた裾に暗然たる一瞥を与えると、この衣装にいくら払えば良いかと尋ねた。費用は全部自分が持つ資金でまかなえるから、時間を無駄にしないで、さっさとこの界隈から立ち去ってくれ、と男は言った。

青年は忠告に従うにやぶさかでなかった。いつもの礼儀正しさを守って男に有難うと言い、コートを選ぶ趣味が良いと褒めた。そして、その言葉と言い方に少しまごついている相手をあとに残して、街燈のともった街に急いでとび出した。さんざんまわり道をした揚句駅へ着いたが、最終列車はとっくに出ていた。服装が服装なので、まっとうな宿屋へ行く勇気はなかったし、謙っていても威厳のある彼の振舞いは、安宿では人の注意を惹き、たぶん笑われ、ことによると疑われるかもしれないと思った。従って厳粛で無為な一夜を、グラスゴーの路上をうろついて過ごさなければならなかった。夕食も食べず、誰が見ても可笑しな格好で夜明けを待ち、希望はあるが、恥ずかしさに身が縮むのを如何ともし難い。何よりも、自分の行動が愚かで弱気だったと深く感じている。彼がハイド・パークの美わしき語り手の記憶をいかなる呪詛を以て攻撃したかは、御想像になれよう。別れ際の彼女の笑い声が、嘲るように何度も何度も、夜通し耳に鳴り響いていた。そして自分をこんなひどい目に遭わせた張本人から、考えをよそに向けることができる時は、サマセットと素人探偵の経歴に怒りを燃やすのだった。日が昇ると、裏通りの牛乳屋で空腹を充たすすべを見つけた。南へ向かう急行列車が出るまでまだ何時間も待たねばならず、彼はその間筆舌に尽くし難い疲労を感じながら、街の怪しげな裏通りをさまよった。そして、とうとう駅へ静かに滑り込み、三等車の一番暗い片隅に席を占めた。そこで一日中剝き出しの板の上に揺られながら、暑さに苦しみ、不安な眠りから始終目を醒(さ)ました。紙入れには往復切符の半券が入っているから、ゆったりした一等車の居心地の良いクッションの上で旅をする権利があったのである。しかし、ああ！ こんな馬鹿げた服装(なり)をしていては、同等の身分の人に混じることなどできやしない。一連の災難のうちで最後に訪れたこの小さな不愉快が、彼の心臓を抉(えぐ)った。

その夜、パットニーの下宿へ帰ると、彼は冒険の犠牲と不安と疲労を思い返した。最後のまともなズボンと人前で着られる最後の上着の惨状を見ると、何よりも、あのチロル帽や人の品位を貶(おとし)めるアルスターにふと目がとまると、苦々しさが胸に溢(あふ)れ、品位ある振舞いを保つことができたのは、諦観の境地をひたぶるに求めたおかげだった。

サマセットの冒険——余分な屋敷

　ポール・サマセット氏は豊かで燃えるような想像力を持つ青年紳士だったが、行動力はまことに乏しかった。もっぱら夢と未来に生きている人間で、自分の理論の創造物、自分の物語の中の俳優だった。彼は己が雄弁の焔の熱がいまだ冷めやらぬうちに「シガー・ディヴァーン」を出ると、街路を練り歩いて、何か幸運な冒険はないかとあたり四方を探していた。絶えざる通行人の流れに、家々の封印された正面に、板囲いを一面に蔽うポスターに、この大都市のあらゆる相貌と鼓動に、彼は神秘で希望に満ちた象形文字を見た。しかし、冒険の諸要素はテムズ川の水の如く満々と傍らを流れていたが、時に懇願するような、時には法螺を吹くような態度で通行人の注意を惹こうとしても無駄だった。一かバチかで、比較的見込みのありそうな人々の目の前に出てぶつかってみても、無駄だった。秘密が溢れそうになっている人々、愛情に渇えている人々、助けや忠告が得られぬために死のうとしている人々——彼はどこを向いてもそういう人々が見つかると信じていたが、運命はつむじ曲がりで、誰もが青年に気づかず通り過ぎ、秘密を打ち明けられる相手や、友達や、助言者を求めて（きっと上手く行かぬだろうに）先へ進むのだった。彼は訴える顔を千人に向けたにちがいないが、ただの一人も気に留めなかった。

逸り立つ大志と共に食べた軽い昼餐が運試しの努力を中断し、ふたたびそれを始めた時はすでに街燈がともり、歩道には夜の群衆が集まっていた。あるレストランの前に――その名は我らがバビロンを研究する者なら、すぐに思い浮かぶであろう――人々がすでにみっしりと詰めかけて、通行もできないほどだった。サマセットは溝の上に立って、いささかくたびれて来た希望を胸に、群れなす人々の顔と振舞いを見ていた。と突然、肩に優しく触れられたのに驚いてふり返ると、飾り気のない優雅なブルーアム馬車がそこに停まっていた。力強い二頭の馬が引き、御者は地味なお仕着せを着ていた。車の外板に紋章はなく、窓が開いていたが、中は薄暗かった。御者は掌を口にあてて、あくびをしていた。青年は気の迷いかと思いはじめたが、その時、子供の手ほどの大きさで白い手袋を優雅に嵌めた手が窓の隅に現われ、近くに寄れとそっと手招きした。彼は近寄って、中を覗き込んだ。乗物に乗っていたのは小柄で華奢な人物で、頭も肩も白いレースの厚い襞にくるまっていた。銀の鈴を振るような声が、小声でこうささやきかけた。

「扉を開けて、お乗りなさい」

「こいつは」青年は耐え難いほどゾクゾクして思った。「ついに公爵夫人が現われたにちがいないぞ！」長いこと待ち望んでいた瞬間だったが、それでも彼は幾分警戒心を持って扉を開け、ブルーアムに乗り込むと、レースをまとった婦人の隣に坐った。婦人が発条(ばね)に触ったのか何かほかの合図をしたのかはわからないが、青年が扉を閉めたとたん、馬車は発条の効いた贅沢な心地良い動き方で、速やかに向きを変え、西の方へ走り出した。

　すでに記した通り、サマセットにはこの種のことへの心構えがなくはなかった。ずっと以前から、およそありそうもない状況での振舞いを下稽古することが彼の特別な喜びだったし、なかんずく魅惑的な貴婦人が現われるというこの状況は、良く研究していた。ところが、奇態(きたい)に思われるかもしれないが、彼にはその場にふさわしい言葉が見つからなかったし、貴婦人の方も何の合図(しるし)も見せず、二人は黙って街路を走る馬車に乗っていた。通り過ぎる街燈が左右交互に閃(ひらめ)く以外、馬車は暗闇の中を突き進んでいた。付属品が贅沢なこと、婦人がごく小柄で痩せており、手袋をした片手以外は今も高価な面紗(ヴェール)にくるまっているという事実のほかには、これといって何もわからなかった。緊張が耐え難くなって来た。彼は二度咳払いをしたが、二度共言葉が出て来なかった。空想の劇場で予想した時には、似たような場面で彼の沈着さはつねに完璧であり、雄弁は際立っていた。リハーサルと本番がこんなに違うので、不安のあまり恐慌に襲われはじめた。ここで、冒険のまさにとば口で無様(ぶざま)な失態を演じたら、どうしよう。十秒、二十秒、六十秒と破られぬ沈黙がつづいたあと、あの御婦人が合図の紐(ひも)に触れて、貫目(かんめ)を量ったけれども足りなかった〔「ダニエル書」5の27に見える表現〕彼を月並な街路に降ろしたら？　何千という頭の空(から)っぽな男が、と彼は思った、もっとずっと巧くこの役をこなすだろう。まさにこの瞬間、何か決定的な手段で婦人の選択が正しかったことを証明し、耐え難い沈黙を終わらせるだろう。

この時、ふと相手の手に目が留まった。このままこうしているよりは、一かバチかやってみた方がましだ。彼は震えながらサッと身をかがめて、手袋をした指にとびつき、自分の方へ引き寄せた。一つはっきりした行動をすれば、気遅れの呪文が解けるだろうと思われたのだ。だが、実際はちがった。彼はやはり物を言うことも、そのあと何かすることも出来ず、婦人の手を握ったまままなすすべもなく坐っていた。しかし、もっと悪いことが待ちうけていた。連れの身体が妙に小刻みに戦きはじめた。逆らわずサマセットに握られていた手が、瘧にかかったようにぶるぶる震え、やがて暗い馬車の中に、鈴を振るような笑い声が、我慢したが堪えきれないといった風にどっとわき上がった。青年は婦人の手を放した。可能なら、馬車から跳び下りていただろう。一方、貴婦人は小蒲団に背を凭せて、甲高い、澄んだ、妖精の歌声のような笑い声をとめどなく発していた。

「怒らないで下さいな」彼女はやがて二つの発作の合間に機会をとらえて、言った。「御親切のあまり誤解なさったのなら、悪いのはわたしなんです。あなたが図々しいからではなくて、わたしが変なやり方でお友達を探すからなんです。それに信じて下さい。わたしは若い殿方が気骨のあるところを見せたからといって、悪く思うような人間ではございません。今夜はささやかな夕食に御招待したいんですの。そして、もしあなたのお顔が気に入ったのと同じくらい、あなたの態度が素敵だと思ったら、もしかすると、しまいにはあなたに都合の良い申し出をするかもしれなくてよ」

サマセットは何か返事をしようと空しく試みたが、あまりにも完全なる敗北から立ち直るひまがなかった。

「いいこと」と婦人は言った。「短気を起こしてはいけませんわ。わたし、それだけは御免です。それに、もう目的地に近づいて参りましたから、お降りになって、腕を貸して下さいな」

まさにそう言った瞬間、馬車は大きな広場にある豪壮で地味な邸宅の前に停まった。我慢強いサマセットはこの上なく優雅に婦人が馬車を下りるのを助けた。家の扉を開けたのはしかつめらしい顔をした老女で、二人を食堂へ案内した。そこの照明はやや暗かったが、夕食の用意がすでに出来ており、大きい貴重な猫がたくさんいた。ここで二人きりになるとまもなく、貴婦人はくるまっていたレースを脱いだ。サマセットがホッとしたことに、彼女は今も昔の美貌の名残りをとどめていたし、その眼の焔と色は今も秀でていたが、髪は銀白色で、顔に歳月の皺(しわ)が刻まれていた。

「わたしの騎士様、これで」年老いた貴婦人は何とも言えず朗らかにうなずいて言った。「わたしがもう若くないことがおわかりでしょう。その分、良い話相手であることがじきにおわかりになりますわ」

そう言っているうちに、女中が軽いが美味しい夕食を持って、また部屋へ入って来た。そこで二人はテーブルに着き、猫たちは老婦人の椅子のまわりで乱暴なパントマイムを演じていた。食事の素晴らしさやらもてなし手の陽気さやらで、サマセットはやがてすっかりくつろいだ。十分に飲み食いすると、老婦人は椅子の背に身を凭(もた)せて、猫を一匹膝にのせ、客人を長いこと、しかし面白そうに品定めしていた。

「マダム」とサマセットは言った。「僕はあなたがお考えになったほど行儀が良くないだろうと思うんですが」

「あなた」と婦人はこたえた。「それは大間違いです。あなたは魅力的ですから、妖精の名づけ親に出会ったとしても不思議はありませんわ。わたしは考えをすぐに変える人間ではありませんし、よほどの不都合がない限り、一度気に入った人はいつまでもお気に入りなんです。でも、わたしは非常に決断が速くて、人を一目で見抜き、生まれてからずっと第一印象に従って行動してまいりましたの。今申し上げたように、あなたの第一印象は好ましかったから、少々怠け者の坊やだったとしても、わたしたち、取引できないこともないと思うんです」

「ああ、マダム」とサマセットは言った。「僕の境遇をお見通しですね。僕は生まれも良いし、才能もあり、育ちも良いんです。話相手としては申し分ないと自分ではそう思うんですが、運命が妙な意地悪をするせいで、仕事も金もないんです。実際、今晩は冒険を探していました、面白いことや、報酬や、快楽を与えてくれる申し出があれば応じるつもりだったんです。あなたのお呼び立ては――じつを言うと、いまだにちょっと理解しかねるのですが――僕の気持ちと巧まずして一致するものでした。厚かましいとおっしゃりたければおっしゃって下さい。ともかく、僕は、お心のままにどんな提案をなすっても、受け入れる覚悟ができています」

「あなたは御自分を表現するのがお上手ね」と老婦人はこたえた。「それに、たしかに剽軽な、変わった若者ですわ。あなたが正気だと断言しようとは思いません。自分以外にまったく正気な人を見たことがありませんから。でも、ともかく、あなたの狂気は愉快ですから、御褒美にわたしの性格と境涯を少し御説明いたしましょう」

老婦人はそう言うと、相変わらず膝にのせた猫を撫でながら、次のような物語を始めた。

気骨のある老婦人の話

わたしはバースとウェルズの主教管区で立派な生活を営んでいたバーナード・ファンショー師の長女でした。わたしの一族は非常な大家族で、鋭い活発な機智を以て知られており、由緒正しい旧家の末裔(まつえい)で、美貌が先祖伝来の家宝でした。けれども、キリスト教徒らしい性格の淑(しと)やかさには、不幸にも欠けていました。わたしはうんと幼い頃から親族の欠点を見て、嘆いておりました——その人たちは、年齢からからいっても地位からいっても、わたしに尊敬されて然(しか)るべきだったのですが。そしてわたしがまだ子供の時、父が後添(のちぞ)いを娶(めと)り、その人のうちには（奇妙なことに）ファンショー家の短所がおそろしく、笑ってしまうくらいに誇張されていたのです。わたしにどんな欠点があるとしても、模範的な娘であったことは否定できません。けれども、わたしがいじらしい辛抱強さで継母(ままはは)の要求に従っても、無駄でした。彼女が父の家に入って来た時から、わたしは不当で恩知らずな仕打ちにしか会わなかったと言って良いのです。

けれども、気性が素直だったのはわたしだけではありませんでした。一族のうちにもう一人、性格が乱暴でない者がいたのです。ジョンというこの従兄弟(いとこ)は、わたしが十六歳になる前から、わたしに対して誠実な愛情をひそかに抱いていました。気の毒な若者は臆病すぎて心の内を遠まわしに言うこともできませんでしたが、わたしはすぐにそれを悟り、同じ思いを抱くようになりました。数日間、わたしは彼が内気なために生じた妙な状況のことを考え込んでいました。しまいに、彼が苦しみのあまり、わたしと一緒にいるよりも、かえってわたしを避けようとし始めたことに気づくと、自分の手で何とかしようと決心しました。わたしは従兄弟が牧師館の庭の隅に一人でいるのを見つけて、言いました――あなたの嬉しい秘密はお目通しよ。きっと、みんなはわたしたちが一緒になるのを好ましくないと思うでしょう。だから、すぐにもあなたと逃げる用意ができています、と。ジョンは喜びのあまり、文字通りぼうっとなってしまいました。感極まって、わたしへの感謝の言葉も見つかりませんでした。彼がそんな風に呆然としているものですから、二人の逃避行と、そのあとにする内密の結婚の細かい段取りを、わたし自身で立てねばなりませんでした。ジョンはちょうどその時、ロンドンへ行く予定を立てていました。わたしはそうしてちょうだいと言い、次の日にタヴィストック・ホテルで落ち合う約束をしました。

わたしの方は何もかも打ち合わせた通りにして、当日、召使いよりも早く起きると、必要な物を二、三鞄に詰め、自分のわずかなお金を持って牧師館に永遠(とわ)の別れを告げました。家から三十マイルほど離れた町へ意気揚々と歩いて行って、翌朝、馬車でこの大都会ロンドンに着きました。乗り合い馬車の事務所からホテルへ歩いて行く間、自分の身に起こった変化に有頂天にならずにはいられませんでした。無邪気な喜びを感じながら往来の車馬を見、これからジョンに迎えられる様子を、空想のあらゆる色彩に染めて心に描いていたのです。ところが、ああ！ ファンショー氏はお泊まりですかと尋ねると、お客様にそのような紳士はおられません、とポーターがこたえました。一体どこから秘密が洩れたのか、御しやすいジョンに一体どういう圧力が加えられたのかは想像もつきませんでした。ともかく、わたしの家族が勝ったのです。わたしは若い身空でロンドンに独りぼっち、激しい口惜しさに胸を痛め、誇りと自尊心から、父の家へ戻ることを永久に禁じられたのでした。

　わたしは何とか打撃から立ち直って、ユーストン通りの近くに下宿を見つけ、そこで生まれて初めて独立の喜びを味わいました。それから三日後、「タイムズ」に載っていた広告を見て、父が信任している弁護士の事務所を訪ねました。そこでわたしはごくわずかな手当をもらえることを約束され、二度と家には帰れませんよとはっきり言われました。冷酷な仕打ちに憤ったわたしは、こちらとしても会いたくなんかないのだと弁護士に言いました。弁護士はわたしの気丈さを見るとニッコリして、わたしの収入の最初の四分の一を支払い、家に残っていた私物を渡しました。それは二、三の少し嵩張る箱に詰めて、弁護士事務所気付で送られたものでした。わたしはこうした物を持って意気揚々と下宿へ戻りましたが、一週間前には考えられなかったほど自分の置かれた状況に満足し、将来を切り開いてゆこうと固く決意しました。

数ヵ月は何もかも上手く行きました。実際、この引き籠った楽しい生活を終わらせたのは、ひとえにわたし自身の咎なのです。白状しなければなりませんが、わたしには目下の者を甘やかす致命的な癖があります。大家の女将さんが――例によって、この人にも優しくしすぎたのですが――じつに些細なことで、無礼にもわたしを非難しました。わたしは彼女をこんなにつけ上がらせた自分に腹が立って、わたしの目の前から失せろ、と女将さんに言いました。彼女はしばらく黙って立っていましたが、やがて冷静さを取り戻して言いました。「勘定書を今晩のうちに用意いたします。明日は、マダム、この家を出て行ってもらいます。わたしに借りているお金をちゃんと払えるように気をつけなさい。最後の一銭までいただかないうちは、この家の外へ荷物を持って行かせませんから」

わたしは彼女の図太さに呆れましたが、四半期分の収入が入ることになっておりましたから、脅かされても平気でした。ところが、その日の午後、紙包みに入れた全財産を片手に持って弁護士事務所をあとにした時、時として人生を左右する、あの決定的な出来事の一つがわたしの身に起こったのです。弁護士の事務所があった街路は片側がストランドにつながっていて、片側は、あの当時はテムズ川に面した鉄柵に遮られていました。その時、この街路をわたしの継母がこちらへ向かって歩いて来るのが見えました。疑いなく、わたしがたった今出てきた建物へ行こうとしているのです。お供の女中の顔は見たことがありませんでしたが、継母本人の顔は記憶にはっきり灼きついておりましたから、遠くからでもそれを見ると、胸が怒りで一杯になりました。逃げることは不可能でした。柵の方へ退って通りに背を向け、川の上の艀船か、橋の向こうのロンドンの煙突に見入っているふりをするしかありませんでした。

そこに立っていると、心の動揺がまだ収まらないうちに、すぐそばから声がして、わたしに些細なことを尋ねました。それはあの女中でした。無情な継母は弁護士との用を済ませる間、彼女を通りに待たせていたのです。娘はわたしが誰か知りませんでした。このまたとない機会を逃すわけにはゆきません。わたしはまもなく父の牧師館と教区について、最新の噂を聞いていました。女中が雇い主を嫌っていることには驚きませんでしたが、かれらのことを語る言葉づかいは耐え難く、聞き捨てになりませんでした。それでも、わたしは素晴らしい自制心を持っているので、ふんふんと聞いていました。そのまま何事もなく別れれば良かったのですが、女中は魔が魅したとでも申しましょうか、いなくなった牧師の娘を非難して、その出奔のことをゾッとするほど歪曲げて話しました。わたしは根が鷹揚な性質ですので、立ちどまって考えたりすることができません。憤然たる抗議として片手を鋭く振り上げたと記憶しておりますが、その時包みが指から滑り、柵の間から川へ落ちて沈んでしまいました。わたしは一瞬びっくりして身動きもできませんでしたが、やがてこの出来事の滑稽さに気づくと、大声で笑い出しました。笑い熄まないうちに継母がふたたび現われ、女中はきっとわたしを狂人だと思ったのでしょう、継母の方へ走って行きました。けれども、わたしは改めて前払い金をくれるよう弁護士に頼みに行った時も、まだ真面目さを取り戻していませんでした。弁護士の返答はわたしを十分真剣にしました。すげなく断ったのです。わたしが目に涙まで浮かべて懇願すると、自分のお金を十ポンド貸してくれて、言いました。「わたしは貧乏なのです。ですから、これ以上何も求めてはいけません」

下宿の女将（おかみ）が入口でわたしを迎えました。「さあ、マダム」と人を小馬鹿にするように深くお辞儀をして、言いました。「これが請求書です。今すぐ清算なさるのは、御都合が悪いですか？」

「マダム、明日の朝ちゃんとお支払いしますわ」わたしは非常に高ぶった態度で紙を受け取りましたが、内心ビクついておりました。

その書きつけを見たとたん、万事休すだと思いました。わたしはお金が不足がちだったので、つけを貯めていました。それが今では積もり積もって、忘れもしません、十二ポンド十三シリング四ペンス半になっていたのです。その晩ずっと、わたしは炉端に坐って状況を考えていました。お金が払えないので、女将は鞄を持って行かせてくれないでしょう。荷物もなければお金もないでは、どうしたら新しい下宿が探せるでしょう？　何か方策を考え出さない限り、向こう三ヵ月、宿無しの一文無しで過ごさねばなりません。わたしがただちに逃げ出すことに決めたと言っても、誰も驚きはしないでしょうが、ここでも困難に突きあたりました。荷造りをしたとたん、わたしは鞄を持ち運ぶどころか、ちょっと動かす力もないことがわかったからです。

窮地に立たされたわたしは一時（いっとき）も逡巡（しゅんじゅん）せず、ショールとボンネットをつけ、厚い面紗（かおあみ）で顔を隠すと、微笑（ほほえ）みかける危険な機会の大市場であるロンドンの街の舗道へ向かいました。もう夜も遅く、雨風も強かったため、警官以外、外にほとんど人はいませんでした。わたしにはこんな場合に警官は敵であることを知る分別がありましたから、どこでもかれらの動く角燈（ランタン）が見える場所では、急いでわきへ外（そ）れ、べつの通りを選びました。惨めな女たちが二、三人、まだ舗道を歩いていました。ここかしこに酔っ払って家に帰る若者や、路地の入口に潜んでいる最下等の与太者（よたもの）どもがいましたが、わたしが窮情を訴えることのできる人はいそうもないと諦めかけていました。

しまいに、とある街角でわたしは見るからに紳士らしい人物と出くわし、その腕の中に駆け込みました。その人は毛皮の大外套から吸っている上等な葉巻に至るまで、あらゆる点で快い富の香りを漂わせていました。わたしの顔はもう昔のように美しくありませんが、それでも(自分で思いますには)若い頃のすらりとした姿の名残りはとどめています。その時、わたしは面紗をしていましたけれども、紳士がわたしの容姿に打たれたのはわかりました。わたしはそれに気を強くして、冒険を試みたのです。

「あなた」と胸をドキドキさせながら言いました。「あなたは淑女が信用して、秘密を打ち明けられるお方ですか?」

「ふむ、それは」紳士はくわえていた葉巻を手に取って、言いました。「それは事情によります。もし面紗(かおあみ)を上げて下さるなら――」

「あなた」とわたしは口を挟みました。「誤解のないようにいたしましょう。わたしは紳士として力を貸して下さることをお願いしますが、何の報酬も差し上げません」

「率直なお言葉ですが」と彼は言いました。「魅力的な話とは申せませんな。それで、お尋ねしてもかまいませんか？　どのようなお役に立てば良いのです？」

けれども、こんな立ち話で言ってしまうのは自分のためにならないことを承知しておりましたから、わたしは言いました。「ここから遠くない家までついて来て下されば、自ずとおわかりになります」

紳士はしばらくためらうような目でわたしを見ていました。それから、まだ四分の一も吸っていない葉巻を投げ捨てて、「参りましょう！」と言うと、非の打ちどころのない礼儀正しさで腕を差し出しました。わたしはその腕を取りました。そして一度ならず遠まわりをして、出来るだけ歩く時間を延ばし、自分がどういう階級の人間であるかをはっきりわからせるような話をして、途中を慰めました。下宿の戸口へ着く頃には紳士はすっかり関心を持っていたので、これなら大丈夫だと思って、合鍵をまわす前に声をひそめ、そっと歩いて下さいと頼みました。彼はそうすると約束し、わたしは彼を廊下に通して、そこからわたしの居間へ入れました。幸い、居間はすぐ隣の間(ま)でした。

「さて」わたしが震える指で蠟燭を点けると、紳士は言いました。「これは一体、どういうことなんです？」

「あなたに」わたしは口ごもって言いました。「この鞄を運び出すのを手伝っていただきたいんです――誰にも知られないように」

彼は蠟燭を取り上げました。「あなたのお顔が見たい」

わたしは何も言わずに面紗を上げ、奮（ふる）い起こせる限りの決意を示して相手を見ました。しばしの間、彼は蠟燭を掲げたままわたしの顔をじっと見つめていましたが、「よろしい」としまいに言いました。「それで、どこへ運んで欲しいんです？」

わたしは上手く行ったのを知り、声を顫（ふる）わせてこたえました。「二人がかりでユーストン通りの角まで運べると思ったんです。あそこへ行けば、こんな時間でもまだ辻馬車がいるでしょう」

「いいでしょう」紳士はそうこたえると、さっそくトランクの重い方を肩に担いで、もう一つのトランクの持ち手を片方取ると、反対側を持ってくれと合図しました。こうしてわたしたちは首尾良く下宿家から逃げ出し、何事もなく、ユーストン通りの角の近くまで行きました。まだ明かりがともっている一軒の家の前で、わたしの連れは立ちどまって言いました。

「ここに鞄を下ろして、通りの端まで行って辻馬車を探しましょう。そうすれば、鞄を見張っていることができますし、何とも異様な格好を見せなくても済むでしょう――若い男と、若い御婦人と、大きな荷物が、真夜中ロンドンの通りに放り出されて突っ立っているというのは、異様ですからね」わたしたちはそうしましたが、果たして彼の言ったことは本当でした。辻馬車のつの字も言わないうちに一人の警察官が現われ、角燈の光をまともにこちらへ向けて、わたしたちのうしろの家の戸口に疑わしげに立ったからです。

「この辺に辻馬車はいないようですね、お巡りさん」わたしの連れは明るい声をつくって、言いました。けれども、巡査の返事は無愛想でした。これに対して連れは愚かにも葉巻を勧めましたが、巡査はそれをきっぱりと不作法に断わりました。若い紳士はまずいぞと言わんばかりに眉を顰めてわたしを見、わたしたちは篠突く雨の中で舗道の端に立ちつづけ、警官は依然戸口から無言でこちらの動きを見張っていました。

果てしなく思われた時間が経って、ようやく四輪車がぬかるんだ道をガタガタとやって来ました。わたしの連れは即座に声をかけました。「ここに停めてくれないか？　その先に少し荷物が置いてあるんだ」

すると、わたしたちの冒険に邪魔が入りました。いまだにわたしたちのすぐあとを尾けていた警官は、二つの鞄が雨の中に置いてあるのを見ると、ただの疑いを、何か悪事を働いているという確信に変えたのです。家の明かりはもう消えており、通りの家の軒先はどこも真っ暗でした。トランクがそこに放っぽり出してあることは説明がつきませんでした。二人の無辜の人間がこれほど怪しい状況で見つかったためしはないでしょう。

「この荷物はどこから持って来たんだ?」警官は明かりをわたしの連れにまともに照(あ)てて、尋ねました。「もちろん、あの家からですよ」青年紳士は急いでトランクを肩に担ぎながら、こたえました。

警官はひゅうと口笛を吹いて、暗い窓の方をふり返りました。それから扉に向かって一歩踏み出し、ノックをしそうに見えましたが、そうなったら間違いなくわたしたちは破滅です。けれども、わたしたちが二重の重荷を持って通りをすでに急ぎ歩いているのを見ると、考え直して、ついて来ました。

「頼むから」と連れはささやきました。「馬車をどこまでやるか、言ってください」

「どこでも」わたしは困り果てて、こたえました。「何も思いつかないんです。どこでもお好きなところへ」

そこで、こういうことになりました。鞄を積み込んでわたしが辻馬車に乗ってしまうと、わたしの救い主は大きいはっきりした声で、わたしたちが今こうして坐っている家の所番地を言ったのです。警官がびっくりしているのがわかりました。この閑静で貴族的な界隈へ行くなどとは思ってもいなかったからです。それでも、警官は辻馬車の番号を控えると、きっぱりした態度で御者の耳に何かささやきました。

「何を言ったんでしょう?」辻馬車が走り出すや否や、わたしは息を切らして言いました。

「たいがい察しがつきます」とわたしの恩人はこたえました。「それに、こうなったら、あなたはわたしが言ったところへ行かなければなりません。途中で行先を変えようものなら、御者はまっすぐ警察署へ我々を連れて行くでしょうからね。あなたの勇気を称えさせて下さい。まったく、わたしは生まれてからこの方、こんなにおっかない思いをしたことはありませんよ」

けれども、彼がそのように買い被ったわたしの神経は奇妙な混乱を来しておりましたので、今は口も利けませんでした。わたしたちは押し黙ったまま辻馬車に揺られて行きました。目的地の扉の前に着くと、青年紳士は馬車を降りて、自宅に帰った人のように合鍵で扉を開け、御者にトランクを玄関広間まで運ばせると、車賃をたっぷりやって帰しました。それからわたしをこの食堂へ通したのです。ここはその時も今とあまり変わりませんでしたが、いかにも独身者が住んでいるらしい様子がありました。紳士は急いでグラスに葡萄酒を注ぐと、飲めと言いました。わたしは声が出るようになったとたん、叫びました。「一体ここはどこなんですの？」

すると、彼は言いました——ここはわたしの家です。歓迎しますから、さしあたってはゆっくり休んで、元気を回復しなさい。そう言いながら、また葡萄酒を注いでくれました。わたしは実際、それを大いに必要としていたのです。眩暈がして、ヒステリックになりかけておりましたから。やがて彼は暖炉のそばに腰掛けて、新しい葉巻に火をつけ、しばらくの間、興味ありげに黙ってわたしを観察しておりました。

「さて」と彼は言いました。「少し気分が落ち着いたところで、話してくれませんか。わたしは一体どういう犯罪の片棒を担がされたんです？　あなたは人殺しですか？　密輸人ですか？　泥棒ですか？　それとも、ただ家庭の事情で夜逃げをする無害な人なのですか？」

彼が許しも乞わず葉巻に火をつけたので、わたしはショックを受けていました。初めて会った時に投げ捨てた葉巻のことも忘れていなかったからです。こういうあからさまな侮辱を受けたので、ただちに彼の敬意を取り返そうと決心しました。世間の判断というものは一貫して軽蔑しておりますが、このもてなし手に良く思われることには値打ちがあると考えはじめていたからです。初めは悲しげに、しかし、すぐにいつもの快活さとユーモアをおびた調子になって、わたしは自分の生い立ちや、出奔や、その後の不運のことをすみやかに語りました。彼は真面目な顔で葉巻を吸いながら、黙って終わりまで聞いていました。

「ファンショーさん」わたしが語り終えると、言いました。「あなたは何とも愉快で、魅力的な人だ。わたしとしては明朝あそこへ戻って、下宿の女将の要求を満足させてやるしかありませんな」

「あなたは秘密を打ち明けたわけを変に誤解していらっしゃいます」とわたしはこたえました。「それに、わたしの人となりを買って下さるなら、お金をいただくことはできないのを理解して下さるはずです」

「宿の女将はそんなにうるさいことを言わんでしょう」と彼は言い返しました。「それにわたしも、征服しがたいあなたを説得する望みを捨てておりません。わたしをとっくりと吟味していただきたい。わたしはヘンリー・ラクスモアといって、サウスウォーク卿の次男です。年に九千ポンドの収入があり、今いるこの家と、ほかにもロンドンのごく品の良い界隈に七軒の家を持っています。わたしは見苦しい容貌だとは思いませんし、人物に関しては、もうお試しになったばかりです。わたしはあなたを稀有な御方だと思います。あなたが御自分でよく御存知のこと、すなわち、うっとりするほどお綺麗だということは申し上げるまでもないでしょう。ほかに言うことは、ただこれだけです――愚かだと思われるかもしれませんが、わたしはもうあなたにぞっこんなのです」

「あなた」とわたしは言いました。「誤解される覚悟はできております。でも、おもてなしを受けている間は、客人というだけでも侮辱なさらないのが当然だと思いますわ」

「失礼ながら、わたしは結婚して下さいと申し上げているのです」彼はそう言って椅子の背に身を凭せると、葉巻をくわえ直しました。

わたしがこんなに唐突で、しかも風変わりな言葉づかいで述べられた申し出に、びっくりしたことはたしかです。けれども、彼は目的を達するにはどうすれば良いかを心得ていました。美貌だっただけでなく、冷淡さそのものが魅力だったのです。そして、手短に申しますと、二週間後、わたしはヘンリー・ラクスモア夫人となっていました。

それから二十年近く、わたしはほぼ完全に静かな生活を送りました。夫のヘンリーには色々欠点もあり、わたしは二度も家から逃げ出さねばなりませんでしたが、長いことではありませんでした。彼は激しやすかったけれども根は温和で、短所もありましたが、わたしは彼をこよなく愛していました。しまいに、彼はわたしから奪われましたが、自己欺瞞の力というのは恐ろしく、また死にゆく人の気まぐれはじつに不思議なものです。あの人は何と、臨終の際に、おまえの癇癪持ちを赦すと言ったんです！

　結婚のしるしとして生まれたのは、娘のクララだけでした。娘は父親の悪いところを少し受けついでおりましたが、ほかのことでは、親の欲目かもしれませんけれども、わたし譲りの美点を持ち、精神的には生き写しと言っても良いでしょう。わたしの方は、ほかにどんな誤ちを犯したとしても、母親として咎めるべき点はありませんでした。ですから、たしかに将来は安泰だったのです。これでやっとわたしにも心を許せる身内が生まれたのです。ところが、そうは行きませんでした。娘が家出をしたと申し上げても、お信じになれないかもしれませんが、事実はそうなのです。虐げられた国民――アイルランドやポーランドなど――についての気まぐれが、娘の頭を変にしてしまいました。あなたがもしどこかで、ラクスモア、レイク、フォンブランク（娘はこういう名前や、ほかの多くの名前を無造作に使っているそうなのです）と名告る若い淑女（際立った魅力のある、と言わなければなりません）とお会いになったら、どうかわたしに代わって伝えて下さい――わたしはあなたの残酷な仕打ちを赦す。二度と顔を見ることはないだろうが、たっぷりお小遣いをあげる用意がいつでもある、と。

　夫が亡くなると、わたしは仕事に精を出して、悲しみを忘れようとしました。前にも申し上げたかと思いますが、この家のほかに七つの屋敷がラクスモア氏の財産の一部を成していました。それは七つの厄介物だったのです。借家人の貪欲さ、弁護士の不正直、裁判官の無能といったことが相俟って、こうした家を生活の重荷にしました。じっさい、わたしは自分でこうしたことを調べはじめたとたんに、たくさんの不正を発見し、たくさんの意図的な侮辱を受けたので、長い一連の訴訟をする羽目になり、中には今日まで続いているものもあります。あなたももうわたしの名前を聞いたことがおありでしょう。わたしは『判例集』でお馴染みのラクスモア夫人です。臆病なくらい平和を望む心を持って生まれた人間にとっては、実際、不思議な運命ですわね！　でも、わたしはいったん何かを始めたら、死んでもその義務を果たさずにいられない性分なのです。わたしはありとあらゆる障碍に出会いました。自分の弁護士たちは横柄で恩知らずですし、敵方には頑迷という欠点があって、それはわたしにとって一番不愉快なものです。裁判官はたしかに礼儀正しくて――つねに礼儀正しいことは認めねばなりません――けれども、判事という、役人のうちでも一番尊厳のある人物にわたしたちが期待して良いはずの独立した判断力の閃き、法律知識と正義への愛はちっともありません。それでも、こういう困難に対して、わたしは断固として頑張り抜いて来たのです。

　数えきれないほどの裁判（それについて、詳しくは申しません）の一つに敗けたあと、わたしは憂愁に満ちた気分で、いくつもある自分の家を巡ってみることを思いつきました。その当時、四軒の家は借家人もなく閉め切っていて、塩の柱のように、時代の腐敗と道徳の衰退を記念していました。三軒には人が住んでいましたが、その連中は考え得るあらゆる不当な要求と法的な詐術でわたしをうんざりさせていました――まさにその時、わたしが一生懸命追い出そうとしていた人たちでした。たぶん、両者のうちではこちらの方が悲しい光景(ながめ)だったでしょう。連中がふてぶてしく大っぴらに、この身体と同じくらいわたしのものである立派な建物に居坐っているのを見ると、心臓がカッカと火照(ほて)りました。

わたしには訪れる家がもう一つ残っていました。今わたしたちがいる、この家です。わたしはここをジェラルディーン大佐という人に貸していました(当時、わたしはホテル住まいだったのです。昔からそういう生活の方が好きでした)。大佐はボヘミアのフロリゼル王子のお付きで、あなたもきっとフロリゼル王子の名前は聞いたことがおありでしょう。わたしは借家人の人柄と身分からして、少なくともこの家では腹の立つこともあるまいと思っていたんです。ところが、どうでしょう。驚いたことに、この家も鎧戸が下りていて、誰もいないようだったのです! わたしが怒ったことは否定しません。わたしは、家は快走船と同じように、人に託して管理してもらった方が良いと思っていましたから、明日の朝にもこの件を弁護士と相談しようと決めました。一方、その光景は、自然なことですがわたしの思いを過去に呼び戻して、わたしは感傷に浸り、戸口の正面にある庭の手摺(てすり)に腰かけました。八月の蒸し暑い午後でしたが、そこは――昼になればおわかりになります――枝を張った栗の木蔭になっていました。広場にも人はおらず、遠くから音楽が聞こえて来ました。そうしたことすべてが重なって、わたしは何とも心地良い気分に――幸福でも悲しみでもなく、その両方の切なさを持つ気分に陥ったのです。

ふと我に返ったのは、一台の大きな荷馬車がやって来たためでした。その荷馬車は非常に立派な設備をそなえていて、良い馬が引き、普通以上に立派な服装(なり)をした人が数人乗っていました。車体には商人の名前の代わりに紋章が入っておりましたが、小さいのでわたしがいるところからは良く見えませんでした。荷馬車はわたしの家の前に停まり、男の一人がただちに家の扉を開けました。一行は――数えてみると、全部で七人いました――規律正しくキビキビと、荷馬車から家の中へ、手提げ籠や酒壜を入れる籠や箱など、食器類や卓布の類を運び込みました。空気を入れ換えるためらしく食堂の窓が大きく開け放たれ、中にいる何人かがテーブルに食事の支度をしているのが見えました。これはてっきり借家人が戻って来るんだとわたしは思い、わたしの権利への侵害はけして許さないつもりでしたが、侍者たちが大勢で規律正しく、彼の世帯を静かな豊かさが統(す)べているらしいことに満足しました。そんなことを考えていますと、何とも驚いたことに、食堂の鎧戸がふたたび閉ざされました。男たちは中から出て来て、荷馬車に乗り込みました。最後の一人が家を出て扉を閉めました。荷馬車は去って行き、家はふたたび無人で残され、広場に面した窓は鎧戸に目隠しされていました――まるで、さっきまでのことは幻のようでした。

けれども、幻ではありませんでした。立ち上がって、扉の上の明かり採りの高さに目を少し近づけますと、日没まではまだ数時間あるというのに、玄関の明かりが点いて燃えっ放しになっているのが見えたからです。してみると、お客が来るのは明らかで、しかも夜にならなければ来ないのです。一体誰のためにこんな秘密の支度をするのだろう、とわたしは憤って自問しました。わたしはべつにやかまし屋ではありませんけれども、道徳に関してははっきりした考えを持つ女です。夫がわたしを連れて来たこの家が逢引の場所として使われるようなら、いくら気が進まなくてもまた訴訟を起こさなければならないと思いました。それで、また戻って来てたしかめることにして、晩餐を取りにホテルへ急ぎました。

わたしは十時頃、持場につきました。空の澄んだ静かな夜で、月がうんと高く昇り、街燈の光よりも明るく輝いていました。栗の木蔭は墨を流したように真っ暗でした。わたしはここで低い手摺に寄って、背中を凭せ、なつかしい家の月明かりを浴びた家表を見ながら、静かに昔のことを思い耽っていました。時間が経ち、街の時計が十一時を打つと、やがて威厳のある、感じの良い紳士が近づいて来るのに気づきました。彼は歩きながら煙草をふかし、薄い上着の前が開いて、夜会服が見えていました。上品で真面目な様子をしていましたので、すぐにわたしの注意を惹きました。紳士は家の戸口でポケットから合鍵を取り出すと、静かに中に入り、ランプの明かりがついた玄関に姿を消しました。

彼がいなくなるとすぐに、もう一人のずっと若い男が、広場の向こうから急いで近づいて来ました。季節とその夜の心地良い暖かさを考えると、男は少し妙なくらい厚着で、頸巻に顔を隠していました。急いでこちらへ来ながら、神経質に始終うしろをふり返りました。わたしの家の前へ来ると立ちどまって、中へ入ろうとするかのように石段に片足をかけました。それから急にふり返って足早に立ち去ろうとしましたが、踏ん切りがつかないようにまた立ちどまり、しまいに乱暴な仕草をしてクルリとふり返ると、まっすぐ扉に寄ってノッカーを鳴らしました。彼はそこへ着くとほとんど同時に、中へ通されました。

わたしの好奇心がすっかり目醒めました。わたしは木蔭の一番暗いところにできるだけ小さくなって、この先どうなるか見守っていました。長くは待たされませんでした。広場の同じ側から二人目の青年が現われ、ゆっくり静かに歩いて来ましたが、最初の青年と同じように鼻まで顔を隠していました。彼は家の前で立ちどまり、素早くあたりを見まわしました。そして月影と街燈に照らされた広場が無人なのを見ると、半地下になっている勝手口の柵から身をのり出して、家の中で起こっていることに耳を澄ましているようでした。食堂からはシャンペンの栓を抜く音がして、それから、朗々とした男らしい笑い声が聞こえました。耳を澄ましていた青年は勇気を出し、鍵を取り出して勝手口の門を開けると、音もなく背後に閉めて階段を下りました。頭が舗道の高さまで来たちょうどその時、彼は半ばふり返って、もう一度疑わしげな眼つきで広場を見まわしました。顔を覆っていた頸巻が下に下がって、月影がまともに顔を照らしていました。わたしはその顔の青白さとひどく興奮した様子を見て、びっくりしました。

わたしはもうじっとしていられませんでした。何か恐ろしいことが起ころうとしているのだと信じて車道を渡り、勝手口の柵に近づきました。下には誰もいなかったので、あの男は家へ入ったにちがいありませんが、どんな目的があってそうしたのかは恐ろしくて想像もできませんでした。生まれてからこの方、わたしに勇気が足りなかったことはありません。この時も、勝手口の門に鍵がかかっていないのを知ると、静かに押し開けて階段を下りました。家の台所の扉は勝手口の門と同じように閉まっていましたが、鍵はかかっていませんでした。犯罪者は逃げる用意をしているのかもしれないと思いつき、その考えは最悪の疑惑を裏づけるものだったので、わたしは覚悟を決めました。家に入り、今は命もかまわぬという無暴な気持ちで扉を閉め、鍵をかけました。

上の食堂からは、くつろいだ談話の声が楽しげに聞こえて来ました。地階では一切が深い静寂につつまれているだけでなく、暗闇が目の上にのしかかって来るようでした。わたしはそこにしばらく立っていましたが、この上ない危険の中に自分からとび込んだものの、人を助けたり干渉したりする力はなかったのです。すでに恐怖を感じはじめていたことも否定はしません。と、その時、何かが真近で音もなく白熱光を放っているかのように、廊下の床にかすかな光が見えることに気づきました。わたしはそれに向かって、用心しながら手探りで進んで行きました。ついに廊下の角まで来ると、配膳室の扉が半開きになっていて、隙間から細い光が洩れていました。わたしは近くへ忍び寄り、隙間に目をやりました。部屋の中では例の男が椅子に坐って、一心に聴耳を立てていました。目の前のテーブルに懐中時計と、鋼鉄の回転式拳銃二挺と、半球レンズの角燈が置いてありました。一刹那、たくさんの矛盾する理屈や計画が頭の中をクルクルと回りましたが、次の瞬間、わたしは扉をバタンと閉め、鍵をかけて悪人を閉じ込めていました。わたしは自分の果断さに驚きながら、壁に寄りかかって、ハアハアと息を切らしていました。配膳室の中からは音一つ聞こえませんでした。あの男が何者か知りませんが、悪あがきせずに運命を受け入れ、きっと恐怖に凍りついて、最悪のことが起こるのを待っているのでしょう。わたしは彼をがっかりさせてはいけないと思い、つとめを全(まっと)うするために、ふり返って階段を上りました。

手探りで一階へ上がる間、この状況が突然、わたしの強いユーモア感覚に訴えました。わたしは家の持主でありながら、押込み強盗のように忍び込んでいる。一方、あちらの食堂では、わたしの知らない二人の紳士が楽しげに夜食をとっている。しかも、二人はわたしが機転をきかせたおかげで、驚くべき、あるいは致命的な出来事によって食事を中断しないで済んだのです。こんな異常な状況から愉快の種を取り出せなかったら、変でしょう。

この食堂の裏手には、書斎として作られた小部屋があります。わたしは用心深くこの部屋へ向かって行ったのですが、幸運がいかにわたしに味方したかをあなたもおわかりになるでしょう。前にも言いましたが、蒸し蒸しする晩でした。食堂の風通しを良くして、しかし、正面からは屋敷が無人に見えるようにしておきたいため、書斎の窓が大きく開けられ、二つの部屋をつなぐ連絡扉が半開きにしてありました。わたしは今、その扉の合間に目をやったのです。

銀の燭台に立てた細蠟燭が、卓布のダマスク織りと世にも贅沢な軽食の残りに清らかな光を照(あ)てていました。二人の紳士は夜食を終え、今は葉巻とマラスキーノ酒を楽しんでいました。一方、銀のアルコールランプの中で、馨(かぐわ)しいコーヒーが東洋風のやり方でいれられているところでした。二人のうちで年上の、先に着いた紳士がまっすぐこちらを向いており、もう一人は彼の左側にいました。二人共、配膳室にいる男と同じようにじっと耳を澄ましているようで、二人目の男の顔には恐怖のしるしが見えるような気がしました。けれども、奇妙なことに、二人の話を聞くと、怖がっているのはもう一人の男のようでした。

「いいですか」と年上の紳士が言いました。「扉のバタンという音だけでなく、用心深い足音も聞こえたんですよ」

「殿下は錯覚なさったのです」と相手はこたえました。「僕は非常に耳が良いのですが、鼠一匹音を立てていないと誓って申し上げます」けれども、蒼ざめて引き攣(つ)ったその顔は言葉の調子と裏腹でした。

殿下（この人物がもちろんフロリゼル王子であることを、わたしはすぐに見抜きました）は、ほんの一瞬相手を見ました。彼のくつろいだ穏やかな態度は変わりませんでしたが、騙(だま)されてなどいないのはわかりました。「まあいい」と彼は言いました。「その話はやめましょう。ところで君、わたしは自分を動かしている感情をつつまず説明したのですから、約束通り、君にもわたしの率直さを真似ていただきたいのですが」

「お話は非常に興味深くうかがいました」と相手はこたえました。

「並外れた辛抱強さでね」と王子は慇懃に言いました。

「ええ、殿下、そして求めてもいなかった共感を持ってです」と青年はこたえました。「僕に起こった心境の変化を何と申し上げたら良いか、わかりません。どうやら、あなたは敵さえも抗し得ない魅力をお持ちのようです」彼はマントルピースの置時計を見ると、目に見えて蒼白になりました。「こんな時間か！　殿下──誓って心から申し上げるのです──手遅れにならないうちに、この家をお出になって下さい！」

王子はふたたび相手をチラと見やると、落ち着き払って葉巻の灰を落としました。「それは不思議なお言葉ですな。ところで、わたしは一度灰が落ちたら、けして葉巻を吸いつづけないのです。呪文は破れ、香気の魂が飛び去ってしまい、残るのは煙草の死骸だけですから。抜殻は投げ捨てて、べつの葉巻を選ぶことにしています」と言って、その通りにしました。

「僕の訴えを真面目にお聞きください」青年は声を顫わせて言いました。「名誉を犠牲にし、生命を危険に曝して申し上げているのです。さあ──今すぐ行って下さい！　片時も無駄にしないで下さい。そして、惨めに騙されたが、まともな感情を持っていないわけではない若者に優しい気持ちをお持ちなら、ふり向かずに立ち去って下さい」

「君、わたしは君の名誉にかけて、ここにいるんです。その保証を信頼しつづけることを、わたしの名誉にかけて断言します。コーヒーができましたよ。またお手を煩わせなければなりませんな」王子はそう言うと、手で礼儀正しい仕草をして、連れにコーヒーを注がせようとしているようでした。

　不幸な青年は椅子から立ち上がりました。「あらゆる神聖な感情にかけて、お願いします。あなた御自身を哀れまなくても、僕に慈悲をかけて、手遅れにならないうちにここを立ち去って下さい」

「わたしはね」と王子は言いました。「滅多なことでは恐怖を感じないのです。それに、自分で認めねばならない欠点があるとしたら、それは好奇心の強さなんです。わたしを――君をもてなす役をつとめているこの家から出て行かせたいなら、そんなやり方ではいけませんよ。それに、言い添えさせていただければ、若いお方、危険が迫っているとしても、それを企んでいるのは君であって、わたしではありません」

「ああ、あなたは僕にどういう刑を宣告しておられるか、御存知ないのです。でも、少なくとも僕は手を汚しません」青年はそう言うとポケットに手を入れて、急いでガラスの小壜の中味を呑み干しました。すると、たちまちよろめいてうしろの椅子にぶつかり、床に倒れました。王子は席を立って青年に近寄りました。青年は絨毯(じゅうたん)の上でヒクヒク痙攣(けいれん)していました。

「気の毒な坊やだ！」殿下がそうつぶやくのが聞こえました。「ああ、気の毒な坊やだ！　我々はまたしても、弱さと邪悪さのどちらがより致命的かを問わねばならないのか？　そして思想――それ自体はけして恥ずかしくない思想――への共感が、人間をこのような不面目な死に到らしめることができるのか?」

わたしはもうこの時には扉を押し開けて、部屋の中へ入っていました。「殿下」とわたしは言いました。「今は道徳を語っている時ではございませんわ。早く何とかすれば、この人の命を救えるかもしれません。それに、もう一人のことは心配御無用です。わたしが鍵をかけて、しっかり閉じ込めておきましたら」

王子はわたしが入って来ると、こちらをふり向きました。警戒する様子はありませんでしたが、何とも不思議そうにわたしをじっと見たので、わたしはどぎまぎしそうでした。「親愛なるマダム」彼はしまいに言いました。「あなたは一体、どなたなんです?」

わたしはもう死にかけている男のそばに寄っていました。もちろん、どういう毒で死のうとしたのかわかりませんでしたから、さまざまな解毒済を試みねばなりませんでした。そこには油も酢もありました。王子はもったいなくも、彼の名高いサラダの一つを青年に作ってやったからです。わたしは両方共一クォーターから一パイントまで飲ませてみましたが、これといった効き目はありませんでした。次に熱いコーヒーを与え、一クォート近く飲ませたかもしれません。

「牛乳はありませんの?」とわたしはたずねました。

「残念ながら、マダム、牛乳はなしで済ませたのです」と王子がこたえました。

「それでは塩を。塩は誘導剤です。塩をこちらへ下さい」

「辛子（からし）も要りますか?」殿下はそう言いながら、いろいろな塩入れの中身を皿に一緒に空（あ）けて、差し出しました。

「ああ！　名案です！　洋辛子を半パイントほど掻き混ぜて、飲める程度に薄めて下さい」

塩が利いたのか辛子が利いたのか、それとも、単にたくさんの破壊分子の取り合わせが効を奏したのか、辛子を喉に注ぎ込むや否や、青年の苦しみは少し和らいだようでした。

「ほら、ごらんなさい！」わたしは思わず得意になって、叫びました。「人一人の命を救いましたわ！」

「しかし、マダム」と王子は言いました。「あなたの温情は姿を変えた残酷な仕打ちかもしれませんよ。名誉を失った人間にとって、生き永らえるのは要らぬことですから」

「殿下がもしわたしのように定めない人生をお送りになったら、全然違った考えをお持ちになることでしょう。わたしとしては、どれほど極端な不運や恥辱を経験しても、明日という日を試してみる価値があると思いますわ」

「あなたは婦人として言っておられる、マダム。その限りに於いて、あなたの言われることは正しい。しかし、男には大幅な自由が許されていますし、かれらに求められる善行もごく容易かつ小さなことですから、それを怠ることは赦（ゆる）しがたい罪なのです。ですが、もう一度質問させて下さいませんか。最初はいささか失礼な訊き方をいたしましたが、もう一度おたずねします。あなたはどなたで、どういうわけでここへおいで下さったのです?」

「わたしはこの家の所有者です」とわたしは言いました。

「それでも、まだわけがわかりません」と王子は言い返しました。

けれども、その時、炉棚の上の時計が十二時を打ちはじめ、青年が片肘を突いて身を起こしながら、見たこともないような絶望と恐怖の表情で悲しげに叫んだのです。「真夜中だ！　ああ、神様」わたしたちはその場に凍りついたように立ち尽くし、時計の打ち子が残りの数打を打っていました。青年の声がいとも悲痛だったので、わたしたちはまだ身動きもしないでいるうちに、ロンドンのあちこちの鐘が次々に時を告げはじめました。時計の音はわたしたちがいる部屋の外までは届きませんでしたが、ビッグ・ベンの二度目の音が夜空に響いたと思うまもなく、家のどこかで鋭い爆発音が起こりました。王子は跳び上がって、わたしが入って来た扉へ向かって行きましたが、素早い彼をわたしは何とか途中で引き留めることができました。

「武器をお持ちですか？」とわたしは叫びました。

「いいえ、マダム」と王子はこたえました。「良く思い出させてくれました。火搔き棒を持って行きましょう」

「下にいる男は回転式拳銃を二挺持っています。そんな不利な条件で立ち向かうおつもりですか？」

王子は戸惑うように、ちょっと立ちどまってから言いました。「しかし、マダム。何が起こったのか知らずにいることはできません」

「その通りです！」とわたしは叫びました。「誰がそうしろと申しました？　わたしだって知りたいのは山々ですが、それよりも警察を呼びましょう。それとも、もし殿下が醜聞を懼れておいでなら、あなたの召使いを呼びましょう」

「駄目です、マダム」彼は微笑んでこたえました。「あなたのように勇敢な御婦人がそんなことをおっしゃるとは、驚きます。それでは、自分が恐ろしくて行けないところに他人を行かせようと言うのですか？」

「おっしゃる通りです」とわたしは言いました。「わたしが間違っておりました。お行きなさい、神の名に於いて。わたしが蠟燭を持って差し上げます！」

　こうして二人は階下へ下りて行きました――王子は火搔き棒を、わたしは蠟燭を持って。一緒に配膳室に近づき、扉を開けました。わたしたちが目にした光景をわたしは何らかの形で予想していたのだと思います。つまり、あの悪人が死んでいることをです。けれども、あのような自殺の凄惨な細部には耐えられませんでした。王子は危険に動じなかったようにおぞましい有様にも動じず、鄭重にわたしを助けて食堂へ連れ帰りました。

　そこにはあの青年が、今も死人のように蒼ざめていましたが、大分回復し、もう椅子に坐っていました。彼はいとも哀れな仕草で、問い訊ねるように両手を差し出しました。

「あの男は死んだ」と王子は言いました。

「ああ！」青年は叫びました。「僕が死ぬべきだったのに！　僕は自分が穢した舞台にこうしてぐずぐず居残って、一体何をしているんだろう？　信頼できる仲間だったあの男は、たしかに悪いところも多々ありましたが、それでも信義の鑑で、やりたくもなかった罪を自ら裁いて自決したというのに？　ああ、あなた――そしてマダム、あなたも――あなた方の無情な助けがなければ、僕は今頃良心の咎めを受けないところにいたはずなのに――あなた方が御覧になっている僕という男は、自分の欠点と美点と両方の犠牲者なのです。僕は生まれつき不正を憎みました。幼い頃から、病人を見ると天を責め、貧乏人の悲惨を目撃すると、人間に憤って切歯扼腕しました。珍味佳肴を食べるため席に着く時は、貧者のパンの皮が喉に突っかかりましたし、びっこの子供は僕を泣かせました。そこにあったのは気高い心でなくて何でしょう？　けれども、こうした考えが僕を何という堕落に導いたかを御覧下さい！　弱者に対するこの情熱が、年毎に僕への包囲を狭めていきました。国王たちにいかなる希望があるでしょう？　今は金銭にまみれている上流階級にいかなる希望があるでしょう？　僕は歴史の流れを観察しました。今日我々の支配者である市民というものが下劣で、臆病で、愚鈍であることを知りました。僕は市民がいつの時代も自分のすぐ上にあるものを引きずり下ろし、下にあるものを餌食にするさまを見ました。愚鈍さが結局その破滅をもたらすであろうことを知りました。彼の天下は長くないことを知りましたが、それまでどうやって待てば良いのでしょう？　貧しい子供が雨の中で震えているのを、どうして放っておけるでしょう？　実際、より良い時代は来ようとしていますが、子供はその前に死んでしまうでしょう。ああ、殿下、僕はけして狭隘な性急さにかられて、不公平で滅びるべき社会の敵の仲間に入ったのではありません。博愛心の炎をともしつづけようという、けして不自然ではない望みを抱いて、取り消しのきかない誓約に縛られたのです。

その誓約が僕の経歴のすべてです。僕は子孫に自由を与えるために自分の自由を捨てることを誓いました。あらゆる合図に応えなければなりませんでした。やがて父は僕が不規則な時間に出かけるのを咎め、家から追い出しました。僕はある誠実な娘と婚約していましたが、彼女とも別れなければなりませんでした。彼女は利口なので僕の作り事を信じませんでしたし、あまりにも無邪気なので、本当のことを打ち明けられなかったからです。そんなわけで、御覧の通り、一人で陰謀家の仲間に入っているのです！ 悲しいことに、年月が経つにつれて幻想は消え去りました。僕は革命の熱烈な信奉者や弁護者に囲まれて、かれらの自信と自暴自棄が日々進むのを見ていましたが、一方、自分はそれと同じくらい確実に信念を失いました。僕は自分がまだ信じている大義のため一切を犠牲にしましたが、自分たちが本当に前進しているのかどうかを日々疑うようになったのです。我々が戦う社会は恐しいものでしたが、我々自身の方法もそれに劣らず恐ろしいものでした。

僕の苦しみを細々と語ろうとは思いません。いまだ自由で幸福な結婚した若者たち、子供の父親たちが明るく仕事に精を出しているのを見ると、僕の心は大きく虚しい犠牲を払った自分自身を責めるのでしたが、そんなことをお話しするのもよしましょう。詳しく御説明はしませんが、貧しさや貧弱な住居、乏しい食料、また良心の呵責によって疲れ果てた僕の健康は衰えはじめ、長い夜の間、寝床もなく雨降る街路をさまよっているうち、肉体の何とも酷い苦しみが精神の苦悶に加わりました。これは僕だけでなく、同じ立場にいるすべての不幸な人間に共通でした。立てるのは簡単だが、破るのは恐ろしい誓い。若気の至りで立ててしまったが、年月が経つにつれて、心でむせび泣きながら後悔し、後悔しても詮のない誓い。かつてはほかならぬ神の真理の言葉だったが、無意味で空疎な隷属の象徴に堕落する誓い。そうした軛を大勢の若者が楽しげに背負い、その死の重圧の下で、死ぬよりもなお悪い苦しみを受けて生きているのです。

僕は黙って我慢していたわけではありません。解放してくれと頼みましたが、色々なことを知り過ぎていたので、やはり拒まれました。僕は逃げ出しました。そう、そして当座は上手く行ったのです。僕はパリに着きました。サン・ジャック街のヴァル・ド・グラース教会のほぼ真向かいに下宿を見つけました。部屋はみすぼらしくて何もありませんでしたが、夕方になると陽が射し、緑の庭が見下ろせました。隣の窓辺に鳥籠がかかっていて、鳥の声が朝を美しくしてくれました。病気だった僕はベッドに寝て身体を安めることができました。僕は今まで奉仕して来た主義にすっかり厭気がさしていて、もう評議会の言いなりにならず、恥ずべき厭わしい任務も命ぜられてはいませんでした。ああ、あれは何と安らかな一時だったことでしょう！　今でも時々、隣の鳥の啼く声が聞こえる夢を見ることがあります。

持金が底をついて来たので、職を探さねばならなくなりました。仕事探しを始めてから三日と経たないうちに、尾行(つけ)られていることを感じました。僕は全然見たことのないその男の顔形をたしかめると、小さなカフェに入って、一時間ばかり閑(ひま)をつぶしました。新聞を読むふりをしていましたが、内心恐怖に震えていました。やがて通りに出ると、もう誰もいなかったので、ホッと息をつきました。ところが、ああ、道の角を三つと曲がらないうちに、ふたたび追って来る人間の猟犬を見たのです。もう一刻の猶予もなりませんでした。すみやかに服従すれば、まだ命は助かるかもしれません——何もかも奪い去られ、名誉を汚された命ですが。それで、御想像の通り、大急ぎで組織のパリ支部に駆け込みました。

僕の服従は認められました。僕はふたたび生命という憎むべき重荷を背負いました。軽蔑し、憎んでいる連中の命令をふたたび受けるようになりましたが、その一方でかれらを羨(うらや)み、賞賛していました。少なくとも、かれらは自分のしようとしていることに心から夢中になっています。けれども、かつてそのようであった僕は信念の輝く光から落ちて、今は金目当ての雇い人と同様、厭(いと)わしい生存という給金のために働いているのです。そう、そんな境涯に追い込まれてしまったのです。生き永らえるために服従し、服従するためにだけ生きていました。

僕に課せられた最後の使命は、今夜かくも悲劇的に終わったものでした。僕は大胆に自分の素姓を述べて、組織を代表するものとして殿下に内密の謁見をお願いし、その場で殿下を殺害する計画でした。僕に昔の信念が何か残っていたとしたら、それは王侯への憎しみでしたから、この務めを命じられると喜んで引き受けました。ところが、あなたはお勝ちになったのです。一緒に夜食をとっているうちに、あなたは僕の心をつかんでおしまいになりました。あなたの人となり、才能、我々の不幸な国のためのお考え、そうしたものが今まではすべて歪められて伝わっていたのです。僕はあなたが王子であることを忘れ始めました。あなたが人間であることを、あまりにも実感をもって思い出し始めました。問題の時刻が近づくにつれて、僕は言いようのない苦痛を味わい、ついにあの扉を閉める音が聞こえて、犯行の仲間が来たことを告げた時、即刻ここを去って下さいとお願いしたことはお認め下さるでしょう。ところが、あなたは立ち去ろうとしませんでした！　僕にどうすることができたでしょう！　あなたを殺すことはできませんでした。僕の心は反撥し、僕の手はそのような行為をなし得ませんでした。しかし、あなたがここにいるのを放っておくこともできませんでした。時計が定められた時刻を打ち、仲間が約束通りに来て、少なくとも彼は計画を実行する時、僕にはあなたが殺されるのを見ていることもできず、仲間を逮捕させるわけにもゆかなかったからです。そういう悲惨な状況から僕を救えるのは死のみでした。そして僕が生き永らえているのは僕のせいではありません。

けれども、マダム、あなたは」青年は直接わたしに向かって、語りつづけました。「疑いなく、王子を助け、我々のもくろみを挫くために生まれて来られたのです。あなたは僕の命を延ばし、鍵をかけて仲間を閉じ込めることによって、僕を彼が死ぬ原因にしたのです。彼は時計が鳴る音を聞きましたが、助けに来られませんでした。それで、自分が名誉を失ったと考え、僕が一人で殿下を襲い、助けが来ないので死ぬと思って、ピストルを自分に向けたんです」

「君の言う通りだ」とフロリゼル王子は言いました。「君がこうした重荷を背負ったのは、狭隘な料簡からではなかった。君がかくも気高く罪を犯し、かくも悲劇的に罰せられたのを見ると、わたし自身が咎められているような気がする。というのも、マダム、奇妙ではありませんか――あなたとわたしは世間に認められた取るに足りない善を行い、平凡だが赦しがたい罪を犯すことによって、手も汚さず良心の苛責もなく、こうして神の見そなわす前に立っています。一方、この気の毒な若者は、わたしが羨ましく思うような誤ちのために希望を持てないところへ沈んで行くのです。

「君」と王子は青年の方をふり返って、言いました。「わたしは君を助けることができない。助けようとすれば、君の上に覆いかぶさっている雷霆を解き放つだけだ。君を放っておくことしかできない」

「それに」とわたしは言いました。「この家はわたしのものですから、どうぞ死体を片づけていただきとうございます。あなたも陰謀家たちも、礼儀としてそれだけはして下さるべきだと思いますの」

「そうしましょう」青年は暗い調子で言いました。

「そして親愛なるマダム」と王子は言いました。「わたしはどうすれば命の恩人であるあなたのお役に立つことができるでしょう?」

「殿下」とわたしは言いました。「はっきり申し上げますが、わたしはこの家が気に入っているんです。価値ある財産というだけでなく、色々な思い出があって懐かしいんですの。普通の身分の借家人たちとは果てしないゴタゴタがありましたので、あなたの主馬頭のような御身分の方に出会った時は、幸運に感謝いたしました。今は考えが変わってまいりました。お偉い方々には危険がつきまといます。わたしは自分の家にこうした危険を及ぼしたくないのです。賃借契約を解消して下さいませ。恩に着ますわ」

「じつを申しますと、マダム」と殿下はこたえました。「ジェラルディーン大佐というのはわたしの偽装にすぎません。自分がそんなに迷惑な借家人だと考えると、じつに悲しくなります」

「殿下」とわたしは言いました。「殿下のお人柄には心から感服いたしましたが、土地建物の問題に関しては、感情に左右されるわけにまいりません。けれども、わたしのお願いに個人的なものが何もないことを証明するため、この家に二度とべつの借家人を置かないことを、ここに厳粛にお約束いたします」

「マダム」とフロリゼル王子は言いました。「あなたは何とも魅力的に申し立てをなさるので、承知するしかありませんね」

そこで、わたしたちは三人共立ち去りました。青年はまだ足元がふらついていましたが、一人で仲間の陰謀家の助けを求めに行きました。王子は御親切にわたしをホテルの玄関まで送って下さいました。翌日、賃借契約は解除されて、その時以来、時には自分のした約束を悔やむこともありましたが、この家には一人も借家人を置いたことがないんです。

余分な屋敷（承前）

老婦人が物語を終えると、サマセットは急いで讃辞を呈した。

「マダム、あなたのお話は面白いだけでなく、ためになります。それに何とも生き生きとお話しになりました。終わりの方ではすっかり感動してしまいましたよ。僕も一時は非常に自由主義的な考えを抱いていて、秘密結社を見つけることができれば、きっと入っていたからです。でも、お話全体が胸に浸(し)みましたし、僕自身ちょっと短気なものですから、色々当惑なさったことが我が事のように感じられました」

「何をおっしゃっているの」とラクスモア夫人は非常に高い声で言った。「わたしの話を変に誤解していらっしゃるんでしょう。あなたはじつに頭が鈍くていらっしゃるのね」

サマセットは婦人の腹立ちが収まりそうにないのを見ると、急いで前言を撤回した。

「ラクスモアさん、僕の言ったことを誤解しておられるんです。僕はいささか激(げき)しやすい気性ですので、あなたがそういう性格の人間たちのために苦しんだことをうかがっていると、幾度となく良心が咎めました」

「まあ、それならわかります」と老婦人はこたえた。「それに非常に好もしいお心構えです。今までそういうお方にめったに出会わなかったのが残念ですわ」

「しかし、今のお話には」青年はまた話をつづけた。「僕に関わりのあることは何も出て来なかったように思うんですが」

「これから言おうとしていたんです。それに、わたしがフロリゼル王子にした約束のうちに一つの要素があるじゃありませんか。わたしは放浪癖のある女で、法廷での係争がない時は大陸の温泉へ行くのを習慣にしております。べつに病気になったわけじゃございませんが、もう若くありませんし、いつも人混みの中にいるのが好きなんです。手短に要点を申しますと、今もエヴィアンへ行くところですの。この厄介な家は残して行かねばなりませんし、人に貸すこともできませんから、わたしにとってお荷物なんです。それで、その心配を取り除いた上、あなたに親切をして差し上げるために、この家をお貸ししようと思いますの――家具も何も、このままで。急に思いついたことなんです。わたしは愉快な名案だと思ったのですが、わたしの親戚が聞いたら、さぞや無念がるにちがいありませんわ。ほら、ここに鍵があります。明日の午後二時にお戻りになったら、わたしも猫たちももうおりません。新居を手に入れたあなたのお邪魔をすることはございませんわ」

老婦人はそう言うと、訪問者を帰そうとするように立ち上がった。しかし、サマセットは少しポカンとして鍵を見ながら、異議を唱えはじめた。

「ラクスモアさん。これはまことに異例なお申し出です。あなたは僕が軽率さと臆病さを示したという事実以外、僕のことを何も知りません。最低のゴロツキかもしれませんよ。あなたの家具を売ってしまうかもしれません――」

「何でしたら、火薬で家を吹っ飛ばしてもかまいませんことよ」とラクスモア夫人は言った。「理屈を言っても無駄です。わたしは気の強い女なので、一旦こうと決めたら細かいことにこだわりませんの。面白いから、そうするんです。それで良しとして下さい。あなたの方は何をなさっても結構です――部屋を賃貸ししようと、会員制のホテルを始めようと。わたしの方は、戻って来る一月前にはお知らせすることを約束します。けして約束を破ったりいたしません」

青年はまた異議を唱えようとしたが、その時、老婦人の顔色が突然意味ありげに変わるのを見てとった。

「こんな無礼な方だと知っていれば！」と彼女は声を荒らげた。

「マダム」サマセットは熱を込めて断言した。「マダム、承知いたしました。喜びと感謝の気持ちでお申し出を受けることを、どうぞ御理解ください」

「よろしい」とラクスモア夫人は言った。「たとえわたしの眼鏡ちがいでも良いことにしましょう。それじゃ、何もかも気持ち良く片づきましたから、お別れいたしますわ」

そう言うと、まるで相手に後悔する暇を与えまいとするかのように、サマセットを急かして正面の扉から追い出し、サマセットは鍵を持って舗道に立たされた。

翌日、青年は約束した二時頃にくだんの広場へ辿り着いた。その広場をここでは、仮の名だが、ゴールデン・スクエアと呼んでおこう。彼にはこれから何を期待すれば良いかわからなかった。人間、夢の中に生きていても、夢が叶った時の用意ができていないこともあるのだ。屋敷が昼の光の中にたしかな物として立っているのを見た時、すでにある種の驚愕をおぼえた。鍵を試してみると、玄関の扉はすぐに開いた。彼は特権を得た押込み泥棒として大邸宅に入り、ガランとした家に響く谺に案内されて、無人の部屋部屋を急いで見てまわった。猫も、召使いも、老婦人も、人が住んでいた形跡すらも、石板に書いた字のごとく、この数時間のうちに消えていた。彼は階から階へさまよい歩き、この家がじつに広大なことを知った。台所は広々して、設備も整っていた。部屋はたくさんあり、大きかった。ことに客間は豪壮とも言うべき広さで、趣味良く飾りつけられていた。外は暖かく快適で、日が照り、トーキー〔イングランド南西部の海辺の町〕の方から微風が渡って来たのに、この家にはいわば活気を断たれた冷たさが宿っていた。塵埃と影が目に留まり、谺の不吉な行列と庭の樹の間を吹く風の音以外には、耳を澄ましても何も聞こえなかった。

食堂のうしろには、老婦人の話に出て来た居心地の良い書斎があり、そこからは台所の平たい屋根と網目模様の頂塔が見えた。二度目に行くと、この部屋は笑顔で彼を迎えるようだった。宿代を節約したらどうだろうと彼は思った。上の階の寝室にあった鉄の寝台を据えつければ、この書斎で夜を過ごせるだろう。一方、食堂は広いし風通しが良くて明るく、広場と庭に面しているから、この部屋で昼を過ごし、料理をして、絵が巧（うま）くなるように勉強したら、さぞや快適だろう――彼は最近絵描きになると決めたのである。模様変えにはさして時間がかからなかった。彼はすぐにささやかな道具一式を持って、屋敷へ戻って来た。乗って来た辻馬車の御者は、青年が気持ち良い態度で少しばかりの心づけをやると、鉄のベッドを据えつけるのを快く手伝ってくれた。晩の六時に夕食を食べに出かける時、サマセットは自分の物だという誇らしい感覚を持って、この屋敷をふり返ることができた。屋敷はしっかりと立っていた。正面は堂々としており、両側に一族の忌中紋標がついていた。彼は庭の手摺（てすり）に背を向けて、口笛を吹きながら鍵をかけると、その場所から現実の一つ一つの特徴に目を留めたが、自分がそれを占有していることは儚（はかな）い夢のように思われた。

数日経つと、お上品な広場の住人たちはこの隣人の習慣に気づきはじめた。若い紳士が午後四時頃、かくも立派な屋敷の客間のバルコニーで粘土パイプをふかしている姿は――またたぶんそれ以上に、彼が定期的に近所のまっとうな居酒屋へ行き、一杯になった大コップを大事に抱えて恥ずかしげもなく帰る姿は、やがて広場の仕着せを着た召使いの関心と憤慨を大いに掻き立てた。初め、この紳士たちの中には彼に侮辱を加える者もあったが、サマセットはどんな階級の人間にも愛想良く接する術（すべ）を知っていたから、二、三の無礼な言葉を朗らかに受け流し、仲良く二、三杯乾杯すると、黙認してもらう権利を得ることができた。

青年はラファエロの画風を信奉していた——一つには、それが簡単だという考えから、また一つには、学校というものに対する生来の不信からであった。彼は正規の教育の軛に繋がれることを潔しとせず、食堂の一半をアトリエにして静物を描き始めた。そこに台所や客間や裏庭から無差別に選んだ種々の物を並べ、楽しく絵に精進して毎日を送った。一方、無人の建物の大きさは重荷のごとく彼の心にのしかかっていた。これほど大きな元手を持ちながら何もしないのは怠慢というものである。彼はついにラクスモア夫人自身が与えたヒントに基づいて行動する決心をし、食堂の窓に、家具つきの貸間ありますという小さなちらしを封緘紙で貼ることにした。七月のある晴れた朝、ちらしを貼りつけると広場に出て、それを見た。彼の目にはあまり派手派手しくもなく、良さそうに思えたので、客間のバルコニーへ戻り、盛んにパイプをふかしながら、部屋代をいくらにするかという難問を思いめぐらした。

そうすると、いくらかくつろいで画業に専念することができた。実際、その時以来、浮きをじっくり眺めている釣師のように、昼間の大部分を正面のバルコニーで過ごし、無聊を慰めるためにしばしば粘土パイプをふかすのだった。道行く人が貼札に注意を引かれたように見えたことが、数回あった。また、紳士淑女が馬車に乗って戸口まで来たことも数回あった。しかし、家の外見に何か厭なものがあるらしかった。かれらは判で押したように、上を一目チラと見ると急いでまた歩きつづけるか、御者に先へ進むよう命じたのだ。かくしてサマセットは、下宿を探す大勢の人間と目を合わせる苦痛を味わった。彼は急いでパイプを引っ込め、誘うような顔つきをつくったけれども、質問さえしてもらえなかった。「俺自身に何か人を不愉快にさせるものがあるんだろうか？」そう思ったが、客間の窓間鏡の一つで自分の姿を良く見たところ、その心配は消えた。

しかし、何かが不可ないのだ。彼が本の見返しや芝居のビラの裏に書いた厖大かつ正確な計算は、時間の無駄だったような気がした。これらの書き込みによって家の毎週の所得を、二十五シリングというつつましい額から百ポンドという堂々たる数字に至るまで、さまざまに計算したのであるが、算術の練習をいくらやっても、文字通り一銭も稼いでいないのだった。

彼はこの矛盾が非常に気になり、バルコニーでの思索の時間をこれのみに費して、ついに方法の誤りを見つけたように思った。「今は盛大に見せびらかす時代だ。サンドイッチマンや、グリフィスや、ペアーズの伝説的石鹸や、イーノウの果物塩〔後出のランプラウの発熱性食塩水と共に塩分を含む薬〕の時代なんだ。このイーノウという奴は図太さと評判と、僕が見たことのある一番むかつく絵で、僕の幼い頃を慰めてくれたランプラウの発熱性食塩水を圧倒してしまった。ランプラウは上流向けだったが、イーノウはどこにでもあった。ランプラウは古臭かったが、イーノウは新奇で恐ろしく俗悪だった。今僕は世間を多少知っていると自負しながら、便箋半切れと、想像力にじかに訴えかけないわずかばかりの冷たい言葉と、四つの赤い封緘紙という飾り（もし飾りと呼べるなら）で満足していたんだ！　それならランプラウと共に沈むべきだろうか、イーノウと共に舞い上がるべきだろうか？　間違いなく公爵にふさわしい慎しみを採るべきだろうか？　それとも、商人と詩人の強い言葉によって生の真っ赤な事実をつかむべきだろうか？」

彼はこうした思案に従い、一番大きい画用紙を数枚買った。それに絵具を塗りたくって、目を惹くと同時に、彼自身の言葉を借りれば、通行人の想像力にじかに訴えかける旗を描きはじめた。色使いの魅力、気の利いた言葉の選択、下宿人が彼の快楽の殿堂で送るであろう生活を描いた写実的な図柄――広告の要素はこうしたものでなければいけない、と思った。一方で家庭生活の落ち着いた喜びを、夕べの炉端や、金髪の腕白小僧たちや、しゅうしゅうという紅茶沸かしを描写することも可能だったが、また一方で（彼はこちらの方が自分の画才に適しているように感じた）、もう少し広範囲な生活、大胆に言えば回教徒の楽園の魅力を描くことも可能である。画家は結論に達する前にこの二つの見解の間で長いこと迷っていたため、結局、両方の図案を練って描き上げた。いわゆる親心という奴で、自己の芸術の所産をどちらも犠牲にするに忍びなかったため、一日置きに貼り出すことにした。「こうすれば、世の中のあらゆる階級に偏りなく呼びかけることになるだろう」と思った。

残るただ一つの問題はペニー硬貨を投げて決め、想像力豊かな絵の方が幸運の神の賛同を得て、屋敷の窓に最初にあらわれた。それは空想を逞しくして伝説を雄弁に語り、色彩は魅力的で大胆だったから、デッサンが下手でなければこの種のもののお手本になったかもしれない。その絵は、庭の柵を背にしたお気に入りの場所から少し距離を置いて見ると、画家の胸に快い昂揚感を引き起こした。「じつに貴重な主題を使ってしまった」と彼は言った。「これは最初にアカデミーに出す絵の画題にしよう」

これらの作品の運命はいずれも、その価値にふさわしからざるものだった。たしかに、勝手口の柵の前には時々人だかりがしたが、鑑賞しにではなく冷やかしに来るのだった。見るだけでなく何かを訊こうとする人々も、明らかに嘲弄の精神に満ちていた。二つの漫画のうちで際どい方は、たしかに部屋の魅力的な長所を示しておらず、物議を醸すという形での成功は多少収めたけれども、所期の効果はまったくなかったのである。しかし、もう一つの作品を二度目に貼り出した日、本物の質問者がサマセットの目の前に現われた。

それは紳士らしい風貌の男で、さっきまで笑っていたらしく、声が少し上わずっていた。

「おたずねしますが、おたくの素っ頓狂な貼紙はどういう意味なんです？」

「失礼ですが」サマセットは興奮して言い返した。「あの絵の意味は十分明確です」手ひどい経験から嘲笑を恐れるようになった彼は、そう言って扉を閉めようとしたが、紳士は隙間に杖を突っ込んだ。

「どうか、そう慌てないで下さい。もし本当に部屋をお貸しになるなら、間借人になるかもしれない人間がこの戸口にいます。設備を見て条件をうかがうことができれば、これに勝る喜びはありません」

サマセットは嬉しさに胸をはずませながら訪問客を中に入れて、さまざまな部屋を見せ、持前の弁説の才が戻って来たので、それらの長所を詳しく語って聞かせた。紳士は広々とした優雅な客間がとくに気に入った。

「この部屋は、じつにわたし向きですな。この階と上の階をお借りしたら、週にいくらになりますかな?」

「わたしが考えていたのは百ポンドです」とサマセットはこたえた。

「御冗談でしょう」と紳士は叫んだ。

「それなら」とサマセットはこたえた。「五十ポンドです」

紳士は驚いたような様子で彼を見た。「あなたの御要求は奇妙に融通が利くようですな。あなた御自身の割り算の原則に則って二十五ポンドと申し上げたら、どうです?」

「いいでしょう!」サマセットは大声を上げ、それから急に気恥ずかしくなって、申し訳なさそうに言い足した。「じつは、これは僕にとっては降って湧いた金なんです」

「本当ですか?」見知らぬ男はそう言いながら、しだいに驚きをつのらせて彼を見ていた。

「それなら、別勘定の料金はありませんな?」

「そ——そう思います」下宿屋の管理人は吃りながら言った。

「サービスも込みでしょうな?」紳士は食い下がった。

「サービス?」サマセットは声を上げた。「僕があなたの汚れ水を捨てることを期待しておられるんですか?」

紳士は非常に好意的な興味をもって、彼をじっと見た。「君、忠告しておくが、この商売はおやめなさい」そう言うと、帽子を取って立ち去った。

この手痛い失望は漫画の芸術家に強烈な影響を及ぼし、彼は恥じて、薔薇色の幻覚を食い破り始めた。傑作の一つが、次にもう一つが失敗作と宣告され、展示場所から取り下げられて、ただの壁にかける絵として食堂に飾られた。代わりに貼られたのは、封緘紙で貼った一番最初の広告の写しで、それには「サービスなし」という雄勁な文句が赤字で大書してあった。その間、彼はこういう気性の男にしては憂ぎ込むというに近い心境に落ち込んでいた。計画の失敗、先の面談の笑うべき結末、そしてあの二つの漫画の価値に対する大衆の無理解に意気を挫かれたのだ。

一週間ほどしてから、サマセットはふたたびノッカーの音に驚かされた。いくらか外国人めいていて、いくらか軍人風だが、髭を綺麗に剃り、ソフト帽を被った紳士がしごく慇懃な言葉遣いで部屋を見たいと言った。自分には（と紳士は説明した）一人の友人がいる。病弱な紳士で、普通の下宿屋のように人に邪魔されたり、うるさかったりすることのないところで、一人静かな生活をしたがっている。「あなたの広告にある珍しい条項がとくにわたしの気に入ったのです。『これこそジョーンズさんにうってつけの場所だ』とわたしは言いました。あなた御自身は何か仕事をしておられるのですか？」訪問者はサマセットの顔を関心ありげに見ながら、そう言った。

「僕は画家です」と青年は気軽にこたえた。

「それで、あれが」相手はその時通り過ぎた食堂の開いた扉から、チラリと中を覗いた。「あれがあなたの作品ですな。じつに非凡ですな」そう言って、青年の顔をふたたび前よりも鋭く見つめた。

サマセットは思わず赤くなり、急いで訪問客を二階に案内し、部屋を見せた。

「素晴らしい」見知らぬ男は裏手の窓から外をながめて、言った。「うしろにあるあれは厩(うまや)ですか？ 結構。それでは、良いですか、わたしの友人は客間の階を借りて、裏の客間に眠ります。彼の看護婦はアイルランド人の後家さんで立派な人ですが、この人が彼の世話を一切して、屋根裏部屋を借ります。彼は週にきっかり十ドル支払い、あなたはほかに下宿人を置かないと約束する。適正な条件だと思いますが？」

サマセットは感謝と喜びの念を言い表わす言葉を思いつかなかった。

「決まりですな」と相手は言った。「それから、お手間を省くために、友人は何人か人を連れて来て模様変えをします。彼は内気な同居人ですよ。あまり人を家に入れませんし、夜以外はめったに家の外へ出ません」

「この家に住み始めて以来」とサマセットはこたえた。「僕自身、ビールを買いに行く以外、晩しかめったに外へ出ません。でも、男は多少の気晴らしが必要ですからね」

それから日時を取り決めて、紳士は帰った。サマセットは椅子に坐り、言われた額が英貨にしていくらになるかを計算した。その結果は彼を驚愕と嫌悪感に満たしたが、もう手遅れだった。あとは耐え忍ぶしかない。彼は間借り人の到着を待ちながら、なおもさまざまな算術的便法によって、ドルの相場をもう少し高くできないかと考えていたが、夕暮れが近づくと、じれったくなって、もう一度正面のバルコニーへ出た。夜になった。温かく、風はなかった。庭の中心に暗闇を残して、まわりに明かりがともった。高い木立を通して、広場の向こうの赫々と輝くたくさんの窓が、真っ白いテーブル掛けや上等の葡萄酒や温かい歓待を物語っていた。頭上の空にもう星が増えて来た頃、青年の目は三台の四輪車の行列が庭の柵に沿って〃余分な屋敷〃へ向かって来るのを見た。馬車は山程荷物を積み、一台また一台と軍隊のように整然と動いていたが、進み方が極端に鈍いので、サマセットは間借り人が重病なのではないかと思った。

彼が扉を開けた時、馬車は舗道のわきに停まっており、最初の二台から、今朝方訪れた軍人風の紳士と二人のたくましい荷物運びが下りた。かれらはすぐさま家の占拠に取りかかった。サマセットの手伝いは固く拒み、自分たちの手でさまざまな箱の類を運び込んだ。間借り人が眠るベッドを自分たちの手で馬車から下ろし、裏手の客間に運んだ。到着の騒ぎがおさまり、家具の配置もすっかり終わると、ようやく三番目の乗物から、背が高く肩幅の広い紳士が下りて来た。未亡人の服をまとった女の肩に寄りかかり、自分は長い外套に身をつつみ、染色した長い襟巻を巻いていた。

サマセットは男が通るのをチラと見ただけだった。男はすぐに裏手の客間に閉じ込もり、ほかの者は去った。沈黙がふたたび家に下りた。十二時半少し前に看護婦が現われ、近所にまっとうな酒場がないかと方言丸出しで訊かなかったら、サマセットは自分が今もこの〃余分な屋敷〃に独りきりだと思ったかもしれなかった。

何日も経ったが、青年はいまだに謎めいた下宿人と口も利かず、姿も見ていなかった。客間の階の扉はけして開かなかったし、行ったり来たりする足音は聞こえたものの、背の高い男はけして自分の部屋から出なかった。訪問客はたしかにあった。時には夕暮れに、時には夜や朝早くに。大部分は男で、みすぼらしい服装(なり)をした者もいれば、ちゃんとした格好の者もいた。騒々しい者も、むやみにぺこぺこする者もいたが、いずれもサマセットの目には不愉快だった。一種の恐れと秘密の雰囲気が全員に共通していた。みなおしゃべりで、不安そうだとサマセットは思った。例の軍人風の紳士さえ、よくよく見ると紳士ではなかったし、病人を看護する医師に関していうと、その振舞いは大学を出た人間とは思われなかった。看護婦も好もしい同居人ではなかった。彼女が来てからというもの、青年が飲むウイスキーの壜の中味はどんどん減ってゆくのだ。それに彼女はけして話し好きではなかったが、時々不愉快なほど馴々(なれなれ)しかった。病人の体調について尋ねられると悲しげに首を振り、お気の毒な状態なのですと言った。

しかし、何となくサマセットは、彼の病が身体の病気ではないという考えを早くから抱き始めた。この家に集まって来る人相の悪い連中、夜更けに客間から聞こえる妙な物音、看護婦のぞんざいな仕事ぶりと不節制な習慣、こちらとのやりとりがまったくないこと、ジョーンズ氏本人が完全に引き籠っていて、いまだにどんな顔をしているのかわからず、たとえ法廷に出ても証言できないこと——こうしたことが青年の心に不愉快にのしかかった。何か邪で不法なことが秘かに行われているという感覚が彼を悩まし、憂鬱にさせた。この不安が彼の心にいっそう固く根を張ったのは、時満ちて間借り人の顔形を観察する機会を得た時である。それはこういう次第だった。若き大家は午前四時頃、玄関広間で物音がしたために目が醒めた。跳び上がって書斎の扉を開けると、例の背の高い男が手に蠟燭を持ち、部屋を借りた紳士と真剣に話し合っているのが見えた。二人の顔は強い光に照らされていたが、間借り人の顔には病人らしいところなど少しもなく、あるのは健康と、精力と、決意のしるしだけだった。サマセットがまだ見ているうちに訪問者は帰り、病人は玄関の扉を注意深くしっかり閉めると、疲れの色も見せないで階段を駆け上がった。

その夜、寝床の中でサマセットの探偵熱にふたたび火がつき、翌朝にはまた絵の練習を始めたが、手元は不注意だし、心は上の空だった。その日は驚くことが色々起こる運命にあって、画架の前に坐ってからあまり経たないうちに、最初の椿事が出来した。荷物を積んだ辻馬車が扉の前に停まり、誰あろうラクスモア夫人が足早に石段を上がって、ノッカーを鳴らしたのだ。サマセットは急いで召び出しに応じた。

「あなた」夫人はいとも朗らかに言った。「ほら、わたし、月から落ちて来てよ。約束を守ってくれて嬉しいわ。あなたも喜んで自由の身に戻って下さるでしょう」

サマセットには抗議の言葉も歓迎の言葉も見つからなかった。気骨のある老婦人はキビキビと彼の傍らを通り抜け、食堂の入口で立ちどまった。彼女の目に映った光景は、人を驚愕させずにおかぬものだった。炉棚にはシチュー鍋や空壜が並んでいた。火の上では肉片を揚げているところだった。床には端から端まで本や、服や、ステッキや、画家の仕事に使う材料が散かっていた。しかし、この場所の他の驚異よりもはるかに抜きん出ていたのは、静物の習作を描くために用意した一画だった。一種の岩石庭園になっているその場所で、構成の芸術の原理によって目立っているのは、銅の湯沸かしを背景としたキャベツであり、どちらも茹でたロブスターの殻と対照をなしていた。

「何てことでしょう！」この家の女主人は憤然と青年の方を向き直った。「あなたは一体どういう階級の御出身なの？　外見は紳士のようですけれど、このとんでもないものを見ると、八百屋の小僧としか思えませんよ。頼むから、野菜を片づけて、二度と顔を見せないでちょうだい」

「マダム」サマセットは言った。「一ヵ月前に予告すると約束なさったじゃありませんか」

「誤解して約束したんです」老婦人は言い返した。「今はあなたに即刻出て行けと警告します」

「マダム、そうしたいのは山々です。実際、僕に関する限り、そうすることもできるでしょう。でも、下宿人が！」

「下宿人？」

「下宿人です。否定する必要がありましょうか？　週決めでここに住んでるんです」

老婦人は椅子に坐り込んだ。「下宿人を置いたですって？――あなたが？　でも、どうやって借り手を見つけたの？」

「広告によってです」と青年はこたえた。「ああ、マダム、僕は漫然と暮らしていたわけじゃありません。僕は」――彼の視線は思わず例の漫画の方に移った――「あらゆる方法を試みました」

夫人の目は彼の目を追った。サマセットの経験上初めて、彼女は玉が二つある眼鏡を取り出し、作品の価値を十分に認めるや否や、ゾクゾクするようなソプラノの声で立て続けに大笑いした。

「まあ、あなたって本当に素敵だわ！　あれを窓に貼り出したのね。マクファソン」と女中に呼びかけた。女中はこの間、玄関広間でしかつめらしく待っていたのである。「サマセットさんとお昼を食べます。酒蔵の鍵を持って、葡萄酒を取って来てちょうだい」

軽い昼食の間中、夫人はこんな朗らかな気分だった。酒蔵から二ダースの葡萄酒をマクファソンに取って来させて、サマセットに賜った――「プレゼントよ、あなた」そう言うと、また涙を流してどっと笑った。「素敵な絵のお礼にね。あの絵は出て行く時、必ず置いて行かなくては駄目よ」結局、彼女はロンドン全市でもっとも愉快な狂人の家を台なしにすることはできないと言って、ヨーロッパ大陸に（と曖昧な言い方をした）向かって出発した。

夫人が去ってからまもなく、サマセットは廊下でアイルランド人の看護婦と出くわした。女は素面のようだったが、異様に動揺していた。話を聞くと、ラクスモア夫人が訪れたためにジョーンズ氏はひどく具合が悪くなったらしく、十分な説明を受けなければ、病人の不安は収まらないというのだ。サマセットはいささか目を丸くして、この場合に適当と思われることを述べた。

「それだけですか?」と女は言った。「神様に誓って、それだけですか?」

「いいですか」と青年は言った。「僕には、あなたがどういうおつもりなのかわかりません。仮にあの御婦人が友達の奥さんだろうと、僕の妖精の名づけ親だろうと、ポルトガルの女王だろうと、あなたやジョーンズさんに何の関係があるんです?」

「まあ、何てことを! あの方に聞かせてあげたいですわ!」

看護婦はそう叫んで、すぐさま階段を駆け上がった。

サマセットの方は食堂へ戻り、物思わしげな表情で色々な理屈を考えめぐらしながら、酒壜に残っている酒を空けた。それはポートだった。ポートというのは、優劣さまざまな葡萄酒の中でも、煙草とある程度渡り合える唯一の酒である。酒を啜り、煙草を吹かし、理屈を考えながら、サマセットは疑惑から疑惑へ、決断から決断へ揺れ動き、壜の中身が減ってゆくにつれてますます勇敢に、楽観的になって行った。彼は懐疑主義者だったが、それを自慢にもしていなかった。犯罪も悪徳も嫌悪せず、不道徳な是認の態度で世間を見、受け入れていた——若く健康な人間はえてしてそうなのである。と同時に、彼は自分が人目を忍ぶ犯罪者たちと同じ屋根の下にいることを確信しており、度し難い追跡本能の故に謎をとことん調べたくなった。壜の酒がもうなくなり、夏の陽もようやく沈むと、とたんに夜と空腹が彼を夢想から呼び戻した。

彼は外に出、「クライテリオン」で晩餐をしたためたが、それは懐具合よりも、さいぜん楽しんだ素晴らしい葡萄酒と釣り合いのとれた食事だった。あれやこれやで、帰宅した時は真夜中をとうに過ぎていた。戸口に辻馬車が停まっており、玄関広間に入ると、サマセットはジョーンズ氏を訪ねて来るわずかな人間のうちで、もっとも頻繁に現われる人物の一人と顔を突き合わせた。逞しい身体つきで目鼻立ちのはっきりした、アメリカ風の顎鬚を生やした男だった。見たところかなり重そうな黒い旅行鞄を肩に担いでいた。深夜に荷物を持ち去ろうとする訪問客を見たことが、青年の記憶にある奇妙な物語を思い出させた。彼はこんな風にして、自分の所持品だけでなく、自分がいる家の家具や備品までもだんだんに持ち去る下宿人の話を聞いたことがあった。それで、ふざけ半分疑い半分といった気持ちで、酔っ払いの真似をしながら顎鬚を生やした男にドスンと突きあたり、旅行鞄を相手の肩から床に落とした。顎鬚の男はたちまち紙のように真っ白い顔になって、悲しげに造物主の名を呼び、階段の下の敷物の上にへなへなと倒れ込んだ。と同時に、ほんの一瞬だったが、病気の下宿人とアイルランド人の看護婦が二階の手摺から兎（うさぎ）のようにヒョイと首を出した。どちらの顔もやはり恐怖の色を浮かべ、青ざめていた。

この信じがたい様子を見たサマセットは石のようになって口も利けなかったが、その間に例の男は落ち着きを取り戻し、手摺りに縋(すが)って、聞こえる声で神に感謝しながらふたたび立ち上がった。

「一体どうなさったんです?」青年はものを言えるようになると、すぐに切れぎれの声でたずねた。

「ブランデーは少しありませんか?」と相手は言った。「気分が悪いんです」

サマセットは顎鬚の男に一口二口、ブランデーを飲ませた。やがて男はいくらか人心地がつくと、わが身に向かって悪態をつきながら、先程はみっともなく興奮して申し訳ない、長いこと悪寒のしない瘧(おこり)を患(わずら)っているせいなのですと言った。そしていまだに汗を搔き、震える手で別れの握手をすると、おっかなびっくり荷物を担いで立ち去った。

サマセットは床に就いたが、眠れなかった。あの黒い旅行鞄の中身は何だったのだろう? 盗品か? 殺された人間の死体か? あるいは――それを考えた時、ベッドの上にがばと起き直った――恐ろしい機械なのだろうか? 彼はこの疑問をきっと解いてみせると心に誓い、翌朝、食堂の窓辺に腰を落ち着けると、目も耳も働かせて警戒し、最初の機会が訪れたら、それを役立てようと思って待った。

時間は重苦しく過ぎて行った。家の中では何も変わったことはなかった。ただ、看護婦がいつもより頻繁に広場の向こうへ出かけて行き、正午(ひる)前からしゃべり方や足取りが少しだらしなくなっただけだ。けれども、六時を少し過ぎると、優雅な服をまとった顔立ちの美しい若い娘が庭の角をまわって来た。彼女は家から少し離れたところに立ちどまって、しばらく、何度もため息をつきながら〝余分な屋敷〟の正面を見入っていた。人類共通の父母がエデンの門でそうしたように、彼女がこうして遠くから家を見るのはこれが初めてではなかった。青年はすでに彼女の身ごなしの生き生きしたしなやかさに気づき、彼女の眼からたまさか放たれる矢に射られていた。その時も嬉しくなって、そのながめを楽しむため窓に近づいた。しかし、何という驚きだろう――彼女は少しためらっているようだったが、こちらへ近づいて石段を上がり、上品に扉を叩いたのである！　アイルランド人の看護婦はことによると目醒めているかもしれない。サマセットは自分が先に戸口へ出ようと急いで、首尾良く艶なる訪問客を出迎えた。

ジョーンズ氏は御在宅ですかと女は尋ね、それから唐突に、あなたはこの家の人ですかと青年に言った（その時、微笑んでいたように青年は思った）。「なぜかと申しますと、もしもそうなら、ほかの部屋を見たいんです」

サマセットはほかに下宿人をおかない約束をしたと言ったが、女はジョーンズ氏の友達だから大丈夫だと請け合った。「それじゃ」と言って、いきなり食堂の戸口へ歩いて行った。「ここから始めましょう」サマセットは彼女が入るのを止めようとしたが、間に合わなかった。もしかすると、止める勇気がなかったのかもしれない。

「まあ！」と娘は叫んだ。「何て変わってしまったんでしょう！」

「マダム」と青年は言った。「あなたが入って来られて以来、この部屋が変わってしまったと言う権利があるのは僕の方です」

娘は少し目を細めてこの空疎なお世辞を受けとり、ごちゃ混ぜに散らかった物の間で優雅にドレスを操りながら、微笑(ほほえ)んだりため息をついたりして、二つの部屋の驚異の数々を一通り見た。目をキラキラ輝かせて例の漫画を見つめ、紅潮した顔といくらか息を切らした声が、その絵を高く評価していることを示していた。岩石庭園の効果的な配置を称め、寝室では――サマセットはそこへ入れまいと努力したが、無駄だった――思わず讃嘆の声を上げた。「何て簡素で男らしいんでしょう！ 殿方が女みたいに小綺麗にしているのは厭(いや)らしいものだけれど、そんなところは全然ありませんわね！」そして彼が返事をする閑(いとま)も与えずに、勝手は良く知っているから、もうお手間は取らせませんと言って、にっこり微笑(わら)うと、一人で階段を上がった。

若い婦人は一時間以上ジョーンズ氏と密談し、それが済んだ時はもう夜になっていたが、二人一緒に家を出て行った。下宿人がやって来て以来、サマセットがアイルランド人の未亡人と二人きりになるのは初めてだったので、体裁のために必要な以上の時間を無駄にせず、階段の下へ歩いて行って彼女の名前を呼んだ。女はニヤニヤしてしきりにうなずきながら、すぐに下りて来た。青年が僕の芸術品を見せてあげましょうと礼儀正しく言うと、願ってもないことです、お部屋へ入ったことはありませんが、よく扉ごしに美しい絵を見ておりました、とこたえた。酒罎と二つの杯を見たので彼女は優しい批評家となり、絵を見てお世辞を言ってしまうと、容易に説得されて画家のお相伴(しょうばん)をした。

「御挨拶に一杯いただきます。まったく、この恐ろしい家であなたのような紳士とお目にかかるのは喜びでございますわ。こんなに気さくで、御自由で、鷹揚で、それに本当に素晴らしい絵描きさんなんですから」こう言って一杯目を楽しく飲むと、二杯目もいただきますとなり、三杯目になると、もうサマセットはつきあって飲むふりをやめることができた。そして四杯目は彼女の方から求めたのである。「だってね。あんな時計だの薬だのばかりでお酒（ささ）が一滴もないんじゃ、生きていかれたものじゃありませんわ。それにマグワイアだって欲しがったじゃありませんか。あの人だってね、ふだんは子供みたいに一滴も飲まない人ですけど、こんなに情ない失敗ばかりで気が滅入っている時には、一杯くらい欲しくなるでしょうよ。わたしも気晴らしにちょっといただけたら、感謝いたしますわ」それから、瀕死の病人の世話をする辛（つら）さを涙ながらに語り、亭主の財産が少ないことを嘆きはじめた。やがて、「旦那様」の呼ぶ声が聞こえたと言って立ち上がると、片足を静物の岩石庭園に突っ込み、ロブスターを枕にして鼾（いびき）をかき始めた。

　サマセットはすぐさま二階へ上がって、客間の扉を開けた。客間は五、六個のランプに煌々（こうこう）と照らされていた。広い部屋だった。三つの背の高い窓が広場に面していて、一対の大きな折りたたみ式の扉で隣の部屋とつながっていた。部屋は広々として優美で、海緑色の壁紙が貼られ、家具には繊細な青い天鵞絨（びろうど）が張ってあり、色さまざまな大理石でこしらえた立派な炉棚が据えつけてあった。サマセットが記憶している部屋はそんな風だったが、今見ている部屋はほとんどあらゆる点が変わっていた。家具には紋様入りのチンツの被いがかけてあった。壁には大黄（だいおう）の色をした紙がかけられ、七つある窓の凹（くぼ）みにそれぞれカーテンが引かれていた。うっかり隣の家へ入ってしまったような気がした。やがて彼の目はこうした派手な変化から、床に散らばっているたくさんの奇妙な物に移った。そこには分解したピストルの発射装置があった。今もせわしくチクタクいっているものから華奢な部品に分解されたものまで、破壊のあらゆる段階にある時計や時計仕掛け、カーボイや壺や壜も大量にあり、大工の作業台と実験用の机もあった。

　裏手の客間へ行ってみると、ここも様変わりしていた。平凡な下宿屋の寝室そのものといった風になっていて、緑のカーテンのついたベッドが一方の隅を占め、窓の前はお決まりのテーブルと鏡にふさがれていた。青年はここにある押入の扉に注意を惹（ひ）かれて、マッチを擦ると、扉を開けて中に入った。テーブルの上に数個の鬘（かつら）と付け鬚が広げてあった。壁には背広や外套が妙な取り合わせで色々とかかっており、高価な海豹（あざらし）の毛皮の大きな上っ張りが目立っていた。青年は即座に「スタンダード」紙に載った広告を思い出した。下宿人の背の高さ、肩幅の不釣り合いな広さ、そして部屋に置いてあるものの種々の奇妙な点が、すべて同じ結論を示していた。

　マッチがもう軸まで燃えてしまったので、サマセットはくだんの外套を腕に引っかけ、急いで明かりのともっている客間へ戻った。そこで、不安と賞讃の相半ばする気持ちで、そのゆったりした大きさと、毛の揃い具合や柔かさをつくづくと吟味した。大きな窓間鏡が見えたので、もう一つ思いつきが浮かんだ。彼は毛皮の上着を引っかけ、ロシアの王侯を思わせる姿勢で鏡の前に立つと、ゆったりしたポケットに両手を突っ込んだ。ポケットの中で、丸めた新聞紙に指が触れた。取り出してみると、活字も紙も「スタンダード」紙のものだとわかり、同時に二百ポンドの懸賞金云々の文字に目が留まった。してみると、もはや謎の人物ではなくなった下宿人は、広告が出たその日に外套をしまい込んだのである。

告げ口する外套を背中に被り、罪を仄めかす新聞を手にして立っていると、扉が開いた。背の高い下宿人がきっぱりした、しかし、やや蒼ざめた顔で部屋に踏み込み、背後に扉を閉めた。二人はしばしの間、無言で見つめ合っていたが、やがてジョーンズ氏がテーブルに向かって行き、椅子に腰かけ、一度も目の向きを変えないで青年に話しかけた。

「お察しの通り。あの懸賞金はわたしにかかっているんです。それで、どうしますか？」

サマセットにはとても答えられない質問だった。相手の外套で仮装している時に不意をつかれ、悪魔の如き爆発物の山に取り囲まれて、下宿屋の管理人は言葉も出なかった。

「さよう」と相手はまたしゃべり始めた。「わたしなんです。わたしがあの男なんです――連中が迎えきれぬ憎悪と恐怖にかられて、隠れ家から隠れ家へ、変装から変装へ今も追いまわしている男です。そうです、大家さん、あなたがもし貧乏なら財産の基礎を築くことができますし、もし無名なら、たちまち名誉をつかむことができる。あなたは罪のない未亡人を酔いつぶし、今はわたしがスタンプ貨幣を払って借りている部屋でわたしの衣装部屋を探り、その手を――恥ずべきことだ！――その手をわたしのポケットに突っ込んでいる。今から卑劣な行いの仕上げができるでしょう――いとも簡単で、安全で、儲(もう)かる手段で」語り手は自分の言葉を強調するかのように、黙り込んだ。それから口調も態度もガラリと変えて、「しかし、あなたのお顔を見ると間違いないと思うのです。いずれにしても、わたしが今話している相手は立派な紳士だと確信するのです。わたしの外套を脱いで下さい――邪魔になるだけですから。この迷いを脱ぎ捨てて下さい。幸い、頭の中で考えただけのことを良心の重荷とする必要はありません。我々はみな罪深い考えを抱いたことがあります。もしわたしの肉と血を売り渡すことが、被告席でのわたしの苦悩、わたしの死の苦悶の汗があなたの心に一瞬閃(ひらめ)いたとしても――その考えに基づいて行動することは、おできにならなかったのです。わたしがあなたの名誉心をこれ以上疑うことができなかったように」語り手はそう言うと、包み隠しのないにこやかな顔つきで、息子を許す父親のごとくサマセットに手を差し伸べた。

　相手が赦(ゆる)すというのを拒んだり、人の寛容さを詳しく解剖したりするといったことは、この青年の性格になかった。彼はすぐさま、ほとんど何も考えないで相手の握手を受けた。

「さて」と下宿人は語りつづけた。「信義に篤(あつ)いあなたのお手をわが手に握った今、わたしは心配を払拭し、疑いを捨て、さらに先へ進みます――意志の力で過ぎたことの記憶を追い払います。あなたがどうやってここへ来たかはどうでもよろしい。今ここにいらっしゃる――わたしの客人として——それだけで十分です。お坐り下さい。よろしければ、上等のウイスキーを一杯やって交友を深めようじゃありませんか」

そう言いながら、杯と罎を持って来た。二人は無言で互いのために乾杯した。

「正直におっしゃい」と歓待役は微笑んで言った。「この部屋の様子に驚かれたでしょう」

「その通りです」とサマセットは言った。「それに、こんな風に変えた目的も想像できません」

「わたしは」と陰謀家は言った。「これらの装置によって存在しつづけているのです。わたしがあなた方の不公正な法廷で告発される様子を想像して下さい。さまざまな証人が現われ、かれらの陳述が奇妙に多様であることを想像して下さい！　ある者はこの客間が元のままだった時に訪問したというでしょう。二人目の訪問者は、今夜のような状態を見るでしょう。そして明日か明後日にはすっかり変わっているかもしれません。もし伝奇物語がお好きなら（画家はたいていそうですが）、今あなたと話している名もない人間の人生ほどロマンティックな人生はありませんよ。名もないが、有名なのです。わたしの栄光は匿名の、地獄の栄光なのです。わたしは恥ずべき手段によって、輝かしい目的に向かって行きます。わたしは気の毒な国の自由と平和が絶望的に虐げられていることを知りました。未来はその国に微笑んでいますが、当面、わたしは狩り立てられる獣の生活を送り、恐ろしい目的に向かって進み、地獄の妙技を行うのです」

サマセットは杯を手にして目の前にいる奇妙な狂信者を見つめ、筆舌に尽くしがたい当惑をおぼえながら、相手の狂熱した放言を聞いていた。彼は奇妙な入念さで相手の顔を見たが、教育を受けた人間らしかったので、いっそう不審を深めた。

「あなた」と彼は言った――「こう呼ぶのは、今もジョーンズ氏と呼びかけるべきかどうかわからないからですが――」

「ジョーンズ、ブリートマン、ヒギンボトム、プンパーニッケル、デイヴィオット、ヘンダーランド――どの名で呼んで下さってもかまいません」と謀略家は言った。「いずれも、ある時期名告っていた名前ですから。しかし、わたしが一番大事に思う名前、もっとも恐れられ、憎まれ、服従された名前はあなた方の人名録には載っておりません。それは郵便局や銀行で使われている名前ではありません。実際、名高いマグレガー一族のように、昼間(ひる)は名なしの男だと申し上げても良いでしょう。しかし」彼はスックと立ち上がって、語りつづけた。「夜は、そしてわたしの捨鉢(すてばち)な追随者たちの間では、恐るべきゼロと呼ばれているのです」

サマセットはその名を知らなかったが、礼儀正しく驚きと満足感を表明した。「そうすると、あなたはこの偽名の下に爆弾魔の仕事をしておられるわけですね?[原註1]」

［原註1］アラビア人の原作者はここに長い文章を書いているが、あまりに東洋的な文体なので英国の読者向きではない。我々はその例を一つ書き加えるが、散文として印刷すべきか韻文として印刷すべきかすら良くわからないのである。「dynamitard などと書く作家 writard に対し、我は疲れを知らぬ敵 fightard となるであろう」彼はこんな具合に（我々が彼の言いたいことを正しく

理解しているなら）lamp-lightard、corn-dealard、apple-filchard（ピルチャード pilchard［訳注＝鰯の一種］という良く似た言葉があるから、これは明らかに正しい）、そして opera dancard といった優雅で明らかに正しい綴りに異を唱える。「Dynamitist と言うなら、わかる」と彼は言い添える。

謀略家はまた椅子に坐り、二人の杯に酒を注いで言った。

「そうです。この暗い時勢に一つの星が――ダイナマイトの星が――虐げられた人々のために昇ったのです。そしてそれを用いる人間――危険に厚く取り囲まれ、信じがたい困難と失望につきまとわれる人間のうちでも、わたしより精励な者は少なく、そして――」彼はふと口をつぐみ、気まずい表情がかすかに顔に浮かんだ――「わたしより成功した者は多くありません」

「想像するに」とサマセットは言った。「大きな結果が期待されるのですから、その経歴は面白くないこともないでしょうね。それに隠れん坊遊びの楽しみもいくらかあるでしょう。それでも僕には――素人として言うんですが――地獄の機械を仕掛けておいて隣の州へ引っ込み、傷ましい結果を待つほど容易で安全なことはないように思えるんですが」

「いや、それは」謀略家は少し興奮した様子で、言った。「何も知らずに言っておられるのです。それなら、我々が今この時共にしている危険を何とも思わないのですか？　この家のように地雷が仕掛けられ、脅やかされ、一言に言えば文字通りぐらついて倒れそうな家に住むことを、何でもないと思うのですか？」

「ああ、神様！」とサマセットは叫んだ。

「それに、この科学研究の時代に」ゼロは畳みかけるように言った。「安寧のことなどをおっしゃるとは、驚きの至りです。諺にも言う通り、化学薬品は女のように移り気で、時計仕掛はまさしく悪魔のように気まぐれだということを御存知ないのですか？　わたしの額にこの不安の皺が見えますか？　わたしの髪に交じった銀色の条にお気づきになりませんか？　時計仕掛が、時計仕掛がこれらをわたしの額に刻んだのです――化学薬品がこれらをわたしの巻毛にふり撒いたのです！　いいや、サマセットさん」彼はいっとき間を置いてから、また言葉を継いだが、その声は依然神経質に顫えていた。「爆弾魔の生活がすべて黄金だなどと考えてはいけません。それどころか、わたしが送っている生活の目も血走る徹夜の作業や心を揺るがす落胆は、あなたには想像もできないでしょう。わたしは（言わせてもらえば）もう何ヵ月も朝早く起き、夜遅く寝て働いています。わたしの鞄は用意ができ、時計も合わせてあります。向こう見ずな実行役が真っ白い顔をして、破滅の道具を仕掛けに行きました。わたしたちは英国の崩壊を、数千人の虐殺を、恐怖と呪詛の叫び声を待っています。ところが、どうです！　玩具の拳銃みたいなパンという音、いやな臭い――それで、あれだけの時間と機械装置がすべて無駄になるんです！　もしも」彼は考え込みながら、語りつづけた。「失われた鞄を回収することさえできれば、ほんの少し手を入れるだけで、問題のあった機関を修理することができたでしょう。しかし、装置を失うことや、この仕事のほとんど克服しがたい科学的困難さのために、フランスにいる我々の仲間たちは選んだ手段を放棄せんばかりです。かれらは代わりに都市の下水施設を破壊して、壊滅的なチフス菌の蔓延(まんえん)によって人口を一掃しようと提案しています。魅力的で科学的な計画です。無差別ですが、素朴で牧歌的な方法です。それが優雅なやり方であることは認めますがね、わたしには幾分詩人のような、あるいは護民官のようなところがあるんです。だから、わたしは微力ながら爆弾という、もっと強烈で華々しい、そして（こう言ってよろしければ）もっと大衆向けの方法に専念するつもりです。さよう」彼は揺るがぬ希望を持って、言った。「わたしはまだ続けますぞ。そして、まだ成功すると内心感じています」

「二つのことに気がつきました」とサマセットは言った。「第一のことは僕をいささか愕然とさせます。それじゃ、あなたは――たいそう生き生きと語られた人生の間に――一度も成功したことがないんですか？」

「お言葉ですが」とゼロは言った。「一度は成功しました。あなたが御覧になっている男は、レッド・ライオン・コート事件の張本人なのです」

「でも、僕の記憶が正しければ」サマセットは異を唱えた。「あれは大失敗でしたよ。ゴミ屋の手押し車と、『ウィークリー・バジェット』が何冊か――犠牲者はそれだけでした」

「またお言葉を返すようですが」ゼロは荒々しい語調で言い返した。「子供が一人、怪我をしました」

「そのことで、第二の点に話がつながります」とサマセットは言った。「あなたは『無差別』

という言葉をお使いになったからです。たしかに、ゴミ屋の手押し車と子供（もし子供がいたなら）を襲うのは無差別で、失礼ながら、効果もない報復の極致絶頂を示していますね」

「わたしはそんな言葉を使いましたか？」とゼロは言った。「うむ、そのことは弁解いたしますまい。しかし効率ということになると、これはもっと重大な事柄ですから、そういう大きな話題に入る前にもう一度酒を注がせて下さい。議論は喉が渇きますからな」と愛嬌のある明るい素振りで、言い足した。

二人はふたたび強い酒で乾杯した。ゼロはいくらか満足した様子で椅子の背に凭りかかり、大がかりに自説を展開しはじめた。「無差別なものといえば、いいですか、戦争は無差別です。戦争は子供も容赦しませんし、無害なゴミ屋の手押し車も容赦しません。わたしも」とニコニコして、「わたしも同じなのです。恐怖の念を起こさせるもの、罪深い国民の活動を混乱あるいは麻痺させ得るものなら、手押し車だろうと、子供だろうと、大英帝国の議会だろうと、遊覧汽船だろうと、わたしの単純な計画の歓迎するところです。あなたは」と共感のこもった興味をいくらか示して、たずねた。「あなたは神を信じないでしょうな？」

「僕は何も信じません」と青年は言った。

「それなら」とゼロはこたえた。「わたしの議論を理解できる立場においでだ。人類が――人類の輝かしい勝利が目的だという点で、我々の考えは一致しています。その目的のために労苦することを誓い、国王や、議会や、教会や、警察官が束になって敵対するのに立ち向かうわたしは――いや、わたしたちは――用いる道具についてやかましいことを言っていられるでしょうか？　我々が女王や、陰気なグラッドストーン〔英国の政治家・首相。一八〇九－九八〕や、石頭のダービー〔第十五代ダービー伯爵エドワード・ヘンリー・スタンリー。英国の政治家。一八二六－九三〕や、抜け目のないグランヴィル〔第二代グランヴィル伯爵グランヴィル・ジョージ・ルーソン＝ゴア。英国の政治家。一八一五－九一〕を襲うと思っておられるかも知れませんが、それは間違いです。我々が訴えるのは大勢の人々に対してなのです。我々が手を触れ、関心を惹きたいのはこの人たちなのです。ところで、あのイングランド人の女中をごらんになりましたか？」

「見たと思います」とサマセットは言った。

「趣味が良くて芸術に打ち込む方なら、そうだろうと思っていました」陰謀家は礼儀正しくこたえた。「あれは他所にないタイプで、じつに魅力的な娘です。我々の目的を果たすのにぴったりです。あの小綺麗な帽子、清潔なプリントドレス、綺麗な姿形、人を引きつける態度。彼女は一方に両親、一方に雇い主という二つの階級の間に立っています。おそらく一人は恋人ができるでしょうが、我々はその恋人の感情に訴えかけるかもしれません――そう、わたしはあの女中が好みで――彼女に弱いと言ってもよろしい。あの看護婦が嫌いだというわけではありませんがね。というのも、あの子は非常に興味深い部分だからです。わたしは大分前から、子供を社会の敏感な点として注目しておりましてね」彼は賢げで物思わしげな微笑を浮かべて、首を振った。「そして子供たちと我々の仕事の危険について言えば、一つささやかな爆弾事件の話をさせて下さい。数週間前、わたし自身の見ている前で起こったことです。それはこういう次第でした」
そう言うと、ゼロは椅子の背に凭(もた)れかかって、次のような物語を始めた。

ゼロの爆弾の話〔原註1〕

〔原註1〕　アラビア人の作者は、我々の翻訳ではふだん無視しているあの古風な几帳面さで、ここに一つの面白い些事(さじ)を書き留めている。ゼロはこの爆弾(ボム)bombという単語を「ブーム boom」と発音したというのだ。読者もさしあたっては彼の顰(ひそ)みに倣(なら)うことを御承知下さるだろう。

わたしはもっとも信頼する密使の一人と約束して、セント・ジェイムズ・ホール〔一八五八年に開業したロンドンのコンサート・ホール〕の貸し部屋で共に夕食をしたためました。あなたはあの男にお会いになっていますよ。マグワイアといって、騎士道精神溢れる男ですが、彼自身は我々の仕掛けの専門家ではありません。だから、会う必要が生じたのです。というのも、改めて申し上げるまでもないでしょうが、機械を正確に調整することに重大な結果がかかっているからです。わたしはささやかな爆竹の時間を三十分後に合わせました。実行の場所はすぐ近くでした。失敗を防ぐためにある装置を用いましたが、それはわたしの最近の発明で、爆弾を入れたグラッドストーン鞄を開けたとたん、爆発が起こるようにするものなのです。マグワイアは慣れないこの仕掛けに少し気遅れがして、聡明な良識をもって指摘しました――もし自分が逮捕されたら、たぶん敵もろとも殺(や)られてしまうだろうと。しかしわたしは動じず、彼の愛国心に強く訴え、上等のウイスキーを一杯飲ませて、輝かしき使命を果たしに行かせました。

　我々の狙いは、レスター広場にあるシェイクスピアの彫像でした。良い場所を選んだと思います。けしからぬ政治的意見の持主だったにもかかわらず、イングランド人がいまだに愚かしくも称賛している劇作家のためだけでなく、すぐ近くのベンチに子供や、使い走りの小僧や、貧困な階級の不運な若い御婦人方や、身体の弱い老人――大衆の同情に直接訴え、それ故我々の計画にもっとも適したすべての階級がしばしば群れなしているからです。近づくにつれて、マグワイアの胸は気高い勝利感に燃え上がりました。彼はその公園がそんなに混んでいるのを見たことがありませんでした。子供たちが、まだ幼くひ弱なので躓(つまず)いたり転んだりしながら、台座のまわりを駆けまわりながらキャッキャッと叫んで遊んでいます。年老(としと)った病気の年金生活者が一番近いベンチに腰かけて、胸に勲章をぶら下げ、歩く時に縋(すが)る杖（傷を負って、身体が不自由なのです）を膝の上に置いています。罪深いイングランドは、かくして一番弱いところを突かれるでしょう。実行の時も上手く選んでありましたし、マグワイアは結果を輝かしく予見して、楽しげに近づきました。と、突然、警察官の逞(たくま)しい姿が目に留まりました。彫像のすぐそばに、あたりを監視するように立っています。我が勇敢な仲間は立ちどまり、周囲を良く見まわしました。構内のここかしこに、ほかにも男たちが立っていたりぶらついたり、ぼんやり物を思っているふりをしたり、灌木を見つめるふりやおしゃべりをするふり、疲れてベンチに休むふりをしていました。マグワイアはこの道の初心者ではありませんから、策謀家グラッドストーンの企みをただちに見抜きました。

我々が対処しなければならない主な困難の一つは、軍団の末端に於けるある種の気の弱さです。計画実行の時が近づくにつれて、意気地のない陰謀家たちは心変わりするらしく、しばしば当局に、特定の犯罪の告発ではありませんが、漠然とした警告を匿名で発するのです。このまったく偶発的な事態さえなければ、イングランドという言葉はとうの昔に歴史の用語となっていたことでしょう。そうした手紙を受け取った政府は敵に罠を仕掛け、危険の迫った場所を金で雇った人間で取り囲みます。金目当てであんな奴らに身を売る連中のことを考えると、わたしは時々血が煮えくり返りますよ。たしかに、支援者たちの気前の良さのおかげで、我々愛国者は非常に安楽に暮らせる俸給をもらっています。もちろん、わたしも、けちな銭金のことなど考えないでいられる給料をもらっています。マグワイアにしても、我々の仲間に加わる前は餓え死にしかけていましたが、今は有難いことに十分な収入があります。そうでなくてはならないのです。愛国者がさもしい動機によって義務を忘れてはなりません。ですから、我々の地位と警察の地位との差は申すまでもなく明らかでしょう。

しかしながら、明らかに我々のレスター広場を狙う計画は漏れており、政府は悪賢くその場所を手下で一杯にしていました。恩給取りの老人ですら、変装した雇い人である可能性がなくはありませんでした。我々の使者は、鞄に入っている単純な装置のほかには頼みになるものも、身を護るものもなく、警官隊と向き合っていました。野蛮な警官隊です。圧制の時代の特徴である強い手です。彼が思いきって機械を置いたら、見られて逮捕されることはまず確実でした。悲鳴が上がるでしょう。警官が彼を群衆の乱暴から守れるほど大勢いない心配もありました。計画は延期しなければなりません。彼は鞄を腕に抱え、「アルハンブラ」〔ソーホーにあった有名なミュージック・ホール〕の正面をながめるふりをして、立っていました。すると、彼の心に、いかなる勇者も慄然（りつぜん）とさせる考えが閃（ひらめ）きました。機械は動き出しています。予定の時刻に爆発するはずです。それまでに、どうやってこれを厄介払いすれば良いのでしょう？

　どうか、あの愛国者の身になって考えてみて下さい。彼には味方もなく無力でした。まだ人生の盛りでした――四十歳（しじゅう）にもなっていませんから、この先長い幸福な歳月が待っています。それが今一瞬のうちに、ダイナマイトによって残酷な、胸の悪くなるような死に方をしなければならないのです！　広場が――彼の言うには――驚き盤〔円盤に描いた姿が、円盤を回転させると違った風に見える玩具〕のように、彼のまわりをグルグル回ったそうです。彼は「アルハンブラ」が風船のように空へ飛び上がるのを見て、よろめいて柵につかまりました。気が遠くなったのかもしれません。

　気がつくと、巡査が腕をつかんでいました。

「何てことだ！」とマグワイアは叫びました。

「御気分がお悪いようですな」と金で雇われた男は言いました。

「もう直りました」気の毒なマグワイアはそう言うと、覚束ない足取りで――広場の敷石が足下で急に傾いたり、揺れたりするように思われたのです――この災いの場所から逃げ出しました。逃げ出す？　ああ、しかし、何から逃げていたのでしょう？　それから逃げたい当の物を持ち歩いているのではありませんか？　たとえ彼に鷲の翼があろうと、大洋の風のように速かろうと、地球の果てまで連れて行かれようと、自分が持ち運んでいる破滅からどうして逃れることができましょう？　死人に鎖で繋がれた人間の話を聞いたことがありますが、冷静に考えますと、その苦しみは感情的なものにすぎません。気の毒なマグワイアのように爆弾に繋がれた人間の苦しみと較べれば、蚤に嚙まれたようなものです。

グリーン街へ来た時、一つの考えが浮かんで、矢のように肝臓を貫きました――もう爆発する時刻だったら、どうする。彼は銃で撃たれたようにピタリと立ちどまり、慌てて懐中時計を取り出しました。冬の嵐のように大きな耳鳴りがしました。視界は時に雲がかかったように霞んだと思うと、時に稲光が走ったように路上の塵埃まで見えるのでした。しかし、物がはっきり見えるのはほんの束の間で、時計が手の中で激しく顫えていたため、文字盤の数字が見分けられませんでした。二、三秒目を蔽っていると、その間に九十歳の老人になったような気がしました。ふたたび目を開けると、文字盤が読めるようになっていました。時間はあと二十分ありました。二十分、そして何の考えもないのです！

その時、グリーン街はたいそう空いていましたが、六歳くらいの女の子が、子供がよくやるように木切れを蹴りながら歩いて来ました。歌もうたっていました。その口調の何かが彼に昔のことを思い出させ、頭が急にハッキリしました。これは天来の好機ではありませんか！

「お嬢ちゃん」と彼は言いました。「きれいな鞄のプレゼントが欲しくないかい？」

子供は喜んで大声を上げ、両手を伸ばして受け取ろうとしました。本当の子供らしく、まず鞄の方を見ましたが、運悪く、命奪りな贈物を受け取る前にマグワイアに目が留まりました。すると、気の毒な紳士の顔を見たとたん、少女は悪魔でも見たように金切り声を上げてうしろへ跳び退ったのです。それとほとんど同時に近所の店の戸口に女が現われ、怒って子供に呼びかけました。

「こっちへ来なさい、あなた。お年寄りのお邪魔をしては駄目よ！」そう言うと、また店の中へ引っ込み、子供はわんわん泣きながらあとについて行きました。

この希望が潰えると、マグワイアは気が遠くなりました。次に意識が戻った時、彼は聖マーティン・イン・ザ・フィールズ教会の前に立って、酔っ払いのようにフラフラしていました。通りすがりの人が彼を見る目に、彼自身の目のうちにある恐怖が鏡のように映っていました。

「大分お加減が悪いんじゃありませんか」一人の女が立ちどまり、彼の顔をしげしげと見つめて言いました。「何か、わたしにできることはありませんか？」

「加減が悪い？」とマグワイアは言いました。「おお、神よ！」それから、幾分自制を取り戻して、「持病なんです、マダム。長いこと悪寒のしない瘧を患っているんです。ですが、それほど同情して下さるなら――わたしにできない使いを頼まれてくれませんか」と喘ぎながら言いました――「この鞄をポートマン広場へ。おお、御親切な御婦人よ、あなたも救われたいとお思いでしょうから、あなたも人の母親なんですから、家であなたの帰りを待つ赤ん坊たちの名に於いて、ああ、どうかこの鞄をポートマン広場へ持って行って下さい！　わたしにも母親がいるんです」とかすれた声で言い添えました。「ポートマン広場十九番です」

　彼は声に力を込めすぎたのだと思います。その女性は明らかに少し怖がったようですから。「お気の毒に！　もしもわたしがあなたでしたら、家に帰りますわ」そう言うと、苦しんで立っているマグワイアを残して、行ってしまいました。

「家だと！」マグワイアは思いました。「馬鹿にしやがって！」博愛主義に殉じたこの男に、いかなる家があったでしょう？　彼は年老いた母親のことを、幸福だった若い頃を思いました。爆発のおぞましい、身体を引き裂く激痛を。自分が死なず、無残に切りさいなまれて一生片輪になり、生涯苦しみつづけ、おそらく盲目になり、まず確実に耳が聞こえなくなることを。ああ、人はダイナマイト使いの危険を軽々しく語りますが、たとえ死は免れても、四十歳の立派な勇敢な若者が突然聴覚を奪われ、人生のあらゆる音楽から、友情と愛の声から切り離されるのがどんなことか、おわかりになりますか？　我々は何と他人の苦しみに鈍感なのでしょう！　あなた方の悪逆な政府は今や非道を極め、密偵を放って愛国者を追いまわしたり、腐敗した陪審員を不正に選んだり、絞刑吏を買収したり、恥ずべき絞首台を造ったりすることを何とも思いませんが、それでも人にこれほど恐ろしい運命を与えることは躊躇するでしょう。それは美徳からでも博愛精神からでもなく、善良な人々から嘲（あざけ）りを受けるのが怖いからです。

だが、話がマグワイアのことから外（そ）れてしまいましたな。こうして過去と未来を恐ろしく覗き見たあと、彼の考えはひとっ跳びに現在へ戻りました。自分はいかにしてそこを彷徨（さまよ）っているのか？　そして、いつから——おお、天よ！　いつからこんなことをしているのだろうか？時計を取り出して見ると、たった三分しか経っていません。そんな都合の良いことはちょっと信じられない気がしました。教会の時計を見やると、果たして懐中時計よりも一時間四分先を示していました。

あらゆることのうちで、この時の苦痛が一番惨めだったとマグワイアは言います。それまで彼には無条件に信頼できる味方が、相談相手が一つありました。彼はその知らせによって、残されている生の時間を計っていました。その確かな証言によって、最後の冒険をする時、鞄を放って逃げ出す時が来たことがわかるのでした。しかし、今は何を頼りにすれば良いのでしょう？　彼の懐中時計は進みが遅いので、遅れているのかもしれません。それなら、どのくらい遅れているのでしょうか？　狂いには限度があるでしょうか？　時計は三十分のうちにどのくらい遅れることがあり得るでしょう？　五分？　十分？　十五分？　そうかも知れません。この有望な企てのために聖（セント）ジェイムズ・ホールをあとにしてから、もう何年も経ったような気がしました。してみると、いつ爆発が起こってもおかしくないのです。

この新たな苦悩に直面すると、脈拍の激しい乱れは収まり、そのあと、まるで何世紀も生き、何世紀も死んでいたかのような打ちひしがれた倦怠が訪れました。街路の建物や人々が信じられないほど小さくなって、遠い彼方に輝いていました。彼の耳にはロンドンの喧噪もささやき声のように静かなものに変わり、もう少しで彼を突き倒しそうになった辻馬車のガタガタいう音も、まるでアフリカから聞こえて来るようでした。一方、彼は自分自身から奇妙に抜け出したことを意識し、地面を踏む自分の足音が非常に年老った、小柄な、ヨボヨボの、悲劇の運命を背負った人間――彼が心から同情する人物の足音のように聞こえ、感じられたのです。

こうしてナショナル・ギャラリーの先まで進んで行きましたが、まるで普通の空気よりも稀薄で静かな媒体の中を歩いているようでした。そのうち、すぐ近くにホウィットクーム街へ通じる路地があることを思い出しました。そこなら人に見られないで悲劇的な積荷を下ろせるかもしれません。そこで、舗道の上を浮かぶようにしてその方へ行ってみると、路地の入口に、袖つきのチョッキを着た男が、しかつめらしい顔をして藁を噛んでいました。彼は男のわきを通って路地を二度歩きまわり、少しでもチャンスがないかと様子をうかがいましたが、男はあたりを見まわし、好奇心ありげに彼を観察しつづけていました。

また一つ、希望が潰えました。マグワイアは路地から出て来ましたが、今も袖つきのチョッキを着た男の訝しげな目に追われていました。ふたたび懐中時計を見ると、時間はもう十四分しか残されていませんでした。すると突然、脳のまわりに気持ち良い温もりが広がったようで、一、二秒間、世界が血のように真っ赤に見えました。そのあと彼はすっかり自分を取り戻し、信じられないほど気分が明るくなって、歩きながら歌い出し、クスクス笑いました。けれども、この愉快さは外部の物に属していると見え、心の内は真っ黒く鉛のように重い核のようで、魂にのしかかる重みを感じていました。

おいらは誰も構わない、
誰もおいらを気にしない。

彼はそんな歌〔マザーグースの「There was a jolly miller」〕を歌い、この時の気分にいかにもふさわしい折返し句に来ると笑ったので、道行く人がジロジロ見ました。それでも温もりは増し、ますます気持ちが良くなって来るようでした。人生とは何だ、と彼は考えました。そして自分、マグワイアとは何だ？　エリン〔アイルランドの古名〕すら、我々の緑のエリンすら何だというのだ？　何もかもが計り知れないほどちっぽけに思われ、彼はそれを見下ろしてニヤリと微笑(わら)いました。もし何年も余生があったら、一杯の強い酒のためにはその歳月を与えたでしょう。けれども、時間がないので、この最後の楽しみは諦めねばなりませんでした。

ヘイマーケットの隅で、彼は朗らかに辻馬車を呼び留めました。跳び乗って、河岸通り(エンバンクメント)のある場所を言い、そこへ行けと命じました。そして馬車が動き出すや否や、鞄をできるだけ膝掛けの下に隠し、もう一度時計を取り出しました。そうして五分間乗っていましたが、一分一分が果てしない長さに思われ、馬車が激しく揺れるたびに口から心臓がとび出しそうになりました。恐ろしさを抑えることはほとんどできませんでしたが、あからさまに行先を変えて御者の注意を惹きたくありませんでしたし、可能なら、彼にグラッドストーン鞄のことを忘れる閑を与えようと思いました。

しまいに、河岸通りの階段の上で声をかけました。辻馬車は停まり、マグワイアは降りました――何と嬉しかったことでしょう！　彼はポケットに手を突っ込みました。これで何もかも終わった。俺は自分の命を救った。それだけじゃない。華々しいダイナマイトの見世物を仕掛けたのだ。というのも、辻馬車がロンドンの通りを疾走しているうちに爆発するほど、絵になる凄い見世物があるだろうか？　彼はポケットの一つを、次いでもう一つを手探りしました。すると、世にも苛酷な絶望が彼の魂を掴み、彼は茫然と黙り込んで御者を見つめました。一ペニーもなかったのです。

「おおい」と御者が言いました。「具合でも悪いのかい」

「金をなくした」マグワイアは自分でも驚くような、弱々しい奇妙な口調で言いました。

御者は上げ蓋から覗き込みました。「あんた、鞄を忘れてるよ」

マグワイアは半ば無意識に鞄を取り出しましたが、その黒い容れ物を真近に見ると、心の中が縮み、顔つきが死病にかかったように鋭くなるのを感じました。

「これは俺のじゃない」と彼は言いました。「前の客が忘れて行ったんだろう。事務所へ持って行った方がいい」

「何を言ってるんだ」と御者は言い返しました。「あんた、イカレてるのか？　それとも俺がおかしいのかな？」

「よし、そんなら」マグワイアは叫びました。「そいつを乗り賃に持って行け」

「おい、あんた」と御者はこたえました。「ほかに何かないのかね？　鞄に何が入ってるんだ？　開けて見せてくれ」

「いや、いや」マグワイアは言いました。「そいつは駄目だ。開けてのお楽しみなんだよ。特別に用意したんだ。正直な辻馬車の御者さんたちへの贈物なんだよ」

「そんなこと言ったって、駄目だ」御者は座席から降りると、不幸な愛国者のすぐそばに来ました。「俺に乗り賃を払うか、もう一度乗って、事務所へ行くかだ」

どうにも困り果てたこの時です。マグワイアは、ゴッドオールというルーパート街の恰幅（かっぷく）の良い煙草屋が、河岸通りを歩いて来るのを見ました。この男は全然見ず知らずの人間ではありませんでした。彼は男の煙草を買ったことがありました、ゴッドオールは世にも鷹揚な人物だという話を聞いていました。それに今は危険が差し迫っていたため、こんな一条（ひとすじ）の希望に、藁にも縋（すが）る思いでとびついたのです。

「有難い！　友達が来たぞ。金を借りよう」マグワイアはそう言うと、商人の方へ走って行きました。「ゴッドオールさん、わたしはあなたの店で買い物をしたことがあります――この顔を御存知でしょう――わたしは自分のせいではない災難に遭って、困りきっておるんです。ああ、あなた、無辜（むこ）の者への愛のために、人類の絆のために、それにあなたもいずれ恵みの御座〔参照、「ヘブル人への手紙」4の16〕で慈悲を乞われるのでしょうから、どうぞ二シリング六ペンス貸し下さい！」

「あなたの顔には見憶えがありません」とゴッドオール氏はこたえました。「しかし、顎鬚のカットは憶えております。残念ながら、わたしはそれが嫌いですのでね。さあ、ここに一ソヴリンあります。これを喜んでお貸ししましょう――条件はただ一つ、鬚を剃（そ）ることです」

マグワイアは一言も言わずに硬貨を引っつかむと、御者に向かって投げつけ、釣りは取っておけと大声で言いました。そして階段をとぶように駆け下り、鞄を川の遠くの方に投げ込んで、そのあと真っ逆様に川へ転げ落ちました。彼はゴッドオール氏の手によって水の墓から救い出されたそうです。彼が水を滴（したた）らせながら岸に引き揚げられているちょうどその時、鈍い、くぐもった爆発が河岸通りの頑丈な石組を揺るがし、川の中程にいっとき水が噴（ふ）き上がって、消えたのでした。

余分な屋敷（承前）

　サマセットはこうした言葉に何らかの意味を見出そうとしたが、無駄だった。彼は話を聞きながら、しきりに大壜の酒を飲んでいたので、やがて謀略家の姿が溶けて二つになり、大きくなって長椅子の上を漂っているように見えた。何だか悪い夢を見ているような気がして、青年はふらふら立ち上がると、相手が三杯目のグロッグを勧めるのを断わり、もう遅くなったから寝なければいけないと言い張った。

「おやおや」とゼロは言った。「じつに節制家でいらっしゃるんですな。でも、無理強いはいたしますまい。我々はもう親友だというだけで十分です。それでは親愛なる大家さん、ごきげんよう！」

　陰謀家はもう一度手を握ると、たいそう礼儀正しく、いくらか必要な手助けもして、まごついている青年紳士を階段の上まで連れて行った。

　どうやってベッドに寝たのか、正確なところはまったくわからなかったが、翌朝ハッと目が醒(さ)めた時、サマセットの心に恐怖と疑懼(ぎく)の大嵐が襲いかかった。あの極悪非道な下宿人と仲間のような振舞いをしてしまったことは、昼の冷たい光の中では、人間の弱さの謎のように思われた。たしかに、彼は自若(じじゃく)たるタレーラン〔フランスの政治家・外交官。一七五四—一八三八〕でも慌てたかもしれない状況で、相手につかまったのだ。それは斟酌(しんしゃく)すべき点かもしれないが、言訳にはならなかった。そんなに見境なく節操を投げ出し、堕落して犯罪者と馴れ合うことには言訳などあり得なかったし、その関係からただちに身を引く以外、解決法もあり得なかった。

　彼は着替えるとすぐに関係の断絶を決意して、階上(うえ)に上がった。ゼロは旧友のように暖かく声をかけた。

「お入りなさい。お入りなさい、サマセットさん！　さあ、おかけになって遠慮なくわたしと朝食を食べて下さい」

「あなた」とサマセットは言った。「最初に、僕の名誉を解放することを許していただかねばなりません。昨夜僕は驚きのあまり、あなたと共犯(グル)になったような素振りをしましたが、はっきり言わせていただきます。僕はあなたとあなたの策謀(たくらみ)を純然たる恐怖と嫌悪の念をもって見るものであり、あなた方の卑劣な陰謀をつぶすためなら、あらゆる手立てを尽くすつもりです」

「親愛なる君」ゼロはのほほんとした調子で、こたえた。「わたしはそういう人間の弱さを良く知っております。嫌悪ですと？　わたしもそれを感じましたが、じきに忘れてしまいますよ。

このように魅力的な率直さをお示しになったからといって、悪くは取りません。あなたをいっそう良い方だと思います。それに、さしあたり、どうなさるんです？　わたしの解釈が正しければ、あなたは御自分がチャールズ二世（おそらく、英国の王のうちで一番堕落していなかった人でしょうな）——泥棒に秘密を打ち明けられた時のチャールズ二世と同じ立場にいるとお思いでしょう。わたしを警察に突き出すことは問題外だとすると、ほかに何ができますかな？　駄目ですよ、サマセットさん、あなたは両手を縛られています。昨夜わたしを喜ばせた、あの魅力的で知的な相手と同一人物でなければならないのです。さもないと、卑劣漢の振舞いをすると非難されるでしょう」

「少なくとも」サマセットは叫んだ。「あなたにこの家を出て行けと命ずることはできますし、そういたします」

「ああ」謀略家は叫んだ。「しかし、それに従うわけには参りませんな。あなたはそのおつもりなら、ユダの役を演ずることもできるでしょうが、そのように賤しい行為がおできにならないとしたら、わたしの方も、この下宿から出て行くほど愚かではありません。ここがじつに気に入っていますし、あなたには追い出す力がありません。駄目ですよ。わたしはここにいるし、ここに住みつづけるつもりです」

「繰り返しますが」サマセットは己の気の弱さが口惜しくなって叫んだ。「繰り返しますが、立退き通知をします。僕はこの家の主です。はっきり立退きを言い渡します」

「一週間で出て行けという通知ですか？」陰謀家は平然として言った。「よろしい。今から一週間後に、そのことを話し合いましょう。さしあたっては、朝食が冷めてしまいます。どうぞ、サマセットさん、あなたは少なくとも一週間、非常に興味深い人物とつきあわねばならないのですから、あの開けっぴろげな好意を、人生の暗い側面への関心を示して下さい。それこそ真の芸術家のしるしですからな。もしそうしたければ、明日わたしを絞首刑になさい。しかし、今日は市民としてのためらいを脱ぎ捨て、お坐りになって、楽しくわたしと食事をして下さい」

「あなた！」サマセットは叫んだ。「僕の気持ちがわかりますか？」

「もちろんですとも」とゼロはこたえた。「そして、それを尊重しております！　あなたはその点でひけを取りたいですか？　自分一人偏った考えでいたいですか？　この十九世紀に、教育を受けた二人の紳士が政治問題で意見を異にしてはいけないというのですか？　さあ、いらっしゃい。あなたが厳しい言葉を言っても、わたしは微笑んでいます。それでは、わたしたちのどちらが哲学者であるか判断なさって下さい！」

サマセットは非常に寛容な青年で、生来詭弁に丸め込まれやすかった。両手を上げて絶望の仕草をすると、陰謀家が招く席に着いた。食事は素晴らしかった。もてなし役は愛想が良いだけでなく、奇妙な情報を仕入れていた。まるで長い間沈黙の責苦に耐えて来た人のように、あけすけな打ち明け話をして喜んでいるようだった。彼が語ることはじつに興味深かったし、人柄もだんだん好ましく思えて来た。時間が飛ぶように経つにつれて、サマセットは自分の置かれた拙い立場の不愉快を幾分忘れたのみならず、軽蔑と紙一重の親しみを持って陰謀家を見るようになった。彼はどういう状況でも、人のいる席を立つことが異常に不得手だった。話相手は、たとえ厭な話相手であっても、鳥黐にかかった雀のように彼をとらえて離さなかった。この時はずるずると何時間も過ごしてしまい、立ち上がっても簡単に説得されてまたテーブルに着き、引き上げようともしなかった。しまいに夕方近くなると、ゼロは散々言訳をしながら客人を帰した。爆弾魔がもっともらしく説明するには、仲間の陰謀家たちは青年の立派な人柄を知らないので、知らない顔を見たらびっくりするだろうというのである。

一人になったとたん、サマセットは朝と同じ気分に逆戻りした。自分の優柔不断さに怒り狂い、食堂を行ったり来たりしながら未来のために断固たる決意をかため、暗殺者に触れられて辱められた手をねじった。こうした考えが脳裡を駆けめぐるさなかに、時折、この家に貯えられたとんでもない材料のことが頭に閃いて、背筋が寒くなった。この〝余分な屋敷〟に較べれば、火薬庫などは安全な喫煙室のようなものだった。

彼は逃避に、移動に、酒を満たした鉢に慰めを求めた。酒場が開いている間は店から店へ梯子をして光と安心と人間の顔を求め、それができなくなると、夜遅くやっている焼芋屋を頼りにした。しまいには、なおも街路を歩きながら、警察と友誼を結びたい気持ちに駆り立てられた。悲しいかな、彼は何という罪悪感にかられて法の番人たちと言葉を交わしたことだろう。

どんなにかれらの広い胸に顔を埋めて泣きたかったことだろう。しかし、秘密は口元まで出ながら、やはり言えなかった！　やがて疲労が良心の呵責よりも強くなって来た。彼は朝一番の牛乳売りが来る頃に屋敷の戸口へ戻ると、まるで今この瞬間にも爆発して燃え上がるかのように、おっかなびっくりで屋敷を見た。鍵を取り出し、玄関の石段に足をかけたところで、また怖気づき、安らいを求めて陰惨なコーヒー店に逃げ込んだ。

目が醒めたのは、正午の鐘が鳴った時だった。憂鬱な気分でポケットを探ると、半クラウンしかないことに気づいた。それで不快な寝床の値段を払ってしまうと、〝余分な屋敷〟へ戻るしかなかった。こっそり玄関広間に忍び込み、抜き足さし足で金をしまってある戸棚に寄った。もう少しだ、と彼は自分に言い聞かせた。そうすれば、数日間はあのしつこい下宿人から自由になり、この先どうするかをゆっくり決められるだろう。しかし、運命はそれを許さなかった。扉を叩く音がして、ゼロが入って来た。

「お帰りですか?」ゼロは無邪気に喜んで言った。「まったく待ち遠しかったんですよ」話し手のいくらか無表情な顔に真の愛情の輝きがさした。「長い間友達を持つことに慣れていなかったものですから、嫉妬深いと思われないかと不安になって来たんです」そう言って大家の手を握りしめた。

サマセットはあらゆる人間のうちで、こういう挨拶をあしらうのにもっとも向いていない男だった。優しく言い寄られると、無碍に断わることができないのだ。真心に真心で応じられないというのは、すでに耐え難いことだった。優しい感情に彼我の差があることは、鷹揚な性格の持主には一種の罪悪の如く思われ、それが彼をまったくお手上げにした。彼は吃りながら曖昧な嘘をついた。

「そんなことはかまいません」とゼロは言った――「そんなことはどうでもよろしい――もう何もおっしゃいますな。わたしは何となく不安だったんです。あなたに見捨てられたのではないかと心配したんですが、今はその心配も無用だったことを認めて、お詫びいたします。あなたの赦しを疑うことは、罪を繰り返すことでした。さあ、それでは食事の支度ができていますよ。また一緒に召し上がって、夜の冒険話をして下さい」

　サマセットは優しさにほだされて何も言えず、ふたたび相手の言うなりになって、無邪気な犯罪者の知り合いとテーブルに着いた。謀略家はふたたび有害な打ち明け話に夢中になり、個人の名前と経歴が、重要な拠点の住所が、時々偶然のように彼の口に上った。不幸な客人にとっては、一つ一つの言葉が親指を螺子で締めつけるようだった。しまいにゼロの退屈な独り語りは、二日前に会った若い娘のことに及んだ。ほんの一時だったが、抗し難い魅力を持って、サマセットの前に現われた娘である。彼女の人を引きつける優雅さ、口ほどに物を言う眼、サッと地を掃う裳裾の素晴らしい動きは今も記憶に焼きついていた。

「彼女にお会いになったのですか？」とゼロは言った。「美人でしょう？　彼女も我々の仲間なんです。本当に熱意があって、薬品が目の前にあると少し神経質になるかもしれませんが、策略にかけては、まったく巧妙かつ大胆ですよ。レイク、フォンブランク、ド・マルリー、バルデビアといったところが、彼女の使う名前です。本当の名前は――しかし、そこまで明かすのはやりすぎでしょう。わたしは彼女のおかげで現在の下宿を得、親愛なるサマセット、あなたの知遇を得たとこれだけ言えば十分です。彼女はどうやらこの家を知っていたようですな。この通り、わたしは隠し事をしませんよ。あなたが聞きたいと思うことは率直に申し上げます」

「後生ですから！」惨めなサマセットは叫んだ。「黙って下さい！　あなたはどんなに僕を苦しめているか、わかってないんだ！」

真剣な不安の影がゼロの打ち解けた顔をよぎった。

「時々、あなたはわたしが嫌いなのではないかと思うことがあります。どうして、どうして、サマセット、そんなにつれなくするんです？　わたしは憂鬱なんです。わたしの人生の試金石が近づいていて、もし失敗したら」――彼は物憂げにうなずいた――「わたしは大望ある企図の高みから転落し、軽蔑されるのです。これは由々しきことですから、あなたという楽しい人と一緒にいたいのもわかるでしょう。あなたは罪のないおしゃべりをして、気苦労を和らげてくれます。しかし……しかし……」語り手は皿を押しやり、テーブルの前から立ち上がった。「ついて来て下さい。気分が乗って来ました。外の空気を吸わなければいけない。戦場を見なければいけない」

彼はそう言うと、先に立って屋敷の最上階へ急ぎ足で上がり、そこから梯子と揚げ蓋を通って、鉛の枠を嵌めた足場へ案内した。そこは、一方の端に大きな煙突が立っており、事実上屋根の天辺を占めていた。両側は、手摺も柵もなく、スレートの傾斜面と接している。何よりも北の方には、家々の屋根と、煙の向こうに立つ遠くの教会の尖塔が見渡せた。

「ほら、ごらんなさい、この街の広がりを。豊かで、人が溢れ、諸々の大陸から奪い取った物を手にして笑っている。しかし、すぐに、もうすぐに打ち倒されるのです！　いつの日か、いつの夜か、おそらくあなたはこの要害から、審判の大砲の音を聞いて驚かれるでしょう――それは大砲の発射音のように鋭い空ろなものではなく、深く、なめらかで荘厳な響きなのです。その直後、あなたは焔がどっと燃え上がるのを見るでしょう。そうです」ゼロは叫びながら片手を突き出した。「そうです、それは応報の日となるでしょう。その時、青ざめた巡査はつかまえた泥棒と並んで逃げ出すでしょう。燃え立て！　燃え立て、嘲られた街よ！　倒れよ、腹の張った君主制よ、ダゴン〔聖書に登場するペリシテ人の神〕のように倒れるが良い！」

彼はこう言うと、鉛の上で足を滑らした。サマセットが素早く助けなかったら、そのまま真っ逆様に落ちていただろう。彼は落ちる寸前に片腕で抱きとめられ、シーツのように青白くなり、ハンカチのようにグニャグニャになって、助けてもらうというよりも抱きかかえられて梯子を下り、屋根裏の踊り場に坐り込んだ。そこで次第に我に返り、額を拭い、やがてサマセットの手を両手で握りしめると、礼を言いはじめた。

「これで決まりだ。我々は生きるも死ぬも一緒です。あなたはわたしを死の顎から救ってくれました。今まであなたのお人柄に魅かれていたとしたら、今、わたしの感謝と愛情がどれほど熱烈なものかおわかりになりますか？　しかし、わたしはまだ大分動揺しているようです。お願いですから、部屋へ行くまで腕を貸して下さい」

蒸留酒を一口飲むと、謀略家はふだんの落ち着きをいくらか取り戻した。グラスを手に、だんだん元気を回復したが、不運な青年の沈みきった様子にふと目を惹かれた。

「いやいや、サマセット君。どうしたんです？　少し酒でも召し上がって下さい」

しかし、サマセットはこの物質的な慰めが効かないほど落ち込んでいた。

「放っといて下さい。僕はもう終わりだ。あなたは僕を網に捕らえた。生まれてからずっと僕は向こう見ずに生きて、やりたいことをやって、それでもまったく罪は犯しませんでした。しかし、今――僕は一体何者です？　あなたは僕に嫌われているのに気がつかないほど盲目で、ボンクラなんですか？　僕がこんな状態で生きつづけたがると思っているんですか？　愛想が良いという以外に何の罪も犯したことのない若者が、こんな忌々しいごたごたに巻き込まれるとは！」サマセットはそう言って拳を目にあて、ソファーの上で転げまわった。

「神よ」とゼロは言った。「こんなことがあり得るのだろうか？　わたしはこれほど愛情と思いやりに満ちているのに！　サマセット、あなたが古臭い良心の呵責に支配されているなどということが、あり得るのでしょうか？　あなたが宗教的パンフレットの道徳で愛国者を裁くなどということが？　あなたは善良な不可知論者だと思っていました」

「ジョーンズさん」とサマセットは言った。「議論しても無駄です。自慢じゃありませんが、僕は啓示宗教だけでなく倫理学全体の資料も、方法も、結論もまったく信じません。そうです！　でも、それが何だというんです？　言葉の形式に何の意味がありますか？　僕はあなたを踵で踏みつけてやりたい爬虫類と見なしています。あなたは他人を吹き飛ばしたいんですか？　それなら、言っておきます。僕はどんな不名誉と苦しみを受けても、あなたを吹っ飛ばしてやりたい！」

「サマセット、サマセット！」ゼロは真っ蒼になって言った。「これはひどい。まったくひどい。君はわたしを苦しめる、傷つけている、サマセット」

「マッチをくれ！」サマセットは荒々しく叫んだ。「この比類のない悪人に火をつけさせてくれ！　こいつを斃して、一諸に死なせてくれ！」

「後生ですから」ゼロは青年をつかんで言った。「後生ですから、しっかりして下さい！　我々は瀬戸際に立っています。死が我々のまわりに口を開いています。一人の人間――この外国にいる他所者が――あなたが友と呼んだ男が――」

「黙れ！」とサマセットは叫んだ。「おまえなんか友達じゃない。僕の友達じゃない。おまえを見ると、蟾蜍を見たように不愉快だ。僕の身体は生理的な嫌悪感で鳥肌が立つし、僕の魂はおまえを見るとむかつくんだ」

ゼロはどっと涙を流して、泣きながら言った。「ああ！　これでわたしを人類につなぐ最後の絆が切れてしまう。友達がわたしを友達でないと言う——わたしを侮辱する。わたしはまったく呪われている」

サマセットはこの突然の態度の変化に一瞬動揺した。次の瞬間には絶望的な仕草をして、その部屋と家からとび出した。逃げ出して最初の一っ走りで、最寄りの警察署までの道を半分ほど行ったが、やがて気が挫けて来て、正義の館に着かないうちに、またもやいかがわしい考えにとらわれた。自分は不可知論者なのだろうか？　自分に行動する権利があるのだろうか？　そんなくだらない考えは捨ててゼロをやっつけろ、と彼は思った。それからまた考え直した——俺は約束したじゃないか。握手をして、一緒に食事もしたじゃないか？　それも、ちゃんと承知した上で。それなら、行動を取れば名誉を失わずには済まない。だが、名誉だと？　名誉とは何だ？　犯罪を行う時には、かなぐり捨てなければならない虚構だ。そうだ、しかし犯罪とは？　これも虚構で、自由になった俺の知性はそれを棄てたのだ。彼は一日中クルクル舞いする考えの餌食となり、あちこちの公園をさまよい歩いた。夜は夜通し街を徘徊した。そして日が昇って来ると、ペッカムのあたりで路傍に坐り込み、さめざめと泣いた。彼の神々は斃れてしまった。全般的懐疑主義の寛く、陽のあたる、邪魔物のない径を選んだ彼は、それでも自分が名誉に縛られた奴隷であることを思い知った。捕食性の鷲のような高みから——餌物を奪る気はないが——人生を受け入れた自分が、戦争や商売の競争や犯罪に共通する道徳的基盤があることをはっきり認識していた自分が、逃げる殺人犯を助けたり、悔い改めぬ盗人を抱きしめたりする用意のあった自分が、論理をすべて転覆させて、ダイナマイトの使用に反対していることを知った。夜明けは眠る瀟洒な家々の間に、煙の立たぬ町の上に忍び寄ったが、不運な懐疑主義者はいまだに己の主義を貫けなかったことを嘆いて、泣いていた。

　ついに彼は立ち上がり、昇る朝日を証人にして誓った。「このことに疑いはない——正邪は虚構で、言葉の影にすぎない。それでも、僕にはやれないことがあるし、我慢できないことがある」そこで、屋敷へ戻って最後にもう一度説得を試みようと思った。もしゼロに無道な仕事をやめさせることができなかったら、慎重さも何も捨てて、謀略家に一時間の猶予を与え、警察に告発することにした。そう決心すると元気が出て、足早に歩いて行ったが、〝余分な屋敷〟が見えて来た頃は、朝も大分長けていた。玄関の石段を、さまざまな別名を持つ例の若い婦人が軽やかな足どりで下りて来た。彼は女の顔に怒りと心配のしるしを見て、驚いた。

「マダム」と衝動に負けて声をかけたが、そのあと何と言ったら良いか、はっきりした考えはなかった。

　しかし、彼の声を聞くと、女は不安か恐怖を感じたようだった。ハッとうしろへ退り、急いで面紗を下ろすと、ふり向きもせずに広場から走り去った。

　さて、それではサマセットの運命を追うことはしばらく措き、〝茶色の箱〟の奇妙にしてロマンティックな逸話をお話しするとしよう。

デスボローの冒険――茶色の箱

ハリー・デスボロー氏はブルームズベリーの上品で謹厳な古い一画に間借りしていた。まわりはどちらの側でもロンドンの高い人波が喧噪（けんそう）を立てていたが、その一画自体はロマンティックな静謐（せいひつ）と街の長閑（のどか）さを享受していた。彼が住んでいたのはクイーン広場の小児病院の隣で、北へ向かって行くと左手にあたる場所だった。クイーン広場は人文学や自由学芸の聖地であり、家はここから美しくなり、貧しい者はここで教育を受け、ここには雀もたくさんいて声高く鳴き、ここには辛抱強い子供の群が日がな一日病院の前に屯（たむろ）している――もしかすれば、窓辺にいる病気の兄弟に投げキッスをしたり、一言話しかけたりできるかもしれないと思って。デスボローの部屋は二階にあり、広場に面していたが、裏手のテラスに坐って煙草を吸うこともできるので、この権利をしばしば利用していた。テラスからは裏庭の立派な木立が見下ろせる一方、窓からこちらが見える空部屋があった。

ある暖かい日の午後、デスボローはいささか意気消沈して、このテラスへぶらぶらと出て来た。もう何週間も勤め口を捜していたが成果はなく、ともすると憂愁に沈んで煙草をふかしたのである。少なくとも、ここなら一人になれると彼は独り言を言った。裕福でもなく、機知に富むわけでもなく、成功もしていない若者はたいていそうだが、彼も他人との交わりを求めるよりも避けていたからである。この考えを表明したちょうどその時、彼の目はテラスが見える部屋の窓に留まった。すると、その窓に絹のカーテンが掛かっていたのに驚き、また苛立った。どうせ俺はこういう不運な男さ、と彼は思った。俺が人目を避けられる場所はなくなってしまった。もう他人に見られないで鬱々と考え込んだり、嘆息をついたりすることはできない。もう落胆の刷け口を言葉に求めることも、感傷的に口笛を吹いて心を慰めることもできないのだ。彼はムシャクシャし、パイプで勢い良く手摺を打った。それは古く、香りの良い、良く乾燥したブライヤーのパイプで、使い込むうちに光沢が出て黒ずみ、当然お気に入りのパイプだった。されば、そいつがポキリと折れて先が捥げ、軽々と宙に跳んで庭のライラックの中に消えた時、彼の無念はいかばかりだったろう。

彼は荒々しく庭の椅子に身を投げると、読もうと思って持って来た小説誌を引っ張り出し、投稿者への回答が載っているだけの最後のページを少し破り取って、紙巻煙草を巻きはじめた。だが、慣れないので紙が何度も指の間で千切れ、煙草が床に雨のごとく降りそそいだ。腹を立てて諦めようとした時、例の窓がゆっくり内側に動き、絹のカーテンが引き開けられて、いささか奇妙な服装をした婦人がテラスに出て来た。

「セニョリート」と娘は言ったが、その声にはオルガンの音のように豊かな響きがあった。「セニョリート、お困りのようね。手伝わせて下さいな」

そう言うと、逆らわない男の手から紙と煙草を取り、デスボローには魔法のように見える手つきで、やすやすと紙巻煙草を一本巻いて、差し出した。デスボローはいまだに一言も言わず、目の前に現われた娘の姿をまじまじと見ながら、煙草を取った。彼女の顔は暖かみのある豊かな色をしていて、形は子猫の顔だった――謎めいていて、気持ち良く魅力的で、英国のような北国には珍しい刺激的な三角形だった。眼は大きく、星のようで、次々に異なる光を放った。髪の毛は一部分レースのマンティラに覆われ、そのマンティラごしに、肩まであらわになった腕が白く輝いていた。肉づきが良く柔らかい身体は女性らしい輪郭を描いているが、生き生きして活発で、生命があり余るように身が軽く、素晴らしく均整がとれ、ほっそりしていた。

「わたしの煙草がお気に召しませんの、セニョール？　でも、あなたのより良く出来ていましてよ」娘はそう言って笑った。その軽やかな笑い声はデスボローの耳には音楽のように響いたが、次の瞬間、顔が曇った。「わかりました。わたしの態度が厭（いや）なんでしょう。ぎこちなくて、冷たいから。わたしは」と人を魅きつける態度で、言い添えた。「わたしは素直なイギリス娘のように見えますけど、そうじゃないんです」

「おお！」ハリーはいわく言い難い思いに満たされて、つぶやいた。

「わたしの故国では」と娘は話をつづけた。「物事が何もかも違います。あちらでは、若い娘はたくさんの厳しい制約に縛られていて、わずかなことしか許されていません。若い娘はよそよそしくすることを学びます。近寄り難く見えることを学びます。でも、ここ自由な英国では——おお、輝しき自由よ」と言って、真似のできない優美な仕草で両腕を上げた——「ここには足枷(あしかせ)はありません。ここでは女は完全に自分自身であることができますし、殿方は、礼儀正しい殿方は——ほかならぬお国の紋章に『honi soit〔ガーター騎士団の紋章に書かれている中世フランス語の格言。これを悪く思うものは恥じよ、の意〕』と書いてあるじゃありませんか？　ああ、わたしにとっては大変です——自分自身であることを学ぶのは大変なんです。まだしばらくは、わたしを判断なさってはいけません。わたし、いずれはこのぎこちなさを克服してみせます。だんだんイギリス人になりますわ。わたしの話す英語は上手ですか？」

「完璧です——ええ、完璧です！」ハリーはもっと重大な問題にふさわしい熱烈な確信をこめて言った。

「ああ、それなら、わたし、すぐにおぼえるでしょうね。父の身体にはイギリス人の血が流れていましたので、わたしは表現力の豊かなお国の言葉を習うことができました。もしわたしが今でも訛(なま)らずにしゃべっていて、見かけもまったくイギリス風だとしたら、あとは行儀作法を変えるだけですわね」

「いけません」とデスボローは言った。「頼むから、やめて下さい！　僕は——マダム——」

「わたしはセニョリータ・テレサ・バルデビアです。夕方で空気が冷たくなってきましたわね。

アディオス、セニョリート」娘はそう言って、ハリーが一言も口にする暇を与えずに、自分の部屋へ姿を消した。

　ハリーはまだ火もつけていない紙巻煙草を持ったまま、その場に根が生えたように立っていた。彼の思いは煙草の煙よりも高く舞い上がり、知り合ったばかりの娘の姿を今も思い返し、美化していた。彼女の声が記憶の中に谺し、彼女の眼は――彼はその色を言うことができなかったが――魂に取り憑いた。彼女が来て雲は晴れ、新たに創造された世界が見えた。何者なのか想像もつかなかったが、彼はあの娘を崇拝した。彼女の年齢を見積もろうとはしなかった。自分より年上だとわかることを懼れていたし、あの美わしき天の賜物を現身の人間の変化という考えと一緒にするのは冒瀆だと思ったのだ。彼女の人となりについていえば、若者にとって美はつねに善なのである。そんなわけで哀れな若者は遅くまでテラスに居残り、カーテンを引いた窓を臆病にこっそり見やって、金色の金鎖に向かって嘆息をつき、恍惚として物語の国へ迷い込んだ。そしてついに部屋に入り、夕食の席に着くと、茹でた羊の冷肉と一パイントの麦酒で神々の食物に舌鼓を打ったのである。

　翌日またテラスに出ると、窓は少し開いており、御婦人の肩のながめを楽しむことができた。彼女は坐って辛抱強く縫物をし、デスボローがいることに全然気づかなかった。その次の日は彼が現われたとたんに窓が開き、セニョリータは軽やかな足取りで日向へ出て来た。起き抜けのしどけない格好で、綺麗ぎれいしていたが、どこか異国めいた熱帯風の不思議なところがあった。片手に煙草の箱を持っていた。

「お試しになりません？」と彼女は言った。「父の煙草なんです――懐かしいキューバから持って来ました。御存知かと思いますが、向こうでは婦人も殿方もみんな煙草を吸います。ですから、わたしが厭がる気遣いはありませんわ。あの良い香りを嗅ぐと、故郷を思い出します。わたしの故郷は、セニョール、海のそばでしたの」彼女がそう言った時、デスボローは生まれて初めて大海の詩情を感じた。「寝ても醒めても夢に見ます。懐かしい故郷、懐かしいキューバ！」

「でも、いつか」デスボローは胸のうちに疼きを感じて言った。「いつか帰っておしまいになるんでしょう？」

「いいえ、けっして！」と彼女は叫んだ。「ああ、天の名に於いて、けして帰りません！」

「それでは一生英国にお住みになるんですか？」彼は奇妙に気持ちが明るくなって、尋ねた。

「難しいことをお訊きになるのね。わたしにもわからないことをお尋ねになるんですもの」娘は悲しげに答え、それから、また朗らかな様子を取り戻して言った。「でも、わたしのキューバ煙草をまだお試しになっていませんわ」

「セニョリータ」彼は相手の態度にわずかに媚びるようなところがあるので、決まりが悪くなって言った。「僕に下さる物なら何でも――つまり――あなたが」顔を真っ赤にして、こう結論した。「つまり、美味しい煙草にちがいありません」

「ああ、セニョール」娘は悲しげなと言っても良いほど真面目な口調で言った。「あなたは素直で良い方だと思ったのに、もうお世辞を言おうとしています――おまけに」と言うと明るい顔になり、素早く視線を上に向けて、にっこり微笑(わら)った。「お世辞がまあ本当に下手ですこと！　英国紳士は親友に、尊敬し合う誠実な友達になれると聞いておりました。話相手にも、必要ならば慰め手にも擁護者にもなれるけれど、けして弱みにつけ込んだりはしない、と。わたしの国の男たちの真似をして喜ばせようなんて、なさらないで下さい。あなた御自身でいて下さい。わたしが子供の頃から話に聞いて、今も会いたいと思っている、率直で、優しい、誠実な英国紳士でいて下さい」

ハリーは大いにまごつき、キューバ紳士の習慣にはとんと疎(うと)かったが、真似してなどいませんと強く主張した。

「あなたのお国の真面目な態度が一番お似合いですわ、セニョール。ほら！」婦人は上履きを履いた華奢(きやしや)な足で一本の線を引きながら、「ここまでは共有地にしましょう。あそこのわたしの窓敷居のところで正確な国境が始まります。あなたがそのおつもりなら、わたしを自分の砦(とりで)まで追い詰めることもできますが、その逆に、わたしたちが本当の英国式のお友達になるなら、わたしはあまり悲しくない時、ここであなたと御一緒してもいいんです。わたしが優しい気持ちになっている時は、あなたはこの窓のわきに椅子を持って来て、わたしが縫い物をする間、英国の習慣を教えて下さってもよろしいでしょう。わたし、呑み込みの良い生徒になりますわ。

そのことばかり考えているんですから」娘はハリーの腕に手を置いて、目を覗き込んだ。「御存知？　わたしはもうすでに英国人の落ち着きをいくらか身につけたつもりなんです。変わったのに気がおつきになって、セニョール？　ほんの少しかもしれないけれど、それでも変わったにはちがいないでしょう？　わたしの振舞いは、初めてお会いした時よりもあけっぴろげで、自由で、『英国のお嬢さん』のそれに似ていませんかしら？」彼女は輝くばかりの笑顔を見せて、ハリーの腕から手を離した。そして青年が脳裡を駆けめぐる雄弁な感情を言い表わすこともできないうちに――「アディオス、セニョール。おやすみなさい、わたしの英国のお友達」そう言って、カーテンの蔭に姿を隠した。

　翌日、ハリーはテラスの中立地帯で煙草を一オンスも無駄に吸った。しかし、姿も見えず声も聞けず、ついに夕食の時間が彼を失望の場面から呼び戻した。その次の日は雨が降った。しかし、いかなるものも――用事も、天気も、先々の貧乏の見込みも、現在の窮状も今はこの青年の心を御婦人への奉仕からよそへ逸らすことはできなかった。彼は長いアルスターに身を包み、付襟を高くつけ、手摺を背に陣取って幸運を待った。見た目は失意と不安を絵に描いたようだったが、心の中は優しく喜ばしい熱情に輝いていたのである。やがて窓が開き、美わしのキューバ娘が隠しきれぬ微笑を浮かべて、窓敷居の上に現われた。「ここへいらっしゃい。ここへ、わたしの窓のそばへ。この狭いヴェランダが避難地帯になりますわ」そう言うと、優雅な仕草で折り畳み椅子を渡した。

気恥ずかしさと嬉しさに赤くなって腰かけた時、ポケットの突っ張った感じが、手ぶらで来たのではないことをハリーに思い出させた。

「差し出た真似かもしれませんが、あなたに小さな本を持って来ました。露店で見た時、あなたのことを思い出したんです。スペイン語の本だということがわかりましたから。店の人は一流の作家が書いた上品な本だと請け合いました」彼はそう言いながら、小さい本を娘の手に渡した。彼女は伏目になってページをめくり、頬に赤みがさして、また消えた。ほんの一瞬だったが深い紅だった。

「怒っているんですね」デスボローは苦しんで叫んだ。「僕が図々しい真似をしたので！」

「いいえ、セニョール、そうじゃありませんの。わたし」——娘の顔はふたたび額まで赤く染まった——「あなたを騙していたものですから、恥ずかしくて困っているんです。スペイン語は」と言いかけて、口をつぐんだ——「スペイン語はもちろん、わたしの母国語です」と急に勇気が出たように、言葉を継いだ。「ですから、お志には重々感謝しなければいけないんです。でも、ああ、わたしにその本が何の役に立ちましょう？　どうやって本当のことを申し上げればいいんでしょう——お恥ずかしい事実を——わたし、字が読めないんです」

ハリーが驚きを隠さずに彼女と視線を合わせた時、美わしきキューバ娘は彼の眼差しの前から尻込みするようだった。

「字が？」とハリーは繰り返した。「あなたが？」

娘は大きく気高い仕草をして、窓をさらに押し開けた。「お入りになって、セニョール。わたしが不安に思いながら、長いこと待っていた時が来ました。あなたの友情を失うか、さもなければ、身の上を包み隠さずお話ししなければならない時が」

ハリーは献身的愛情というに近い気持ちで、窓を越えた。半ば野蛮な形と色の喜びが、故意に散らかしてある部屋の中を統轄していた。そこには贅沢品や、毛皮や、敷物や、鮮やかな色のスカーフが一杯あり、優雅で珍しい小物が並べられていた——炉棚には扇が飾られ、張出し棚に古めかしいランプが、テーブルの上には銀を嵌め込んだココナツの鉢があり、台などに嵌まっていない宝石で半分ほど満たされていた。美わしきキューバ娘は彼女自身が色美しい宝石であり、豪華な枠にふさわしい傑作だったが、椅子に坐るようハリーを促すと、自分もべつの椅子に腰掛けて次のような身の上話を始めた。

美わしきキューバ娘の話

　わたしは見かけとはちがう人間なんです。わたしの父は一方でスペインの大公たちの血を引き、もう一方の母方では愛国者ブルースの血を引いています。母も王族の末裔ですが、ああ！　それはアフリカの王族だったのです。母はお日様のように美しい人で、わたしよりも綺麗でした。わたしはヨーロッパ人の父から色黒の血筋を受け継いでおりますから。母の心は気高く、振舞いは女王のようで、非の打ちどころがありませんでした。母がまわりの者より上の身分で、思いやりと尊敬につつまれているのを見ておりましたから、わたしは母を崇拝するようになり、時が来ると、母の最後のため息をわたしの唇に受けとったのです――けれども、わたしはまだ母が奴隷で、ああ！　父の愛人であることを知りませんでした。母の死は――わたしが十六歳の時でしたが――わたしが人生で知った最初の悲しみでした。そのため家には魅力が失せ、わたしの青春に憂愁の影がかかり、父は悲しく人が変わってしまいました。数ヵ月経つと、若くて立ち直る力のあるわたしは、持ち前の屈託のない明るさをいくらか取り戻しました。大農園は新しい作物を実らせて微笑んでいました。農場の黒人たちはもう母のことを忘れて、素直な服従の態度をこのわたしに向けましたが、それでもセニョール・バルデビアの額にかかった翳は暗くなる一方でした。父は以前もよく家を留守にしました。ハバナの街で宝石の仕事をしていたからです。それが今ではほとんど家にいないようになり、帰って来ても一晩泊まるだけで、不運に押しひしがれた人間のような様子をしていました。

わたしが生まれ育った場所はカリブ海の島で、キューバの海岸から船を三十分も漕げば行ける距離にありました。この島は海岸が切り立っていて、岩がちで、父の家族と農園を除けば人は住んでおらず、自然のままでした。家は広々したヴェランダに囲まれた低い建物で、小高い丘の上にあり、海の向こうにキューバが見えました。家のまわりには快い微風が吹いて、絹のハンモックに揺られていると煽いでくれ、木蓮の大枝や花を揺らしました。家のうしろと左手には黒人たちの住居と波打つ農園の畑があり、それが島の地面の八分の一を占めていました。右手の庭のすぐそばには大きい有害な湿地があり、みっしりと木に覆われて、熱病を吐き出していました。そのところどころに深い泥沼があり、有毒な牡蠣や、人喰い蟹や、蛇や、鰐や、気味の悪い魚が棲んでいました。その密林の奥へは、アフリカ人の子孫でなければ分け入ることができませんでした。そこには目に見えない強敵がヨーロッパ人を待ち受けていて、そこの空気は人を殺すのでした。

ある朝（わたしの非運は、この日から始まったと申し上げなければなりません）、日が昇るとまもなく、わたしは部屋から出ました。あの暖かい土地ではみんな早起きなのです。ところが、用を足してくれる召使いが一人もいません。わたしは召使いを呼びながら、家中歩きまわりました。すると、驚きはほとんど不安に変わりました。最後にヴェランダのある広い中庭へ出ると、黒人たちが集まっていたのです。その時でさえ、わたしがそこにいるというのに誰一人ふり返りもせず、わたしがやって来たことを少しも気に留めませんでした。みんな、目も耳もただ一人の人物に向けていたのです。それは贅沢な趣味の良い服を着た女性で、身のこなしも優雅なら、しゃべる言葉も音楽のようでした。年をとっているというよりも不摂生のために窶れ、容貌も損なわれているようでした。顔は今も魅力的でしたが、何とも残酷な感情が現われていて、眼は邪な貪欲さに燃えていました。わたしが気の遠くなるような恐怖を感じてたじろいだのは、彼女の外見ではなく魂から発散されるもののためだったと思います。植物を枯らす草だとか、獲物を魅入る蛇だとかいう話を聞きますが、あの女はそんな風にわたしを驚かせ、怯ませたのでした。けれども、わたしは大胆な性格ですから弱気に打ち克ち、奴隷の間を掻き分けて行きました。奴隷たちはまるで競い合う二人の女主人の前にいるかのように、戸惑ってうしろへ退りました。わたしは傲慢な口調でたずねました。「この人は誰なの？」

わたしが日頃可愛がっていた奴隷娘が耳元でささやきました——気をつけて下さい。あの方はマダム・メンディザバルなんですから、と。でも、その名前は初耳でした。

女はその間に眼鏡をかけ、わたしを頭から足まで品定めでもするように見ました。

「小娘」としまいに言いました。「あたしは言うことを聞かない召使いには慣れっこで、鼻っ柱を折るのが得意なんだよ。おまえは本当に心をそそるわ。もっと大切な用事がなかったら、きっと、おまえの父親の競売でおまえを買うんだけどね」

「マダム――」わたしは口を開きましたが、声が途切れてしまいました。

「自分の立場をわかっていないなんて、そんなことがあり得るのかしら？」女は憎々しく笑って言いました。「可笑しいわね！　これはどうしても、この子を買わなきゃいけないわ。何か嗜みはあるんでしょうね？」と召使いたちの方を向いて、たずねました。

お嬢様は良家の貴婦人方の誰にも負けないように育てられました、と何人かの召使いが断言しました。世間知らずのかれらにはそう思われたのです。

「あの子なら、ハバナであたしがしている仕事を代わりにやれるだろう」セニョーラ・メンデイザバルは眼鏡ごしにもう一度わたしをつくづくと見て、言いました。「それに」と直接わたしに話しかけて、「おまえに鞭の味をおぼえさせるのは楽しいだろうね」そう言うと、舌なめずりするような残酷な欲望を顔に浮かべて、わたしに微笑いかけました。

この時、やっと口が利けるようになったわたしは召使いたちを名前で呼んで、命じました――その女を家から追い出し、ボートまで連れて行って、本土へ送り返してしまえ、と。ところが、かれらは口をそろえてお言いつけには従えませんと言い、わたしのそばへ来て、愚かなことはなさらないようにと嘆願しました。それでもわたしが強く命じ、激昂して、けしからぬ侵入者をあの女にふさわしい言葉で呼ぶと、召使いたちは神を冒瀆した人間から離れるように、うしろへ退りました。迷信的な崇拝の念が見知らぬ女を取り巻いているのは明らかで、それはかれらのうって変わった態度と、生まれつきの顔の色の上に広がった青白さからわかりました。召使いたちの恐れがたぶん、わたしに影響を与えたのでしょう。わたしはもう一度マダム・メンディザバルを見ました。彼女は平然として軽蔑の笑みを浮かべながら、眼鏡ごしにわたしの顔を見ていました。おまえの脅しなど効くものかという自信に満ちた様子を見ると、わたしの唇から叫び声が、怒りと恐怖と絶望の叫び声が洩れ、わたしはヴェランダと家から逃げ出しました。

わたしはどこへ行こうとしたのかわかりませんが、とにかく浜の方へ向かって走りました。そのうち、頭がクラクラして来ました。あの出来事と侮辱はあまりにも奇妙で、突然だったからです。あの女は誰なんだろう？　従順な黒人に一体どういう力を揮(ふる)っているのだろう？　わたしをなぜ奴隷呼ばわりしたのだろう？　なぜ父の競売などと言ったのだろう？　こうした胸を騒がす問題のどれにも答は見つけられず、心の動揺の中ではっきりしていたのは、いやらしい目つきでこちらを見るあの女の憎々しい姿だけでした。

恐れと怒りで狂ったように走りつづけているうち、父が波止場からこちらへ歩いて来るのが見えました。わたしは死んでしまうかと思ったほどの叫び声を上げて、父の腕の中へ飛び込み、父の胸に顔を押しあてわっと泣き出し、涙にむせびました。父はそこから遠くないところに生えている高い椰子の木の下にわたしを坐らせ、慰めてくれましたが、その声には何か上の空なところがありました。わたしがいくらか興奮を抑えると、何をそんなに嘆くのだと、刺々しさがなくもない口ぶりで尋ねました。わたしは父の口調に驚き、さらに心を落ち着けて、時々しゃくり上げながらもしっかりした口調で、島に見知らぬ女がいると言いました。すると父はハッとして、青ざめたようでした。召使いが従わないこと、見知らぬ女の名はマダム・メンディザバルだということを聞くと、父は困りもし、安心もしたようでした。その女がわたしを侮辱し、奴隷扱いしたこと（ここで父の額は曇りました）、競売でわたしを買うと脅し、わたしの目の前で召使いに質問をしたこと、そして最後に、こういう耐え難い無礼な振舞いに遭いながら、どうすることもできなかったので、怯え、憤り、びっくりして家から逃げて来たことをわたしは語りました。

「テレサ」父は妙に重々しい声で言いました。「今日はおまえに勇気を出してもらわなければならん。話さねばならんことが沢山あるし、わしを助けるために、おまえがしなければならんことも沢山ある。わしの娘なら気骨を示して、立派な女であることを証明しなければならん。あのメンディザバルについては、何と言ったら良いだろう？　あの女が何者かをどうやって説明すれば良いかな？　二十年前、あの女は一番美しい奴隷だった。今では見た通りだ——年齢よりも老けているし、あらゆる悪徳、あらゆる非道に手を染めた恥ずべき女だが、自由で、金持ちで、噂では誰か立派な男と——天よ、その男を助けたまえ！——結婚しているそうだ。そして昔仲間だったキューバの奴隷の間で、理由はわからんが際限のない影響力を揮っている。恐ろしい儀式があいつの帝国を固く結びつけているという噂だ。フードゥーの儀式だよ。それはどうであれ、この無類の魔女のことは考えなくても良い。わしらに危険が迫っているのはあの女からではないし、約束するが、おまえがあの女の手に落ちるようなことはけしてさせんからな」

「お父さん！」とわたしは叫びました。「落ちるですって？　それじゃ、あの女は何か本当のことを言っているんですか？　わたしは――ああ、お父さん、はっきり言って下さい。何でも耐えますけれど、こんな不安な気持ちはいやです」

「容赦なく言おう」と父はこたえました。「おまえのお母さんは奴隷だった。わしは十分金を貯めたら自由な英国に渡るつもりだったのだ。そうすれば、法律でお母さんとの結婚が認められる。だが、計画を先延ばししすぎた。間際になって、死が邪魔をしたからだ。お母さんの思い出がどれだけわしの重荷になっているか、これでわかっただろう」

わたしは両親が気の毒になり、声を上げて泣きました。生き残った父親を慰めようとして、自分のことは忘れてしまいました。

「そのことは、もうどうでもいい」と父は語りつづけました。「しなかったことはもう取り返しがつかないし、わしは良心の呵責という罰に耐えねばならん。しかし、テレサ、ぐずぐずしていたことの害がこれほど明らかになったからには、わしは今すぐできることに取りかかる。

おまえを解放するのだ」

　わたしは感謝の言葉を言い始めましたが、父は暗く素っ気ない態度でわたしを黙らせました。

「お母さんの病気のために」と父は話をつづけました。「わしはあまりに多くの時間をとられて、街での仕事を長い間無知な部下に任せていた。わしの頭脳、わしの趣味、とくに貴重な宝石に関する誰にも引けをとらぬ知識、暗い夜でもサファイアとルビーを見分け、宝石が地球のどのあたりで発掘されたかを一目で見抜く眼識——こうしたものを抜きにして、長い間商売をつづけたのがいけなかった。テレサ、わしは破産したのだ」

「それが何だというの？」とわたしは叫びました。「わたしたちが愛し合って、神聖な思い出を持って暮らせば、貧乏が何だというの？」

「おまえはわかっていない」父は物憂げに言いました。「おまえは奴隷で、若い——ああ！まだ子供同然だ！——才芸の嗜みはあり、人の胸を打つ美しさで、天使のように無邪気だ——狼や鰐でさえおとなしくさせるこうした美点が、わしが債務を負う連中の目には、売り買いする商品なのだ。おまえは動産なのだ。市場で売り買いできる物なのだ。そして——ああ、こんなことを言わねばならないとは！——金になるのだ。わかって来たか？　おまえを自由にすれば、わしは債権者の物を騙し取ることになる。解放は間違いなく無効にされる。おまえは依然奴隷のままで、わしは犯罪者になる」

　わたしは父の手を取り、接吻して、自分自身を哀れみ、父に同情して呻きました。

「わしがどれだけ骨を折ったか」と父は語りつづけました。「損失を取り戻すためにどれほど思いきった手を打ち、奮闘したかは、天が御照覧になったし、憶えていて下さるだろう。わしの努力に天の恵みは与えられなかった。いや、わしはこう考えて自ら慰めているのだが、娘のために先延ばしされただけなのかもしれん。結局、策は尽きた。わしは破滅し、立ち直ることはできん。明日には莫大な借金を支払わねばならないが、わしには払えない。わしは破産を宣告され、持物も、土地も、こよなく愛した宝石も、甘やかして幸せにした奴隷も、そしてああ、十倍も悪いことに、おまえという愛する娘も売られて、欲深い無知な商人の手に渡るのだ。わしはたしかにあまりにも長い間奴隷制度という大罪を認め、そこから利益を得てきたが、わしの無邪気な汚れない娘、彼女がその代価を支払わねばならんのか？　わしは『否！』と叫び、天をわしの誘惑の証人として、この鞄を持ち逃げしたのだ。追手がすぐ近くまで迫っている。たぶん明日には、おまえを生んだ恋しい女（ひと）の神聖な思い出があるこの島へ上陸し、おまえの父親を不名誉な監獄に放り込み、おまえ自身を奴隷として辱（はずかし）めるだろう。もうあまり時間がない。うまい具合に不思議なめぐり合わせで、島の北岸の沖にイギリスの快走船がここ数日停泊している。持主はサー・ジョージ・グレヴィルといって、多少知っている人物だ。以前一方（ひとかた）ならぬ面倒を見てやったから、わしらが逃げる手伝いをするのを厭（いや）とは言わんだろう。もし断わったとしても、恩知らずな奴だとしても、わしには無理に言うことを聞かせる力がある。というのも、いいかね、娘や――このイギリス人はもう何年もキューバの海岸をウロウロして、航海のたびに新しい貴重な宝石を持って帰るが、それはどういうことだと思う?」

「鉱山を見つけたのかもしれないわ」わたしは当てずっぽうで言いました。

「本人はそう言うんだ」と父はこたえました。「だが、わしは自然から授けられた不思議な才能で、やすやすと嘘を見抜いた。あいつはわしのところへダイヤモンドだけ持って来て、わしは初め何も知らずにそれを買ったが、じっくり見直して驚いた。というのはね、そのダイヤモンドのうちある物はアフリカで、またある物はブラジルで初めて日の光を見た物だったからだ。一方、ほかのダイヤモンドは独特の品質と粗雑な細工からして、古代の神殿からの略奪品だとわしは見抜いた。そこで、わしは調べてみた。ああ、奴は狡賢かったが、わしの方が上手だった。彼は町の宝石店全部に行ったことがわかった。ある店にはルビーを、ある店にはエメラルドを、ある店には貴重な緑柱石を持ち込んで、どこへ行っても鉱山を見つけた話をした。しかし、一体どこの鉱山に、地表の縮図さながらのいかなる豊かな場所に、イスパハンのルビーとコロマンデルの真珠とゴルコンダのダイヤモンドが一緒になっているというんだ? いいかね、娘や、あの男は快走船と爵位を持っているが、わしが怖いし、わしに従わねばならないんだ。だから今夜暗くなったらすぐ、これから教える道を通って湿地帯を抜けて行こう。そこから島の高台を越えて行く道が、木に道標をつけて示してあるから、その道を行けば北の港へ出る。すぐそばに快走船が停泊している。追手がわしの予想より早く来たとしても、追いつけんだろう。本土に一人、信頼できる男がいる。追手が現われたらすぐに、夜ならば赤い火が、昼ならば煙が向こうの岬に見えるはずだから、それを見て早目に逃げれば、連中よりも先に湿地帯を越えてしまえるだろう。一方、わしはこの袋を隠しておきたい。何よりも、手ぶらで家に帰ったところを人に見せたいんだ。さもないと、おしゃべりな奴隷がわしらを破滅させるかもしれんからな。見なさい！」そう言うと、父はわたしに見せた袋を持ち上げ、わたしの膝の上に宝石をふり注ぎました。それは花よりも輝き、大きさも色もさまざまで、こぼれ落ちる時、無数の可愛らしい小面に太陽の熱をとらえました。

わたしは感嘆の叫びを抑えることができませんでした。

「無知なおまえの目にも」と父は言いました。「立派なものに映るだろう。しかし、こんなものは所詮道具次第でどのようにも加工される、冷たい小石にすぎん。いや、そう言っては恩知らずだな！　これらの一つ一つが――微細な活動が何百年と続いた末に塵の中から生み出された、自然の忍耐力の奇蹟が――おまえとわしにとっては、自由に愛し合って暮らす一年の生活なのだ。それなら、どこにしまっておくべきだろう？　人の手のとどかないところにさっさと隠すべきではないか？　テレサや、ついて来なさい」

父は立ち上がって、大きな密林の外れへわたしを連れて行きました。父の家が立っている丘の下り坂の上に、有毒な薄暗い森が壁のようにこんもりと蔽いかぶさっている場所でした。しばらくの間、父は注意深くあたりを見ながら茂みの縁（へり）を歩きました。やがて何かのしるしを見つけたらしく――というのは、考え込むような表情が急に消えたからです――立ちどまって、わたしにこう言いました。

「ここにわしが言った秘密の道の入口がある。おまえはここで待っていなさい。わしはほんの数百ヤードばかり湿地帯の中へ入って、宝物を埋める。安全に隠したら、すぐ戻って来るからな」

危険な場所なので、わたしはやめさせようとしましたが無駄でした。今は自分に黒人の血が流れていることを知りましたから、そのことを理由にして、ついて行きたいと頼んでも無駄でした。父はわたしの訴えに耳を貸さず、ついたてのような藪を押し分けて、病を伝染す湿地帯の沈黙の中に姿を消しました。

たっぷり一時間もしてから藪がふたたび掻き分けられて、父が茂みから出て来ると、立ちどまって、目眩い陽の光によろけそうになりました。その顔は妙な黒ずんだ赤味をおびていましたが、熱帯の正午の熱さにもかかわらず、汗を掻いているようには見えませんでした。

「お父さん、疲れているのね」わたしはとび上がって父に近寄ると、言いました。「病気なんだわ」

「疲れているんだ」と父はこたえました。「あの密林の空気は息が詰まる。それに目が暗がりに慣れてしまって、強い日射しがナイフのように目に突き刺さるんだ。テレサや、少し、少し時間をくれ。万事上手く行くはずだ。わしは糸杉の樹の下に宝物を埋めて来た。その樹は、道の左側にある沼のすぐ向こうに生えているよ。美しい輝く宝石が今は泥の中に沈んでいる。必要な時は、あそこへ行けば見つけられるだろう。だが、来なさい。家へ帰ろう。夜の旅にそなえて腹ごしらえをしなけりゃならん。食べたら寝るんだ、テレサや。寝るんだ」父は血走った目でわたしを見ると、哀れむように首を振りました。

わたしたちは急いで家へ戻りました。長く留守をしすぎたから、召使いが怪しむかもしれないと父がずっとぶつぶつ言っていたからです。風通しの良いヴェランダを通り抜けて、しまいに鎧戸を閉めた家の有難い薄明かりの中に入りました。食事の支度ができていました。家の召使いはボートを漕ぐ男たちから旦那様の帰還をすでに知らされていて、みんな仕事場に戻り、わたしと顔を合わせるのを怖がっていました。父は疲れていましたが、熱に浮かされたようにしつこく「急がなければ」とつぶやいていたので、わたしはすぐテーブルに着きました。ところが、父の腕を放したとたん、父は立ちどまって両手を前に突き出し、探るような奇妙な仕草をしました。

「これはどうしたことだ?」と鋭い、獣のような声で叫びました。「わしは目が見えなくなったのか?」

わたしは駆け寄ってテーブルに連れて行こうとしましたが、父は拒み、その場に棒立ちになって、呼吸(いき)をするのが苦しいように口を大きく開(あ)いたり閉じたりしました。やがて突然両手を顳顬(こめかみ)にあてて、「頭が、頭が!」と大声に叫ぶと、キリキリ舞いをして壁に倒れかかりました。

わたしには何が起こったのか良くわかっていました。ふり返って、父を助けておくれと召使いたちに頼みました。けれども、かれらは口をそろえて、助かる見込みはないと言いました。旦那様は湿地帯に入ったから死ぬにちがいない。何をしても無駄だと言うのです。父の苦しみを長々と述べる必要があるでしょうか？　わたしは父をベッドに運ばせ、枕元で見守りました。父はじっと寝ていましたが、時折歯を食いしばって、わけのわからないことをしゃべりました。ただ「急げ、急げ」という言葉だけがはっきりと聞こえて、死神と最後の格闘をしながらも、いまだに娘の危険を案じて苦しんでいることがわかりました。日が沈み、闇が下りてから、わたしは自分がこの不幸せな地上に独りぼっちになったことを悟りました。逃げることや、身の安全や、差し迫った自分の立場の危うさなど、どうして考えられたでしょう？　わたしは最後の味方の亡骸(なきがら)のそばで、肉親に死なれた当然の苦しみ以外、一切を忘れていました。

日が東に昇って四時間ほど経ってから、わたしの心は地上の事に呼び戻されました――前にお話ししたあの奴隷娘が入って来たからです。その娘はわたしを深く慕っていて、涙をボロボロ流しながら、来た理由(わけ)を話しました。夜が明け初(そ)めると共に一艘のボートが波止場に着き、(今まであんなに幸せだった)島の海岸に、父の逮捕状を持つ役人たちと肥った下品な男が上陸しました。その男はこの島も、農園も、奴隷も今はすべて自分のものだと宣言したのです。「わたし、思います」と奴隷娘は言いました。「あの人は政治家か、すごく強い魔法使いにちがいありません。だって、マダム・メンディザバルはあの人たちを見るなり森に逃げ込んだんですから」

「馬鹿ね」とわたしは言いました。「役人が怖かったのよ。それにしても、あの鬼婆はどうしてまだこの島にいるの？　それに、ああ、コーラ」わたしは自分の悲しみを思い出して、叫びました。「こうした面倒事も、孤児(みなしご)の身にとって何だというの？」

「お嬢様」と娘は言いました。「二つのことを肝に命じて下さいませ。マダム・メンディザバルのことを今みたいにおっしゃってはいけません。いいえ、色のついた人間には、あの方のことを何もおっしゃってはいけません。あの方は世界一力の強い御婦人で、本当の名前を口にしただけでも、死人を蘇(よみがえ)らせる呪文になるんですから。それに、何をなさっても結構ですが、あの方のことをこれ以上、あなたの不幸なコーラにおっしゃらないで下さい。あの人は警察を恐れているかもしれませんが（たしかに、身を隠していると聞いたことがあります）、それに、お嬢様が笑って信じて下さらないことはわかっておりますけれども、この広い世界で人がしゃべる言葉をあの方は全部聞いているんです。これは本当で、証拠があって、みんな知っているんです。そして、あなたの可哀想なコーラは、もうあの方の黒い手帳にしっかり書き込まれているんです。あの方は、お嬢様、わたしの血が凍るまでわたしを見つめます。これが申し上げなければいけない一つ目のことです。それでは、二つ目を申し上げましょう。後生ですから、どうかあなたはもうお気の毒なセニョールの娘ではないことを忘れないで下さい。親愛な旦那様は亡くなって、あなたはもうわたしと同じ、ただの奴隷娘にすぎません。あなたの持主であるお方が呼んでいます。ああ、お嬢さま、早く行って下さい！　あなたの若さとお美しさなら、愛想良くしておとなしく言うことを聞けば、これからも楽な暮らしができるかもしれませんわ」

わたしは一瞬腹を立てて——それは御想像になれるでしょう——娘を睨みつけましたが、腹立ちはすぐに収まりました。彼女はただ奴隷らしく物を言ったにすぎないのです——鳥がさえずり、牛がモーと鳴くように。

「行きなさい」とわたしは言いました。「行きなさい、コーラ。あなたの気持ちは嬉しいわ。もう少しだけ死んだ父と二人きりにしておいてちょうだい。あの男にすぐ行きますと言っておいてね」

娘は立ち去りました。わたしは死の床をふり返り、聞こえない耳に向かって、危機に瀕した自分の純潔を護るための最後の訴えをしました。「お父さん、死の苦しみの中にあっても、あなたが最後に考えたのは娘が恥辱を免れることでした。ここで、あなたの枕元で、その望みを叶えることを誓います。どんな手段によってかは、わかりません。必要なら罪を犯しても、そうします。天があなたとわたしとわたしたちの迫害者を赦したまわんことを。そして天が寄辺ないわたしを助けたまわんことを!」すると、長い睡眠を取ったように力が湧くのを感じました。わたしは鏡に向かいました。ええ、あの死者の部屋でさえも、そうしたのです。急いで髪の毛をととのえ、泣き腫らした眼をさわやかにすると、わたしの人生と悲しみを創り出した人に無言の別れを告げて、笑顔をつくり、わたしの主人に会いに行きました。

彼はひどく忙しそうに、かつてはわたしたちのものでしたが、今は彼が手に入れた家を検分していました。肥った血色の良い中年男で、好色そうで、下品で、滑稽でしたが、わたしの判断が正しければ、性格は悪くありませんでした。けれども、わたしが入って来た時、その目がキラリと光ったので、最悪のことを覚悟しなければいけないと思いました。

「これがおまえたちの以前の女主人か？」彼は奴隷たちにたずねて、そうだと知ると、すぐにかれらを退らせて言いました。「さて、おまえ。わしは率直な男だ。糞ったれのスペイン人じゃなく、働き者で正直な、生粋の英国人だ。名前はコルダーという」

「ありがとうございます、旦那様」わたしはそう言って、召使いがするように綺麗にお辞儀をしました。

「ふむ。思っていたよりもいいぞ。おまえがもし神様に召された持場でちゃんと義務を果たすなら、わしはじつに優しい御主人になるだろう。おまえの顔が気に入った」彼はそう言って、わたしの名を呼びましたが、とんでもない発音でした。「おまえの髪の毛は全部地毛なのか？」彼は鋭くそう訊ね、こちらへ寄って来て、わたしが馬か何かでもあるように無礼なやり方で疑いを晴らしました。わたしは頭から足の先までカッとなりましたが、当然の怒りを抑えて、されるままになっていました。「じつによろしい」彼は上機嫌でわたしの顎の下を撫でながら、言いました。「おまえはコルダーさんの物になったことを悲しみはするまいよ。だが、それはついでの話だ。肝腎なのはこのことだ。おまえの前の主人はひどい嘘つきの悪党で、わしの貴重な財産を持ち逃げした。それでな、おまえとあの男の関係からすると、その財産がどうなったかを一番知っていそうなのはおまえだと思っておる。返事をする前に警告しておくが、わしがこの先優しくするかどうかは、おまえの正直さにかかっている。わしは自分が正直な人間だから、召使いにも同じことを期待するのだ」

「宝石のことをおっしゃっているのですか？」わたしは声をひそめて言いました。

「その通りだ」彼はそう言って、北叟笑みました。

「しっ、お静かに！」

「お静かにだと？　なぜ静かにするんだ？　言っておくが、わしは自分の家で合法的に手に入れた召使いに囲まれているんだぞ」

「役人は行ってしまいましたか？」とわたしはたずねました。ああ、わたしの希望はその返事にかかっていたのです！

「うむ」彼は少し面喰らったような顔をして、言いました。「なぜ、そんなことを訊くんだね？」

「引き留めておけばよかったのに」わたしは重々しい調子で答えましたが、その時、わたしの心臓は嬉しさにとび跳ねていたのです。「旦那様に真実を隠すわけには参りません。この農園の召使いたちは危険な状態にあって、大分前から叛乱が起こりそうになっているんです」

「何だと」彼は叫びました。「わしは生まれてからこの方、こんなに温順しそうな黒ん坊どもを見たことがないぞ」けれども、そう言いながら、いくらか青ざめていました。

「かれらはあなたにマダム・メンディザバルが島にいることを言いましたか？　あの女が来てから、ほかの人間には従わないということを？　今朝はあなたを礼儀正しく迎えたかもしれませんが、それもあの女の命令に従っただけなんです——どういうつもりでその命令を出したのかは、あなたにお考えいただきたいのですが」

「マダム・ジェゼベルか？　うむ、あの女は危険な悪魔だ。それに一連の人殺しのかどで警察に追われている。しかし、それがどうしたというんだ？　たしかにあいつはおまえたち有色人種に大きな影響力を持っている。しかし、一体この島に何の用があるんだ？」

「宝石です。ああ、旦那様、あなたがあの宝物を御覧になっていたら——サファイアとエメラルドとオパール、それに金色のトパーズと夕陽のように赤いルビーを——量り知れない値打ちがあり、匹敵するもののない美しさです！——旦那様がわたしのように、そして、ああ、あの女のようにあれを御覧になっていたら、御自分の曝（さら）されている危険がおわかりになって、身震いなさるでしょう」

「あの女は見たのか！」彼は声を上げ、その顔つきから、わたしの大胆な振舞いが図にあたったことがわかりました。

　わたしは彼の手を握って言いました。「旦那様、わたしはもうあなた様のものです。あなたの利益とお命を守ることはわたしの義務ですし、喜びでもあるべきです。ですからわたしの言うことを聞いて、お願いですから、思慮深く振舞って下さい。内緒でわたしについて来て下さい。誰にも行先を教えてはいけません。宝物の埋めてある場所へ御案内します。宝を掘り出したら、すぐにボートに乗って、本土へ逃げましょう。この危険な島へは、兵士の護衛がいない限り、けして戻って来ないようにしましょう」

　自由な国の自由な人間なら、わたしがこれほど突然に忠誠心を抱くことをどうして信じられるでしょう？　けれども、この迫害者は、良心の反撥を抑えて、奴隷制は自然なものだと自分に言い聞かせるために使ったまさにその手管と詭弁によって、手もなくわたしの仕掛けた罠に落ちたのです。彼はわたしを讃め、礼を言いました。おまえは召使いとして重要なあらゆる美点を持っていると言いました。そして宝物の性質と値打ちについて、さらに質問し、わたしがもう一度彼の欲心に火をつけてやりますと、計画をただちに実行するように命じました。

　わたしは庭の物置小屋から鶴嘴とスコップを持って来て、木蓮の樹の間のまわり道を通り、わたしの主人を湿地帯の入口まで案内しました。わたしが先に立って歩き、今は義務に縛られている身ですから道具を持ち、わたしたちを見て尾けて来る者がないように、たえず背後をチラチラふり返っていました。例の小径が始まるところへ来た時、ふと食べ物を忘れていたことに気づいたので、コルダー氏を木蔭に残して、食糧を入れた籠を取りに独りで家へ戻りました。その食糧は彼のためのものなのか？　とわたしは自問しました。自分の中の声が否と答えました。あの男と面と向かっている間は――手が身体に属するように、わたしはこの男に属しているのですが、その相手を目の前に見ている間は、憤りの念が勇気を与えてくれました。けれども、今一人になると、自分自身と耐え難い計画とに厭気がさして来るのでした。わたしは彼の足元に身を投げだして、裏切るつもりだったことを白状し、疫病をもたらすあの湿地帯――わたしはそこへ彼をおびき寄せて殺そうとしていたのです――に近寄ってはいけないと言いたくてなりませんでした。けれども、死んだ父への誓いと自分の汚れない若さに対する義務が良心の躊躇いに勝ち、わたしの顔は青ざめて、内心の恐怖を映し出していたにちがいありませんが、しっかりした足取りで湿地帯の縁へ戻り、唇に微笑みを浮かべて、ついて来て下さいと言いました。

わたしたちが今入った小径は、生きた密林をトンネルのように穿っていました。左右にも頭上にも、こんもりした枝葉がたえまなくからみ合い、日の光は覆いかぶさる深い森を通して、わずかに漏れて来るだけでした。空気は蒸気のように熱く、植物の匂いがムッとこもり、肺臓と脳に重荷のようにのしかかりました。足元では、深く積もった腐植土がわたしたちの音を立てぬ歩みを受けとめました。道の左右で、丈なすミモザの木がたえまなくサワサワといって、わたしの行く道からうしろに退りましたが、こうした感覚を持つ植物を除くと、あの疫病の巣にあるものはすべて動きもせず、音も立てませんでした。

少しばかり奥へ入った時、コルダー氏は急に吐き気を催し、しばらく小径に坐っていなければなりませんでした。わたしは彼を見ていると切なくなって、死ぬ運命にある人間に、引き返してくれと本気で頼みました。少しばかりの宝石なんか命には替えられないでしょう、とわたしは言いました。駄目だ、と彼はこたえました。マダム・ジェゼベルというあの魔女が宝石を見つけてしまうだろう。わしは正直な人間だから、宝物を騙し取られてなるものか――云々と病気の犬のようにゼイゼイ喘ぎながら言うのです。やがて彼は不安に打ち克ったと言って、また立ち上がりました。けれども、また歩きはじめた時、わたしは彼の相好の変化に死の最初の兆しを見ました。

「旦那様」とわたしは言いました。「お顔の色が真っ青です。死人のように真っ青です。そんなお顔の色を見ると、怖くなります。あなたの目は血走っています。わたしたちが探しているルビーのように真っ赤です」

「すべため」と彼は叫びました。「前を見ろ。足元に気をつけろ。天に誓って言うが、もういっぺんふり返ってわしを怒らせたら、おまえの身分が変わったことを思い知らせてやるぞ」

それからまもなく、わたしは地面に長い虫がいるのを見つけて、あれに触ると死にますよと小声で言いました。やがて春の若草のように鮮やかな緑の大蛇が、身をくねらせて素早く道を横切りました。わたしはまた立ちどまり、目に恐怖を浮かべて連れをふり返りました。「棺蛇です。猟犬のように獲物を追いかける蛇です」

けれども、彼を思いとどまらせることはできませんでした。「わしは年紀の入った旅行者だ」と彼は言いました。「たしかにこいつはひどい密林だが、もうじき終わりになるだろう」

「はい」わたしは奇妙な微笑を浮かべて、相手を見ながら言いました。「どんな終わりでしょう？」

　すると、彼は何度も笑いましたが、心からの笑いではありませんでした。やがて道が次第に広がり、上り坂になって来たのに気づいて言いました。「そら！　言った通りだろう？　もう難所を越えたんだ」

　果たして、わたしたちは沼に来ていました。沼はその場所でたいそう幅（はば）が狭くなり、倒木の幹で橋を架けてありましたが、両側はまた広がっていて、木々の大枝や垂れ下がる蔓（つる）植物の洞窟に覆われていました。澱（よど）んで、腐敗し、恐ろしい悪臭がして、鰐の平たい頭がそこここに浮かび、岸には緋色の蟹が蠢（うごめ）いていました。

「もしもあの危なっかしい橋から落ちたら」とわたしは言いました。「ごらんなさい、鰐が貪り食おうと待ちかまえていますわ！　小径から少しでも外（そ）れたら、泥沼にはまるでしょう。あそこには、ほら、あの無数の緋色の生き物が藪の縁で餌を探しています！　一度（ひとたび）動きがとれなくなったら、群らがって襲いかかって来るでしょう！　あんな甲羅をまとった敵が千匹も攻撃して来たら、人間に何ができましょう？　生きながら奴らの爪にかかって息絶えるのは、何という死に方でしょう！」

「おまえ、気でも狂ったのか？」と彼は叫びました。「黙って先へ進め」

　わたしは半ば優しい気持ちになって、もう一度彼を見ました。すると彼は持っていたステッキをふり上げ、残酷にわたしの顔を打ちました。「先へ進め！　一日中、このろくでもない沼地で毒気にあたっていなければならんのか？　それも、おしゃべりな奴隷娘のために？」

　わたしは黙って打擲を忍びました。微笑んで忍びましたが、心臓には血が溢れ返りました。その時、何かが――何かわかりませんが――潟の水の中にボチャンと音を立てて落ちました。わたしの同情心が落ちたのだとわたしは思いました。

　わたしたちは向こう側へ急いで渡りましたが、そちらの方では樹々がたいそう密に茂り、網の目のような蔓植物はさほどもつれ合っていませんでした。ここかしこに日の光がいくらか明るく射している場所がありましたし、寄生植物の網の目も前より粗くなったので、高く聳える木の大きさを見分けることができました。左手の、林が切れるあたりに、糸杉の木が立っていて目につきました。小径はそこで幅が広がり、広けた地面に恐ろしい蟻塚がいくつもあって、それを造った蟻がウヨウヨしていました。わたしが道具と籠を糸杉の根方に置くと、たちまち蟻がたかって、まっ黒にしてしまいました。わたしは何も知らない犠牲者の顔をもう一度見ました。蚊やいやらしい蝿がわたしたちの間に密な帷を編んでいたので、彼の目鼻立ちはぼんやりとしか見えませんでした。虫の羽音は、まるで大きな車輪が回っているようでした。

「ここがその場所です」とわたしは言いました。「わたしには掘れません。こういう道具の使い方を教わったことがありませんから。でも、どうか旦那様御自身のために、することを早く済ませて下さい」

彼はふたたび地面にしゃがみ込んで、魚のように喘ぎました。その顔に、父の顔を覆ったのと同じ黒ずんだ赤みがさして来ました。「気分が悪い」と彼は息を切らして言いました。「恐ろしく悪い。湿地帯がまわりをグルグルまわっている。死肉をあさる蠅どものブンブンいう音が気に障ってならん。葡萄酒はないか?」

わたしが一杯与えると、彼はゴクゴクと飲みました。「お考えになって下さい。これ以上我慢なさいますか? この湿地帯は悪名が高いんです」わたしはそう言いながら、不気味にうなずきました。

「鶴嘴をよこせ」と彼は言いました。「宝石はどこに埋まっているんだ?」

わたしは曖昧に教えました。彼はあの密林のうだるような暑さと息苦しさと薄明かりの中で鶴嘴を揮いはじめ、健康な人間のように力強く頭上にふりかざしました。最初のうちは滝のような汗を掻いて顔が光っていましたが、その顔にワンワンいう虫がたかっていました。

「こんな場所で汗を掻くなんて」とわたしは言いました。「ああ、旦那様、これは賢いことでしょうか? 開いた毛穴に熱病が吸い込まれます」

「どういうつもりだ?」彼は鶴嘴を土の中に突き刺したまま、手を休めて叫びました。「わしを気狂いにしたいのか? 自分の冒している危険を承知していないとでも思っとるのか?」

「おわかりなら、それでいいんです。ただ、早くなさることを願うだけです」わたしはそう言うと父の死の床を思い出し、息する音と同じくらいの小声で、早く、早く、早く、という言葉を空しく繰り返しました。

　そのうち、驚いたことに、宝を探し求める男もその言葉を言い出したのです。彼はなおも鶴嘴を揮って、けれども、もうふらつきながら地面を掘っていましたが、まるで歌の折り返し句のように、「早く、早く、早く」とつぶやいていました。それからまた、「ぐずぐずしている閑はない。この湿地は悪名高いんだ、悪名高いんだ」と言ったかと思うと、また「早く、早く、早く」と——恐ろしい機械的な早口で、けれども疲れきった口ぶりで、病人が寝言を言うように繰り返していたのです。汗は消え、肌はもう乾いていましたが、わたしに見えた部分は同じくすんだ煉瓦色でした。やがて鶴嘴が宝石の入った袋を掘り出しました。けれども、彼はそれに気づかず、土を削りつづけていました。

「旦那様、宝物はそこにあります」とわたしは言いました。

　彼は夢から醒めたようでした。「どこに?」と叫んで、それから袋を目の前に見ると、言いました。「こんなことがあり得るだろうか? 頭がクラクラしているようだ。おい」と以前に聞いたことのある絶叫するような声で、突然叫びました。「どうなっとるんだ? この湿地は呪われているのか?」

「ここは墓なのです」とわたしは答えました。「あなたは生きてここから出られないでしょう。わたしはどうかといえば、わたしの命は神様の御手にあります」

　彼は殴られたように地面に倒れましたが、わたしの言葉のせいか突然病に襲われたのかはわかりません。やがて頭を上げて言いました。「おまえはわしを死なせるために、ここへ連れて来たんだな。自分の命を危険にさらして、わしに死刑を宣告したのだ。なぜだ？」「わたしの名誉を救うためです」とわたしはこたえました。「あなたに警告したことを忘れないで下さい。わたしではなく、この石ころへの欲があなたを滅ぼしたのです」

彼は回転式拳銃を取り出して、わたしに渡しました。「見ろ。わしはおまえを殺すこともできたんだぞ。だが、おまえの言う通り、わしはもうじき死ぬ。何もわしを救うことはできんし、勘定書きがたっぷりたまっておる。ああ、ああ、ああ」彼は学校にいる頭の悪い子供のように、奇妙な、困ったような、悲壮な表情でわたしの顔を見て言いました。「もしもあの世で審判があるなら、わしは勘定書きがたまっとるんだ」

それを聞くと、わたしはワッと泣き出してしまい、彼の足元に四つん這いになって、彼の手に接吻し、赦しを乞い、拳銃を握らせて、自分の死の復讐をして下さいと言いました。実際、もしわたしの命と引き換えに彼の命が取り戻せたとしても、それでは埋め合わせにならないと思っていたのです。けれども、あの気の毒な人は、わたしに自分の行いをもっと激しく後悔させるつもりでした。

「赦すことなぞ何もない」と彼は言いました。「まったく、馬鹿な年寄りというのは何てしようのないものなんだろう！　わしはな、おまえに気に入られたと思っておったんだ」

彼はその時恐ろしい目眩に襲われて、子供のようにわたしにしがみつき、ある女性の名前を呼びました。わたしは涙にむせんで発作を見守っていましたが、やがて発作は静まりました。彼はふたたび正気に返って言いました。「遺言を書かねばならん。わしの手帳を出してくれ」その通りにしてやると、あるページに鉛筆で走り書きをして言いました。「わしの息子に知らせてはならんぞ。あいつは、息子のフィリップは残酷な奴だ。おまえがわしにしっぺ返ししたことを奴に知られるな」それから突然、「ああ、目が見えなくなった」と叫び、目の前で両手を打ち合わせ、それから呻くようなささやき声で、「蟹のいるところに置いて行かないでくれ！」と言いました。わたしは脈がある限りはそうすると誓い、約束を果たしました。そこに坐って、父の最期を看取ったように彼を見守っていましたが、心の中には何と異なる恐ろしい思いがあったことでしょう！　長い午後の間、彼は次第に弱っていきました。わたしはその間ずっと、蟻の大群や蚊の雲から彼を守るために悪戦苦闘しました。己自身の罪の虜となったのです。夜が来ると、湿地帯の暗い木蔭では虫の唸り声がたちまち倍になりましたが、彼が息を引き取ったかどうかまだ確信が持てませんでした。しまいに、握っていた彼の手が指の間で冷たくなっていったので、自分が自由になったことを知りました。

わたしは彼の手帳と回転式拳銃を取り、捕らわれの身になるくらいなら死のうと覚悟して、籠と宝石の袋を背負い、北へ向かいました。夜のその時刻、湿地帯はたえまない騒音に満ちていました。あらゆる種類の獣や昆虫、それも生命を脅かすものがそれぞれの音を立てていたのです。けれども、わたしは鳴り騒ぐ音のさなかを、目隠しをされたように何も見ずに歩きました。土は足下に沈み込み、ひどくヌルヌルして、まるで蟾蜍（ひきがえる）の群の中を歩いているようでした。枝葉の厚い壁の手触りは――それだけを頼りに道を進んでいたのですが――蛇に触ったように不気味でした。暗闇が、猿轡（さるぐつわ）を嚙ませたようにわたしの呼吸を抑えました。まったく、あの夜の道中の間ほど怖い思いをしたことはありませんし、道がだんだん登り坂になり、足下がしっかりして来て、まだ大分離れていましたが、前方に月の銀色の輝きが見えた時ほどホッとしたことはありません。

　やがて密林の最後の部分を通り抜けると、立派な高い樹々の間に出ました。そこにあるのはきれいな岩と乾いた土、一日中日を浴びていた山の草木の馨（かぐわ）しい香り、そして夜の雄弁な静寂でした。わたしは黒人の血が流れているので、疫病をもたらすあの臭い沼地を無事に越えることができ、まったくの幸運によって、沼地にウヨウヨと這いまわり、人を刺す毒虫から逃れることができました。あとはただ、島を横切って首尾良く港へ着き、イギリスの快走船に乗せてもらえば良いのでした。夜なので、父が説明したような道を辿ることは不可能でした。わたしは目印になるものを探し、ろくろく知識もないのに、星の位置から方向を知ろうと無駄なことをしていました。すると、どこかずっと前の方から、大勢の人間が早口に歌う声が聞こえて来ました。

　一体なぜそうしたのか自分でもわかりませんでしたが、わたしは音のする方へ歩みを進め、十五分も歩くと、誰にも気づかれずに開けた空地の端に来ていました。空地は明るい月の光と焚火の焔に照らされていました。真ん中に小さくて低い粗末な建物があり、屋根には十字架がついていました。その時思い出しましたが、人の話によると、それは礼拝堂で、随分昔に神聖を汚され、フードゥーの儀式に使われていたのです。入口の段のすぐわきに黒い塊があり、まるで何か模糊とした生命を帯びているように、たえずこちらへあちらへ揺れ動いていました。それは雄鶏や、兎や、犬などの鳥獣が塊になったもので、もがいているけれども鎖に繋がれてどうすることもできず、無残に重なり合っていることが、そのうちにわかりました。火と礼拝堂のまわりを、跪いたアフリカ人の男女が輪になって取り囲んでいました。かれらは哀願するような、奇妙な、熱情的な仕草をして、半分結んだ掌を天に向かって差し上げるかと思うと、頭を垂れて目の前の地面に両手を広げました。二重の動きが人々の列を何度も通り抜けるにつれて、頭が海の波のように上がったり下がったりして、こうした動作にリズムを合わせるように、早口の詠唱がなおも続きました。わたしは魅せられたように立っていました。自分の命が危機一髪であること、フードゥーの儀式をしている場所に出くわしてしまったことを悟ったからです。

やがて礼拝堂の扉が開き、素っ裸の背の高い黒人が、犠牲を殺すナイフを手に持って出て来ました。そのあとに現われたのは、もっと奇妙で衝撃的な妖怪でした。マダム・メンディザバルがやはり裸で、蓋の開いた籐の籠を両手に持ち、顔の高さに差し上げていたのです。籠にはとぐろを巻いた蛇が一杯入っており、蛇どもは、彼女が籠を差し上げている間に籐の格子から抜け出て来て、両腕にからみつきました。それを見ると群衆は俄然興奮したらしく、詠唱の声が甲高くなり、リズムも強弱ももっと不規則になりました。背の高い黒人は月光と火明かりの中に立って身動きもせず微笑っていましたが、その場である合図をしました。すると歌声は次第に熄み、野蛮で凄まじい儀式の第二幕が始まりました。人の輪のあちこちから男女が次々と中央へ走り出し、女祭司と蛇の前で、手を差し上げるあの身ぶりをして頭をひょいと下げると、さまざまなことを懇願し、心の中のどす黒い願望を声に出して言いました。たいていの者が祈願する恵みは死と病でした。敵や競争相手の死と病です。ある者はこうした災いが近い近親にふりかかれと祈り、一人は——誓って申しますが、わたしはその者にけして辛くあたったことはないのです——このわたしにふりかかるようにと祈願しました。背の高い黒人は今も微笑いながら、一人一人が嘆願するたびに、自分の左側にもがいている塊の中から鳥か獣をつまみ上げ、ナイフで殺して、死骸を地面に放り出しました。やがて女の大祭司の番が来たようでした。彼女は籠を段の上に置くと、輪の中心に移り、爬虫類どもの前の地面につくばったまま声を上げました。それは話し声と歌の中間で、たいそう激しい狂熱を帯びていたので、わたしの血の中を一種の恐怖が走り抜けました。

「その名を」と彼女は語り始めました。「我らは口にせぬ力よ。善にあらず悪にあらず、その両方の下にある力よ。善よりも強く悪よりも偉大なる力よ——我は一生涯おんみを崇め、仕えて来たり。おんみの祭壇に血を流したのは誰か？　おんみを称め賛える歌を歌って声を枯らしたのは誰か？　おんみの狂宴で跳びはねたために、年齢よりも早く四肢が弱ったのは誰か？　己が生みし子供を殺したのは誰か？　我なり！　我、メタムヌボグなり！　我は今自らの名を名告る。面紗を脱ぐ。我は奉仕されるか、さなくば滅びんのみ。わが言葉を聞きたまえ、肥沃なる沼地の泥よ、雷の暗黒よ、蛇の乳房の毒よ――わが言葉を聞きとどけるか、さなくば殺したまえ！　我は二つのことを願う。おお、形なきものよ、おお、空虚の恐怖よ――二つのことを、さもなくば死を！　白い顔をした我が夫の血、おお、それを与えたまえ。夫はフードゥーの敵なり。彼の血を与えたまえ！　そしてもう一つのことを、おお、盲目の風と競走する者よ、おお、死者の廃墟にて種子を発育させる者よ、おお、生命の根源、腐敗の根源よ！　我は老いて醜くなりぬ。人に知られ、命を奪わんとて追われてあり。されば、おんみの僕をして、使い古せしこの肉体を捨てしめよ。おんみの女祭司長をふたたび花の盛りに戻らしめ、いま一度若き娘に、かつてそうありし如く男たちの望むものにしたまえ！　そして、おお、主にして師たるお方よ、我がここに求める奇蹟は、我等が古き国より引き裂かれて以来、為されたためしなきものなり。されば、我はおんみの魂が悦ぶ犠牲を――角のない小山羊を用意せるにはあらずや？」

　彼女がこうしたことを言っている間にも、崇拝者たちの輪全体から大きな歓声が上がりました。声は湧き上がって静まり、また湧き上がって、ついに恍惚の声となったその時、例の背の高い黒人が礼拝堂の中に入ると、すぐさま腕に奴隷娘コーラの身体を抱えて、扉の前に出て来たのです。わたしはそのあとに起こったことを見たかどうかわかりません。次に頭がハッキリした時、コーラは蛇どもの前の段に横たえられ、ナイフを持った黒人がその前に立っていました。黒人はナイフを持ち上げ、恐怖にかられたわたしは、神の名に於いてやめさせようと金切り声で叫びました。

人喰い人種の群はしんと静まりました。もう少ししたら、かれらは我に返って、わたしはきっと殺されたことでしょう。けれども、天はわたしを救う思し召しだったのです。あのろくでなしどもの沈黙が破られないうちに、雲一つない夜空で音がしました。ヨーロッパのどんな大嵐の吠え声よりも高く、ヨーロッパのどんな風の翼よりも疾く進んで来る音でした。真っ暗闇が世界を包み込み、複雑な形の眩い稲妻が四方から暗闇に突き刺さりました。と、ほとんど同時に、世界を呑み込む一股ぎで、竜巻の中心が空地に達しました。凄まじい轟音が鳴り響き、わたしの理性の光は掻き消されました。

意識を取り戻した時は、もう朝でした。わたしは無事で、すぐそばの樹々は枝一つ折れていませんでしたから、初めのうち、竜巻は夢の中の出来事かとも思われたのです。けれども、そうではありませんでした。まわりを見ると、わたしは間一髪で死を免れたことがわかりました。嵐はこのあたりの丘と谷間を覆う森を真一文字に貫いて、破壊の跡を残していました。その両側では樹々が無傷で朝の空気の中に揺れていましたが、大嵐が直進した通り道に立っているものはありませんでした。その線上では樹も、人も、獣も、潰された礼拝堂とフードゥーの信者たちも、何もかもが大気の力が怒り狂ったあの一時の間に転覆され、破壊されていました。嵐が通った跡からほんの一、二ヤード向こうでは、つつましい花も、高い木も、あの可哀想なかよわい娘も、みな無事に新しい一日の水晶のような清らかさと平和のうちに目醒め、娘は跪いて天に感謝を捧げていました。

竜巻の通り道を行くことは、人間には不可能でした。あの束の間の大災害によって、高い森の残骸が滅茶滅茶に積み重ねられていたからです。わたしはそこを横切りました。大変な骨折と忍耐をして、幾度も足を滑らしたり転んだりした揚句、向こう側に着いた時は精魂尽き果てていました。わたしはしばらくそこに坐り込んで、元気が回復するのを待ちました。そして物を食べていますと（本当に、天の恵みを祝福しなければいけません）、立ち並ぶ大木の中をあちこちさまよっていたわたしの目が、白い目印をつけた樹の幹に留まりました。そうです、天意の導きによって、わたしは行くべきまさにその道へ案内されていたのです。わたしはすっかり気が楽になって、足取りも軽く、島の高台を横断しました。

もうじき正午になろうという頃、わたしは服もボロボロになり、歩き疲れて、急な下り坂の天辺に辿り着くと、海を見下ろしました。海岸はどこもかしこも、夜の竜巻に掻き立てられた波が特別に激しく岸を打ち、雪の房をつくっていました。わたしのすぐ足元に、椰子の木が生えている岩壁に囲まれた港が見えました。港のすぐ外に一隻の船が波に揺られていましたが、帆柱などもじつに綺麗で、光沢のあるペンキが塗られ、どこをとってもじつに優美で非の打ち処がなかったため、わたしの心は讃嘆の念にあふれました。檣頭からは英国の国旗がたなびき、わたしのいる高い位置からは雪のように白い張板が——船が波立つ海の上に揺られている間に——チラチラと見え、甲板に置かれた椅子などの上に日の光がきらめいていました。してみると、これがわたしの逃げ込むべき船なのです。困難なことのうちで残っているのはただ一つ——あの船に乗ることだけでした。

三十分後、わたしはとうとう森から出て、入江の縁に行きました。揺れる青い大波がそこへ入って来て、驚くほど大きな音を立てて岸に砕けていました。木の生えた岬が快走船を隠しており、処女地のような涼しい浜をしばらく歩いて行くと、一艘のボートに目が留まりました。それは天然の港に引き込んであり、安全に波に揺られていましたが、人は誰もいませんでした。乗っていたはずの人を探してあたりを見ると、やがて森の入口のところにまだ赤い焚火の熾が見つかり、そのまわりに水夫たちがとりどりの格好で手足を伸ばして、眠っていました。わたしはそばへ近づきました。大部分黒人で、白人はわずかでしたが、みなちゃんとした快走船の乗組員の服装をしており、一人は、庇のついた帽子と輝くボタンから航海士であることがわかりました。そこで、この男の肩に触りました。男はハッとして起き上がり、その動作が鋭かったのでほかの者も目を醒ましました。男たちはみなびっくりして、わたしをまじまじと見ました。

「何の用です?」と航海士が訊きました。

「快走船に乗りたいんです」とわたしは答えました。

かれらはみなこれを聞いて慌てたらしく、航海士は少し鋭い口調で、あなたは何者かとたずねました。わたしはサー・ジョージに会うまで名前を隠しておくことに決めておりましたので、最初に口から出た名前はセニョーラ・メンディザバルでした。それを聞くと、船乗りたちの間に衝撃が走りました。黒人たちは食い入るようにわたしを見つめ、白人も少し驚き、怖がっていました。わたしはすぐに悪戯っ気を起こして、こう言い足しました。「もしこの名前が初耳なら、わたしをメタムヌボグとお呼びなさい」

わたしは言葉があれほど素晴らしい効き目をあらわすのを見たことがありませんでした。黒人たちは両手を上げて、前の晩フードゥーの焚火のまわりで見たのと同じ仕草をしました。一人、また一人とこちらへ駆けて来て跪き、わたしの破れた服の裳裾に接吻しました。白人の航海士が大声を上げて罵り、おまえたち、気でも狂ったのかと叫ぶと、黒い船乗りたちは彼の肩をつかみ、話し声の聞こえないところまで連れて行って、取り囲んで大口を開け、いろいろ突飛な仕草をしました。航海士は頑張っているようでした。大声で笑い、反対し、抗議する仕草をしていましたが、結局理詰めで言い負かされたのか、逆らうのに疲れただけなのかわかりませんが、降参しました——慇懃に、けれども、腹の底で嘲笑っているような様子をしてわたしに近づくと——帽子に手を触れて、「奥様」と言いました。「そういうお方でしたら、どうぞボートにお乗り下さい」

「ネモローザ号」（それが快走船の名前だったのです）でわたしを迎える船員たちの態度にも、同じように区々なところがありました。船は舷縁を揺らしながら、青い海を掻きまわして雪のような水泡をつくっていましたが、大きく優雅な船体から声がとどくところへ来るや否や、舷牆に黒人、白人、黄色人種の大勢の船乗りの頭がズラリと並びました。この船乗りたちとボートに乗り組んだ数人が大声を張り上げて、わたしにはわからない共通語で何か話しはじめました。全員の目が乗客のわたしに向けられ、黒人たちがふたたび天に両手を差し上げましたが、今度はまるで熱烈な驚きと喜びに満ちているかのようでした。

舷門の端で、わたしはもう一人の航海士に迎えられました。金髪の頰髯をもじゃもじゃに生やした紳士風の人物で、わたしは彼にサー・ジョージに会いたいと言いました。

「しかし、これは――」相手はそう言って、口ごもりました。

「わかっています」わたしを海岸から連れて来たもう一人の航海士が言いました。「でも、仕方がないじゃありませんか。黒ん坊どもを見てごらんなさい！」

その方に目を向けると、わたしの目が留まるたびに、気の毒な無知なアフリカ人たちは、まるで神のごとき人物の前に出たかのように頭を下げ、お辞儀をし、両手を宙に投げ出しました。頰髯の航海士はすぐに部下の意見が正しいと思ったようです。今は非常な敬意を示してわたしに話しかけました。

「サー・ジョージは島にいます、奥様。貴方様のお許しがあれば、ただちにそちらへ向かいましょう。船室の用意はととのっています。乗客係、グレヴィル夫人を下へ御案内しろ」

わたしはこの新しい名前で、驚きのあまり考えることも物を言うこともできないまま、広く風通しの良い船室へ案内されました。その部屋は壁に武器が掛かり、ディヴァーンがまわりに並んでいました。乗客係は「何か御用はありませんか」と訊きましたが、わたしはもうすっかりくたびれ、まごつき、動揺していたので、独りにしてくれといって彼を退らせ、クッションの山の上に身を沈めました。やがて船の動きが変わったので、進みはじめたことがわかりました。わたしの考えは明晰になるどころか、ますます乱れて来ました。そこに夢が混じってもう支離滅裂になり、いつのまにか夢を見ぬ眠りに落ちていました。

目醒めた時は、一昼夜が過ぎて、ふたたび朝になっていました。ふたたび目を開けて見た世界は、奇妙に上下に泳いでいました。傍らにある袋の中の宝石がたえまなくカチャカチャと鳴り、時計と気圧計が振子のように左右に揺れ、頭の上で船乗りたちが働きながら歌を歌って、巻いたロープが甲板の上でガタガタと音を立てていました。けれども、自分が海にいるのに気づくまでは長いことかかりましたし、わたしをそこへ連れて来た悲劇的で謎めいた不可解な出来事を、一つ一つ思い出すにも長くかかりました。

わたしは今までのことを思い出すと、意外にもそのままにされていた宝石を服の胸元に突っ込み、すぐそばのテーブルに銀の鈴があるのを見て、それをやかましく鳴らしました。乗客係がすぐにやって来ました。わたしは食べ物を求め、彼はテーブルに物を並べはじめましたが、その間も、いやにしつこくわたしをじろじろと見ていました。わたしは決まりの悪さをまぎらすために精一杯くつろいだふりをして、快走船というものは普通こんなに大勢の乗組員がいるのかと訊いてみました。

「マダム」と彼は言いました。「あなたが誰方(どなた)か存じませんし、どういう狂った気まぐれで、自分のものではない名前と恐るべき運命を横取りなさったのか存じませんが、心から忠告いたします。島に着いたら、すぐ——」

その時、彼の言葉は頰髯を生やした航海士に遮(さえぎ)られました。航海士は気づかれぬように背後(うしろ)から入って来て、彼の肩に手を置いたのでした。乗客係の顔が突然青ざめ、死ぬほどの恐怖が刻まれて、それが彼の言葉の驚くべきつけたりとなりました。

「パーカー!」航海士はそう言って、扉を指さしました。

「はい、ケンティッシュさん。どうかお許しください、ケンティッシュさん!」乗客係はそう言って、真っ青な顔で船室から姿を消しました。

すると航海士はわたしに坐れと言って、わたしのために食べ物を取り分け、自分も一緒に食事をしました。「奥様の杯にお注ぎしましょう」と言って、生(き)のラム酒が入った大コップを渡しました。

「まあ」とわたしは言いました。「こんなものを飲むとでもお思いなの?」

航海士は腹の底から笑いました。「あなたがあんまりお変わりになったので、何をどう思ったら良いかわからないのですよ」

　そのすぐあと、白人の船員が部屋に入って来てわたしたちに挨拶し、ケンティッシュ氏に報告をしました。船が一艘現われて、この船のそばを通り過ぎるはずだが、ハーランド氏は船舶旗のことで迷っているのだと。

「そんなに島に近づいているのか?」とケンティッシュ氏は訊きました。

「ハーランドさんはそう言ったのです」船員はお辞儀をしてこたえました。

「あまり近づかん方が良いな」とケンティッシュ氏は言いました。「ハーランドさんによろしく伝えてくれ。そして、もしその船が活(い)きの良いボートのようだったら、星条旗を見せてやれ。だが、のろまな船で楽に追い抜けそうだったら、『ジョン・ダッチマン』を掲げてやれ。そいつは海じゃ不作法の別名だから、呼びかけや遭難信号の旗を無視しても注意を惹(ひ)かんだろう」

　船員が甲板に戻るや否や、わたしは不思議に思って航海士の方を向きました。「ケンティッシュさんとおっしゃいましたね」とわたしは言いました。「あなたは自分の船の旗が恥ずかしいんですの?」

「海賊旗(ジョリー・ロジャー)のことですかな?」彼は大真面目な顔でたずね、そのあと、すぐに大声で笑い出しました。「失礼。しかし、あなたがせっかちな御性分だと初めて気がついたものですから」

　そのあとはどうやってもこの謎の説明を聞き出すことはできず、彼は調子良く月並なことを言ってはぐらかすだけでした。

そうこうする間に、「ネモローザ号」の動きがだんだん穏やかになって来ました。と同時に速度も落ち、しばらくすると海に錨が下ろされて、不機嫌そうに沈みました。ケンティッシュ氏はすぐに立ち上がり、腕を貸してわたしを甲板へ連れて行きました。甲板へ上がるとわかりましたが、そこは停泊地で、船はたくさんの低い岩だらけの小島に囲まれ、数知れない海鳥があたりを飛んでいました。目の前には緑の木々が生えたやや大きな島があり、低い建物が二、三建っていて、何とも突飛な造りの桟橋がありました。そしてわたしたちの船よりも少し海岸寄りに、もっと小さい船が停泊していました。

四方を見まわす閑もないうちにボートが下ろされました。わたしはそれに乗せられ、ケンティッシュ氏が隣に坐って、ボートはすぐ桟橋に近づきました。武器を持ってぶらついている人相の悪い連中――黒人も白人もいます――がわたしたちの上陸を見ていました。黒人たちの間でふたたびあの言葉がささやかれ、わたしはふたたび平伏と手を高く差し上げるあの仕草で迎えられました。そのことや、男たちの様子や、法律の通用しない海に囲まれた場所へ来てしまったことのために、わたしは少し心細くなって来て、ケンティッシュ氏の腕にしがみつくと、これはどういうことなのか教えてくれと言いました。

「いいえ、マダム。あなたなら御存知でしょう」彼はそう言うと、わたしを連れて群衆の中を素早く通り抜け、人々はかなりの距離を置いてわたしたちに跟いて来ました。ケンティッシュ氏は不安そうに今も度々ふり返ってかれらを見ていましたが、やがて物がごちゃごちゃと置いてある囲い地にぽつんと建っている低い家のところへわたしを連れて行き、扉を開けて、お入り下さいと言いました。

「でも、なぜです?」とわたしは言いました。「サー・ジョージに会いたいと言ったじゃありませんか」

「マダム」ケンティッシュ氏は突然雷のように険悪な顔をして、言いました。「はっきり言うと、わたしはあなたが誰かも何者かも知りません——あなたがその名を名告っている人物ではないこと以外にはね。しかし、何者であれ、密偵、幽霊、悪魔、あるいは無分別な悪戯者であれ、今すぐあの家に入らなければ斬って捨てるまでです」そう言いながらも、跟いて来る黒人の群に不安そうな眼差しを向けました。

わたしは重ねて脅されるのを待たず、胸をドキドキさせて、すぐ言われた通りにしました。次の瞬間、外から扉の錠が下ろされ、鍵が引き抜かれました。家の中は奥行が深くて天井が低く、家具は何もありませんでしたが、砂糖黍や、タールの樽や、タールのついた古い綱などの雑多な燃えやすい物でほとんど端から端まで一杯になっていました。扉に鍵がかけられただけでなく、唯一の窓にも鉄格子が嵌まっていました。

わたしはもうすっかりまごついて怖くなっていたので、もう一度コルダー氏の奴隷になれるものなら、寿命を何年か縮めても悔いなかったでしょう。両手を組み、絶望の像という格好で立ったまま、物置部屋の中を見まわしたり、天を仰いだりしていました。と、その時、窓格子の外に真っ黒な男の顔が現われ、そばへ来るようにと横柄に合図しました。わたしがそうすると、男はすぐさま熱情をあらわにして、何かわたしの知らない野蛮な言葉で長話をはじめました。

「ねえ」わたしは額に手をあてて言いました。「わたしには一言もわからないわ」

「えっ?」と男はスペイン語で言いました。「フードゥーの力は偉大なるかな！　この方は心まで変わってしまった！　ですが、おお、女祭司長よ、なぜ言いなりになってこの小屋に閉じ込められたんです?　なぜ、あなたの奴隷に一声かけて身を守らせなかったんです?　すべてはあなたを殺すために用意されたのだとおわかりになりませんか?　ちょっと火の粉でも散らせば、この薄っぺらな家は燃え上がります。ああ！　そうしたら誰が女祭司長になるんでしょう?　奇蹟の御利益はどうなるんでしょう?」

「まあ、何てこと！」とわたしは叫びました。「サー・ジョージに会えないの?　わたし、あの人と話さなければなりません。ああ、サー・ジョージのところへ連れて行って！」恐ろしさにすっかり勇気が挫けて、わたしは膝をつき、すべての聖者様に祈りはじめました。

「あっ！　あいつらが来ましたぜ！」黒人はそう言って、まっ黒な頭をたちまち窓から引っ込めました。

「そんな馬鹿げたことは、生まれてからこの方聞いたことがないぞ」と叫ぶ声がしました。

「それはわたしたちもそう思います、サー・ジョージ」ケンティッシュ氏の声がこたえました。

「ですが、わたしたちの身にもなって下さい。黒ん坊どもはこちらの倍近くいるんです。それに言わせていただければ、奴らの思い込みを考えますと、こういう間違いをいたしましたのは、我々全員にとってまったくの幸運だと思いますが」

「これは運不運の問題ではない」とサー・ジョージはこたえました。「わしの命令の問題だ。言葉通り受け取って良いが、ケンティッシュ、ハーランドかおまえかパーカーを——あるいは三人共——この一件で吊るし首にしてやるからな。これがわしの気持ちだ。鍵を渡して、あっちへ行け」

そのあとすぐ錠の中で鍵がまわり、戸口に現われたのは四十歳から五十歳の間の紳士で、あけっぴろげな顔つきをしており、身体つきはたくましく整っていました。

「お嬢さん、一体、あなたは誰方なんです?」と彼は言いました。

わたしは堰を切ったようにしゃべりだして、身の上を語りました。彼は最初から、ひどくびっくりして話を聴いていましたが、セニョーラ・メンディザバルが竜巻で死んだくだりへ来ると、文字通り宙に跳び上がりました。

「可愛い娘や」彼はわたしを両腕に抱きかかえて、叫びました。「君の父親と言っても良い男を許しておくれ！　生まれてからこの方、こんな目出度い報せは聞いたことがない。あのムラートの鬼婆はほかならぬわしの妻だったのだ」彼は喜びのあまり気が抜けたように、タールの樽に腰かけました。「まったく、天の配剤というものを信じたくなって来たよ。それで、君のために何をしてやれるかね？」

「サー・ジョージ」とわたしは言いました。「わたしはもうお金持ちなんです。あなたに求めるのは保護だけです」

「一つ了解してもらいたい」彼は力をこめて言いました。「わしはけして結婚はせん」

「そんなことをお頼みしたんじゃありませんわ」わたしは可笑しさを堪えきれなくなって言いました。「ただイギリスへ、この逃亡奴隷の本来の故郷へ連れて行っていただきたいだけです」

「うむ」とサー・ジョージはこたえました。「正直言って、愉快な報せを持って来てくれたお礼に、そのくらいはしてやるべきだろう。それに君の父親はわしの役に立ってくれた。じつはな、わしは事業でささやかな資産をつくった――宝石の鉱山や、海軍の代理業などでな。それで、もう会社を解散してデヴォンシャーの屋敷に隠居し、独身で、質素な老後を過ごそうと思っているのだ。情は人のためならずだ。君がこの島や、このささやかな焚火の支度やわしの不幸な結婚のことを黙っていてくれるなら、『ネモローザ』に乗せてイギリスへ連れて行ってやろう」

わたしは喜んで、この条件を嚥みました。

「もう一つ」と彼は言いました。「亡き妻は、黒人の間では一種の妖術使いとして通っていた。奴らはみんな妻が君の綺麗な身体に生まれ変わったと思い込んでいる。だからな、そう思わせておいてもらいたいのだ。そして、フードゥーだか何だかの権威にかけて、わしは今から神聖な人物になったと奴らに断言してもらいたい」

「そういたします」とわたしは言いました。「父の思い出にかけて。誓いを破ることはけっしてありません」

「わしはどんな誓いよりも良いものを、おまえの弱味を握っている」サー・ジョージは北叟笑(ほくそえ)んで、言いました。「おまえは逃亡奴隷であるだけでなく、おまえ自身の話によると、盗んだ宝物をたんまり持っているんだからな」

　わたくしはハッとして口をつぐみました。その通りなのです。あの宝石がもう自分の物ではないことを、すぐに悟りました。それと同時に、宝石を取り戻さなければならない――そうです、たとえ、たった今取り戻したばかりの自由を失っても、と心に決めました。ほかのことをすべて忘れ、ニヤニヤしてこちらを見ているサー・ジョージのことも忘れて、わたしはコルダー氏の手帳を引っ張り出すと、死にかけたあの男が遺言を殴り書きしたページをめくりました。それを読んだ時の嬉しさと良心の咎(とが)めを何と言って御説明すれば良いでしょう！　わたしの犠牲者はわたしを解放しただけでなく、あの宝石の袋も遺贈してくれたのです。

　わたしのありのままの物語もそろそろおしまいです。サー・ジョージと若返った妻ということになっているわたしたちは腕を組んで黒人たちに姿を見せ、黒人たちは歓声を上げて、船に乗る場所までついて来ました。そこでサー・ジョージはあたりを見まわし、古い仲間に向かって演説をして、かれらに礼を言い、男らしく別れを告げました。その演説のおしまいの方で言ったいくつかの言葉は今も憶えています。「もし諸君らの誰かが金に困っても」と彼は言いました。「わしのところへ来んように気をつけたまえ。第一に、わしは何としてもおまえたちを殺させるし、それが上手く行かなければ警察に突き出すからだ。強請（ゆす）っても効き目はない。わしはなしくずしにやられるくらいなら、一発勝負に出る。おまえたちの誰かに一文でもやるよりは、罪を曝（あば）かれて絞首刑になった方がましだ」その夜、船は出帆してニューオリンズの港へ行き、わたしはそこから例の手帳を、神聖な預り物としてコルダー氏の息子に送りました。一週間後、船員たちはみな給料をもらって解雇され、新しい人間が乗り組み、「ネモローザ号」は英国へ向かって抜錨（ばつびょう）しました。

これほど楽しい船旅は想像することもできませんでした。サー・ジョージはもちろん誠実な人間ではありませんでしたが、気取らない陽気な性格で、若い者には親しみやすく思われました。それに彼が今後の計画を語るのを聞くのは面白かったのです——この先議会に戻って、海事の経験を国の役に立てようというのでした。個人の快走船に乗って海賊をするという考えは、あなたの独創ではないのですか、とわたしは尋ねました。けれども、彼はちがうと答えました。「快走船というのはね、バルデビアさん、正札（しょうふだ）つきの厄介物なんだ。密輸をするのは誰だね？　鮭のとれるスコットランド西部の川から鮭を強奪するのは誰だね？　猟場番人が邪魔をすると、こっぴどくやっつけるのは誰だね？　快走船の乗組員と持主だよ。わしがやったことはその線を少し延長したにすぎん。それに、わしの公平な意見を訊きたいというなら、こうしたことをやっているのはわしだけじゃないと思うよ」

手短に言うと、わたしたちは大の仲良しになり、父と娘のように暮らしました。もちろん、わたしは道徳的に優れた人にのみ払うべき尊敬を、この人には払いませんでしたが。

英国まであと数日という時、サー・ジョージは海外へ向かう船から新聞を一束手に入れました。その運命の時から、わたしの不幸がまた始まったのです。その日の晩、彼は船室に坐って記事を読みながら、英国の衰退や海軍のひどい状態について愉快な批評をしていました。その時、彼の顔色が突然変わったのに気づきました。

「おやおや！」と彼は言いました。「こいつは困った。えらく困ったことになったぞ、バルデビアさん。君が分別ある忠告に耳を貸さなかったからだ。手帳をコルダーの息子なんかに送るからだ」

「サー・ジョージ、それはわたしの義務だったんです」とわたしは言いました。

「ともかく、そのおかげで結構な報いが来た。それに、非常に残念だが、わしも君とは縁切りだ。このコルダーという奴が君の本国送還を求めている」

「でも」とわたしは言い返しました。「奴隷は英国では安全なはずです」

「そうだとも」と准男爵はこたえました。「だが、奴隷ではない。バルデビアさん、奴が引き渡しを求めているのは泥棒だ。奴はこっそり遺言を破棄して、君がお父さんの破産財団から十万ポンド相当の宝石を奪ったと告発している」

この憎むべき言いがかりへの憤慨と自分の不幸な運命への心配とで、わたしがすっかり参ってしまったものですから、気の良い准男爵は急いで励ましてくれました。

「悄気(しょげ)ることはない。もちろん、わし自身はおまえさんと手を切る。わしのような地位の男は――准男爵で旧家の血筋だったりすると――つきあう相手によほど気をつけねばならんからな。しかし、自分で言うのもなんだが、わしは怒らせなければとんでもないお人好しだから、おまえの身が立ちゆくようにできるだけのことはしてやろう。現金を少し貸してやる。ロンドンの優秀な弁護士の住所を教えてやるし、おまえが疑われずに上陸する方法を見つけよう」

彼はあらゆる点で約束を守りました。四日後、「ネモローザ号」は夜闇にまぎれてイングランド沿岸の港へ忍び入り、音が立たないように布を巻いた櫂(かい)を漕ぐボートが、鉄道駅のそばの岸にわたしを上陸させました。わたしはそこから、サー・ジョージの指示に従って遠まわりの道を手探りで進み、プラットホームにベンチを見つけると、男物の毛皮の大外套に身を包んで夜明けを待ちました。駅舎の窓の一つに明かりがともった時、あたりはまだ真っ暗でした。東空にまだ暁の暖かい色がささないうちに、一人の赤帽が角燈(ランタン)を持って扉から出て来ると、不運なテレサに面と向かいました。彼はあたりを見まわしましたが、夜明けの灰色の薄明かりのさす港には人気(ひとけ)もなく、快走船はとうに姿を消していました。

「あんたは誰です?」と赤帽は声を上げました。

「旅人です」とわたしは言いました。

「どこから来たんですか?」

「朝一番の汽車でロンドンへ行くんです」

こんな風に、まるで幽霊か新たな被造物のようにして、宝石の袋を抱えたテレサは英国に上陸したのです。彼女はこういう秘かなやり方で、前歴もなければ名前もなく、新しい国の何百万という人々の仲間入りをしたのです。

それ以来、わたしは弁護士の臨時の取り計らいによって生活しており、静かな下宿に隠れ、キューバの密偵につけまわされて、自由と名誉をいつ奪われるかもわからないのです。

茶色の箱（結び）

ハリー・デスボローはこの話を聞くと、たちどころに信じ込んだ。美わしきキューバ娘は世にも美しい娘だったが、今や彼の目にはこの世でもっともロマンティックで、無垢で、不幸な婦人と映った。彼は自分の気持ちを何と言ったら良いかわからなかった——かくも生き生きした波瀾（はらん）万丈の経歴に対し、何という同情を、賞賛の念を、若者らしい羨望（せんぼう）をおぼえたかを言いあらわすことができなかった。

「ああ、マダム！」彼は口を切り、崇拝の念にふさわしい言葉が見つからなかったので、娘の手を取って握りしめた。「僕を信頼して下さい」

彼はまごつきながら情熱をこめてそう言い足し、その部屋と輝く女魔法使いの魔法の輪から何とか抜け出すと、まるで空から堕ちた天使のように、外の見慣れない景色の中でくすんだ家々をながめ、くすんだ色の通行人たちを不思議に思っていた。立ち去る時、彼女はニッコリ微笑（ほほえ）みかけてくれたが、何と意味ありげな美しい笑顔であったろう！　その記憶はいつまでも胸に残り、楽団がいるレストランへ行くと、フルートが（まるで楽園の笛のように）食事の伴奏をしてくれた。弦楽はあの別れ際の微笑の旋律に合わせて鳴り、それに彼が望むような意味の注釈をつけた。平凡な、いささか物寂しい人生に於いて初めて、彼は自分に音楽の趣味があることを知った。

　翌日も、その翌日も、彼の思いはあの楽しい曲に合わせて動くのだった。ある時は彼女と会って好意を示され、ある時はちっとも会えず、ある時は会っても無視された。階段に彼女の足音がしただけで、彼は恍惚（こうこつ）となった。彼が探し出して読んだ本はキューバに関する本で、彼女のことを間接に語っていたし、ほかならぬ大家の女将（おかみ）さんの居間にも、まさにああいうハリケーンのことを語り、彼女の話の真実性をごく些細な点に至るまで裏づける（もし裏づけが必要なら）本があった。やがて彼は若い恋のいともいじらしい気分に陥った——恋する男が自分を図々（ずうずう）しい奴だと軽蔑する気持ちである。一体、俺は何だというのだ？　退屈な奴、平凡な無職の男、冒険もしたことのない男、不純で不誠実な男ではないか。それが、火と空気からできていて、あのような比類のない人生経験によって神聖化され、飾られた娘に焦（こ）がれるとは！　もっと彼女にふさわしい人間になるには、どうしたら良いのだろう？　自分のように地べたを這（は）う存在にあの眼を向けてもらうには、いかなる献身をすれば良いのだろう？

　彼はそこで、広場の静かな一画へ赴いた。心優しい若者である彼は、そこの人見知りな常連たち、半野良の猫や、児童病院の窓の前にぶら下がっている子供たちの間に知り合いの輪をつくっていた。そこを歩きながら、自分の欠点の深さと恋しい人の素晴らしい美徳の高さを思い、時には地上へ降りて、幼い病人の兄弟に優しい言葉をかけ、時には女の中の女王であり、自分の人生の陽光（ひかり）である女（ひと）のことを思い出して、大きな息をついた。

どうすれば良いのだろう？　テレサは午後になると家を出て行く習慣があることに、彼は気づいていた。ことによると、キューバの密偵に危険な目に遭わされて、そういう時、味方がいれば助かるかもしれない。それなら、自分が尾（つ）いて行ったらどうだろう？　お供をしますと言うのは差し出がましいだろう。大っぴらに追いかけるのは、いかにも出過ぎた行為だ。自分はもっと隠密な役割をせざるを得ないと思った。そういうことはいくつかの点で気に染まなかったが、探偵術を以てすれば遂行できることを疑わなかった。

翌日、彼は計画を実行に移した。しかし、トッテナム・コート通りの角でセニョリータは急にうしろをふり返ると、彼に面と向かっていかにも喜び、驚いている様子をした。

「まあ、セニョール、わたしもたまには運が良いこともありますのね。ちょうど言伝（ことづて）を伝える人を探していたんです」そう言って、いとも可憐な微笑を浮かべ、彼をロンドンのイースト・エンドへ特派したが、彼は言われた所番地を見つけることができなかった。遍歴の騎士としては無念だったが、成果なくさまよい歩いて疲れ果て、大失敗に呆然として夜分帰って来ると、御婦人は親しげに彼を迎えて言った――それでかえって良かったんです。あのあと気が変わって、言伝を託したことをずっと後悔していたんですから、と。

翌日、彼は同情と勇気に燃え、生命に替えてもテレサを守るのだと決意して、また骨の折れる仕事を始めた。しかし、苦痛に満ちた衝撃が彼を待っていた。狭いひっそりしたハンウェイ街で彼女は突然ふり返り、これまで青年が見たこともない態度で、目を光らせて話しかけたのである。

「わたしのあとを尾けてらっしゃるの、セニョール？　これが英国紳士の振舞いですの？」

ハリーは平謝りに謝って赦しを乞い、もう二度としないと誓った末に、悄然と打ち萎れて退散した。この歯止めは効いた。彼はあの奉仕の道を諦め、ふたたび広場やテラスをぶらつき始めた。後悔と愛に満たされ、立派でもあり愚かしくもあり、年輩者が軽侮ないし羨望するにふさわしい対象だった。こうした無為の時、愛する人の姿を一目見たいと幸運の女神を口説いている間に、彼は自然とこの家のまわりへ来る人間の物腰や風采を観察することになった。あの若い御婦人を時折訪ねて来る人間は一人だけだった。かなり背の高い男で、目立つ特徴といえば、アメリカの教会の執事が生やしているような顎鬚というういかがわしい飾りだけだった。この男の外見の何かがハリーの気に障った。嫌悪感は日に日につのり、ついに勇気を奮い起こして、美わしきキューバ娘にあれは誰なのかと尋ねた時、彼は返事を聞いていっそう狼狽えたのである。

「あの方はね」娘は顔に抑えきれぬ微笑を浮かべて言った。「あの方はね、隠さずに言いますけれど、わたしと結婚したがっていて、すごく熱心に、敬意を持ってわたしに言い寄るんです。

ああ、何とお答えしたらいいんでしょう？　わたし、よるべないテレサはそんなお申し込みを断わるべきでしょうか、承知するべきでしょうか？」

ハリーは怖くて、それ以上何も言えなかった。恐ろしい嫉妬の苦しみが彼を立ちすくませ、礼儀正しく暇を告げる気力もないほどだった。自分の部屋で独りになると、彼はありとあらゆる絶望の兆候を示した。セニョリータを熱愛していたが、彼の心を悩ましているのは、彼女がべつの男と結ばれるかもしれないという考えだけではなく、求婚者がそれにふさわしくない男だという拭い難い確信だった。侯爵や、主教や、凱旋する将軍や、いや、誰であれはっきりした取柄のある男にならば、彼は苦い喜びをもって彼女を譲っただろう。彼は自分がうんと遠くから婚礼の一団のあとについて行く姿を想像し、今は宝物を奪われた悲しい家に帰るところを想像した。絶望のあまり泣いたかもしれないが、潔く耐えることができるだろうと思った。しかし、この一件はそんな風に思えなかった。あの男はどう見ても紳士ではない。物に怯えたような、コソコソした、うしろめたそうな様子をしている。爪は真っ黒だし、相手の目をまともに見ない。彼女を愛しているというのは、きっと口実だろう。念の入った変装をしているが、奴はおそらくキューバの密偵なのだ！　ハリーはこの疑いをきっと確かめてやると誓い、翌晩、男がいつも訪ねて来る時刻に、広場の三つの出入口を一望できる場所に陣取った。

やがて四輪馬車がガタゴトと戸口まで来て、顎鬚の男が降り、御者に金を払うと、茶色の箱を背中に担いで家に入った。半時間後、男は箱を持たずにまた出て来て、早足で東の方へ向かった。デスボローはテレサを尾行する時に見せたのと同じ巧みさと用心深さで、彼女の求愛者の足取りを追った。男はやがてぶらぶら歩きはじめ、小さな果物屋や煙草屋の商品を興味深げに調べはじめた。二回も急いで以前の道筋に戻り、それから、まるで一時の躊躇(ためら)いを急にふり捨てるかのように、決然としてふたたび足早にリンカーンズ・インの方角へ進みはじめた。しまいに人気(ひとけ)のない横丁でふり返ると、前より老けて青ざめたような顔で、ハリーに近づいて来た。そして少し厳しい口調で、以前(まえ)にお目にかかったのではありませんか、と尋ねた。

「ええ」ハリーは少しまごついたが、断固としたところを示して言った。「それにわざとあなたを尾(つ)けていたことを否定しません」こう言い足したのは、すべての男の心が今もテレサのことを考えていると決め込んでいたからである。「その理由は御推察できるでしょう」

すると、顎鬚の男は麻痺したようにブルブルと震えはじめた。数秒間、何か言いたいが、恐ろしくて口が利けない様子だったが、突然パッと走り出すと、凄まじい速さで逃げ出した。

ハリーは最初呆気(あっけ)に取られて、追い駆けることも忘れていた。ハッと気づいて全力で走ったけれども、顎鬚の男が辻馬車に乗り込む姿がチラと見えただけで、馬車はたちまちホーボーンの動く群衆の中に消えた。

この異常な振舞いに当惑し、度を失ったハリーはクイーン広場の家に戻ると、勇気を出して初めて美わしきキューバ娘の扉を叩いた。お入りなさいと言われて入ってみると、娘は茶色い木のトランクの傍らに、やや打ち沈んだ様子で跪(ひざまず)いていた。

「セニョリータ」ハリーはいきなり口を切った。「あの男は、あなたが思っていらっしゃるような人間かどうかわかりませんよ。僕が尾けていることを奴が知り、僕もそう認めた時のあいつの態度は、正直な人間の態度ではありませんでした」

「まあ！」娘は絶望したように両手を上げて叫んだ。「ドン・キホーテさん、ドン・キホーテさん、また風車小屋を槍で攻撃なさったの？」それから笑って、「可哀想に！」と言い足した。「あの人、どんなに怖がったことでしょう！　お教えしますが、キューバの当局者がこちらにいて、哀れなテレサはもうじき見つかってしまうかもしれないんです。わたしの弁護士事務所から来るあのつまらない事務員だって、いつ何時(なんどき)武装した密偵につかまるかもしれませんわ」

「つまらない事務員？」とハリーは叫んだ。「でも、あなたと結婚したがっているとあなた御自身でおっしゃったじゃありませんか！」

「英国人は、冗談というものがお好きだと思っていました」娘は平然とこたえた。「じつを申しますと、あの人は弁護士の事務員で、今夜悪い報せを持って来たんです。わたし、窮地に陥っているんですの、セニョール・ハリー。わたしを助けてくださいませんか？」

何とも嬉しいこの言葉を聞いて、青年の心は躍った。彼女の役に立てると考えただけで希望と誇りと自尊心が燃え立ち、御婦人の冗談のことなど忘れてしまった。「お望みですか？　僕にどんなことができます？　さあ、おっしゃって下さい」

美わしきキューバ娘はたしかに偽りでない感動を露わにして、箱に手を置いた。「この箱にわたしの宝石と、書類と、衣装が入っています。一言で言えば、わたしをキューバと、そして恐ろしい過去と今なお結びつけるものが全部入っているんです。これを英国からこっそり持ち出さなければなりません。弁護士の意見では、そうしないとわたしは破滅して、取り返しのつかないことになるんです。明日、アイルランド行きの郵便定期船に信用できる人が乗って、この箱を待っています。残っている問題は、箱をホーリーヘッドまで運んで汽船に乗せて、すぐロンドンへ引き返して来る人を見つけることなんです。あなた、やって下さいますか？ 明日朝一番の汽車で出発して、言われたことを厳重に守り、自分がキューバの密偵に囲まれていることを忘れないでいて下さいますか？ うしろをふり向きもせず、関心を露わすような仕草をせず、箱を置いたまますぐに下船して下さいますか？ これをやって、あなたの友達を助けて下さいますか？」

「どうも良くわからないんですが――」とハリーは言いかけた。

「わたしだって同じです」とキューバ娘はこたえた。「わたしたちが理解する必要はありませんわ。弁護士の指示に従えばいいんです」

「セニョリータ」ハリーは真面目に言い返した。「もちろん、あなたのためなら、そんなことはお安い御用です。僕は何だって喜んでいたしますから。でも、一言だけ言わせて下さい。もしもロンドンに宝物を置いておくのが安全でないなら、あなたにとっても、いつまでも安全ではありませんよ。僕に弁護士の計画が少しでも推測できるとすれば、僕が帰って来た時、あなたはもうお逃げになっているんじゃないかと思うんです。僕は人から利口な男と思われていませんし、思いをハッキリ言うことしかできません。あなたが好きです。あなたのことが全然わからなくなるのは、耐えられません。あなたの僕（しもべ）である以上のことは望みません。便りを下さるだけでいいんです。ああ、どうか、それだけは約束して下さい！」

「いいですわ」彼女はちょっと間を置いて、言った。「そうするとお約束します」その言葉は真剣だったが、大きな困惑と強い感情の葛藤が顔にあらわれていた。

「あなたに言っておきたいんですが」とデスボローは話をつづけた。「もし事故が起こった場合は……」

「事故ですって！　どうして、そんなことをおっしゃるの？」

「わかりません。あなたは僕が帰る前に行ってしまわれるかもしれないし、長いこと会えないかもしれません。ですから、これだけは知っていただきたいんです。紙巻煙草を下さったあの日以来、あなたが僕の心の中にいなかったことは一度も、ああ、一度もありません。それがあなたのお役に立つなら、僕をあの紙切れみたいに丸めて火の中に放り込んでも結構です。僕は喜んであなたのために死にます」

「帰って下さい！」と娘は言った。「今すぐ帰って下さい！　わたし、頭が混乱しているんです。今何を話しているのかもわかりません。お帰りなさい。おやすみ。ああ、御無事で戻って来て下さいますように！」

自室に戻ると、恐ろしいほどの喜びが青年の心をとらえた。彼女の顔が急に色を失ったことや、最後に言った切れぎれの言葉を思い返すと、彼の心は狂喜すると同時に不安になった。〝愛〟は実際、悲劇の仮面をつけて彼を見たのである。だが、それがどうした？――少なくともそれは愛なのだし、少なくとも彼女は別れ際に激しく感動していたのだから。彼はこうした色さまざまな思いと共に床に就き、夜通し夢から夢へさまよった。口には出さぬ思いに悩まされたテレサの白い顔が今も忘れられず、灰色の暁の光が射すと、彼は一種の恐怖にかられて、突然寝床から跳び出した。もう起きるべき時刻だった。彼は服を着て、昨夜用意してあった冷めた食べ物で朝食を済ませ、箱を取りに彼女の部屋へ行った。扉は開いており、室内は妙に散らかっていた。机や椅子はみなわきに押しやられ、部屋の中央には邪魔になる物が何もなくて、まるで思い悩む人間が歩きまわるためにそうしてあるかのようだった。けれども、箱は置いてあり、蓋にこう記した紙がのっていた。「ハリー、あなたが行く前に戻れると思います。テレサ」

彼は坐って待つことにし、目の前のテーブルに時計を置いた。彼女は自分をハリーと呼んだ。それだけで今日一日は明るい陽射しに満たされると思ったが、散らかった部屋の光景を見ると、やはり何か不安になった。寝室の扉が大きく開いていて、彼は神聖なものを瀆（けが）すまいとするように目を外（そ）らしたけれども、ベッドに人が寝た形跡がないことに気づいた。これはどういうことだろうと考え、大丈夫だと自分を納得させようとしているうちに、時計の針がすみやかに出かけることを促した。彼は何よりもまず約束を守る男だった。サウサンプトン・ロウへ駆けて行って辻馬車を拾い、箱を前の席に乗せて駅へ向かった。

街路(とおり)はまだほとんど目醒(めざ)めていなかった。目を楽しませるものはほとんどなく、青年の注意は物言わぬ道連れに集中した。一方の側に札が付けてあり、こう書いてあった。「ドゥーラン嬢、ダブリン行き乗客。ガラス製品。取り扱い注意」美わしき偶像はドゥーランと名告らねばならないのだろうと思って、彼は哀しい驚きをおぼえ、なおも札を良く見ているうちに、暗澹たる憂鬱が心にひしひしと圧(の)しかかって来るのを感じた。それに逆らおうとしても無駄だった。何か恐ろしいことが迫っているという感覚を避けることはできなかった。彼は外を見た。辻馬車は長い無人の街路を進んで行き、うしろからついて来るものは見えなかった。耳を澄ますと、車輪がガタガタいう音の上に重なって、規則正しい静かな音がするのに気づいた。それは箱から聞こえて来るようだった。被(おお)いに耳をあててみると、一瞬、繊細なカチカチという音が聞こえたようだったが、次の瞬間には熄(や)み、もう耳を澄ましても聞こえなかった。彼は自分を笑ったが、それでも物憂い気分が続いたので、目的地に着いた時は一方(ひとかた)ならぬ安堵感をおぼえ、駅前で辻馬車から跳び出したのだった。

たぶんわざとだろうが、テレサは三十分程早い時刻を言ってあった。ハリーは箱を赤帽に預け――赤帽がそれを運搬車にのせると、キビキビとプラットホームを歩き始めた。そのうち本の売店が開いたので、本を見ていると、誰かに腕をつかまれた。ふり返ると、面紗(かおあみ)を掛けてはいるが、美わしきキューバ娘だとすぐにわかった。

「あれはどこにあるの？」娘の声の響きがハリーを驚かせた。

「あれって？　何のことです？」

「箱よ。今すぐ辻馬車に載せてちょうだい。わたし、すごく急いでるの」

ハリーは急いで相手の言葉に従い、予定の変更にびっくりしたが、質問して彼女を困らせはしなかった。辻馬車がまわって来て箱が前の方に担ぎ込まれると、彼女は馬車から少し離れた舗道の上でハリーを手招きした。

「それじゃ」娘は最初彼を驚かせた機械的な声でささやいた。「あなたは一人でホーリーヘッドへ行って下さい。汽船に乗って、格子縞のズボンを穿いてピンクのスカーフをした男に会ったら、万事延期になったと伝えて下さい。もし会わなくても」と泣き声まじりの嘆息をついて、

「かまいません。それじゃ、さようなら」

「テレサ」とハリーは言った。「辻馬車にお乗りなさい。僕も一緒に行きます。あなたは何か悩んでいる。きっと危険に曝されているんでしょう。僕は事情をすべて知るまで、たとえあなたのお言いつけでも、あなたから離れませんよ」

「どうしても？」と娘は訊いた。「ああ、ハリー、わたしの言う通りにした方が良いのよ」

「駄目です」とハリーは頑に言った。

彼女はいっとき面紗ごしに彼を見て、その手をいきなりぎゅっとつかんだが、愛情というよ

りも恐れを感じているようだった。そして彼をつかまえたまま、辻馬車の扉に向かって歩いて行った。

「どこまで行くんです？」とハリーはたずねた。

「家よ。急いで」と彼女は答えた。「料金を倍はずむわ！」二人が席に着くや否や、乗物は駅から狂ったように走り出した。

　テレサは隅でうしろに背を凭（もた）せていた。道々ずっと面紗の下で涙を流しているのにハリーは気づいたが、彼女は何も説明しなかった。二人はクイーン広場の家の戸口で、降りた。御者が箱を下ろすと、ハリーは力のあるところを見せようとばかりに、それを肩に担いだ。

「御者に運ばせなさい」と娘はささやいた。

「そんなこと、しませんよ」ハリーは楽しげにそう言って馬車賃を払うと、テレサが自分の鍵で開けた扉から、あとについて家に入った。女将さんと女中は朝の用足しに出かけ、家は空（から）っぽで静まり返っていた。辻馬車のガタゴトいう音がグロスター街を遠ざかって行き、ハリーは重荷を背負って階段を上っていると、前に聞いたあのかすかな、くぐもったカチカチという音が肩のそばで聞こえた。御婦人は今も先に立って自分の部屋の扉を開け、ハリーが窓際の隅に箱をそっと下ろすのを手伝った。

「それで、何が問題なんです？」とハリーが言った。

「あなたはどうしても行ってくれないの？」娘の声は急に変わって、焦（じ）れったくて堪らないというように両手を打ち合わせた。「ああ！　ハリー、ハリー、出て行ってちょうだい！　ああ！　行って、わたしを自分にふさわしい運命に委ねてちょうだい！」

「運命？」とハリーは繰り返した。「これはどういうことなんです？」

「運命じゃないわ」彼女はふたたび話しつづけた。「わたし、自分が何を言っているかわからないの。でも、独りになりたいのよ。今晩戻って来てもいいわ、ハリー。好きな時に戻っていらっしゃい。でも、今はわたしを放っておいて。今だけは出て行って！」それから突然、大声で言った。「わたし、用事があるの。あなた、それは拒めないでしょう」

「いや」とハリーはこたえた。「用事なんかない。君は悲しんでいるか危険に曝されているんだ。面紗を上げて、どういうことなのか話してくれ」

「それじゃ、わたしの取る道は一つしかないわね」彼女は急に落ち着いてそう言うと、面紗を掲げて顔をあらわしたが、その顔はすっかり血の気が失せ、目は泣き腫らし、額には恐怖に打ち勝った決意があらわれていた。「ハリー。わたし、見かけ通りの人間ではないの」

「そのことは前にも聞いた。何回も」

「ああ、ハリー、ハリー！　わたし、恥ずかしいわ！　でも、これは神かけて真実なんです。わたしは危険な悪い女なの。名前はクララ・ラクスモアというの。ペンザンス〔コーンウォールの港町〕よりもキューバの近くへ行ったことは、ないわ。最初から最後まであなたを騙して、からかっていたの。わたしが何をやっているかは口にする勇気もないわ。実際今日まで、昨夜寝ずに考えるまで、自分の罪深さと卑劣さが理解できなかったの」

青年は愕然として相手を見た。やがて、寛大な気持ちの流れが彼の血管をめぐった。「同じことだ。もしも君がそういう人間なら、なおのこと僕が必要だ」

「こんなことってあるのかしら？　わたしの計画が無駄だったなんて？　あなたは、どうしてもこの死の家から出て行かないの？」

「死の？」

「死よ！　死よ！　あなたがロンドン中を引き摺って歩いて、無防備な肩に担いだあの箱の中には、起爆装置の意のままになるダイナマイトの破壊力が眠っているの」

「何てことだ！」とハリーは叫んだ。

「ああ！」彼女は激しい調子で続けた。「お逃げになる？　この建物の破滅を告げるカチリという音が、もういつ聞こえるかしれないのよ。わたし、マグワイアが何か間違いをしたにちがいないと思って、今朝、夜明け前にゼロのところへ飛んで行ったの。そうしたら、案の定だったわ。恋しいハリー、わたしはあなたがわたしの企みの犠牲になるのを見ました。それで、あなたが好きだとわかったの――ハリー、もう行ってくれない？　わたしにこの不本意な罪を犯させないでくれない？」

ハリーは黙ったまま箱から目を離さなかった。しまいに彼女の方をふり返って、かすれた声で訊いた。

「これが地獄の機械なのかい?」

彼女の唇は「ええ」という言葉の形になったが、声はどうしても出なかった。

ハリーは恐ろしい好奇心を持って箱に近寄り、その上に屈み込んだ。静かな室内ではカチカチいう音がハッキリと聞こえ、その整然とした音を聞くと、血が心臓に逆流した。

「誰のために?」と彼はたずねた。

「それがどうしたというの?」彼女はそう言って、ハリーの腕をつかんだ。「あなたがまだ助かるなら、どうだって良いじゃないの」

「神よ!」とハリーは叫んだ。「でも、児童病院がある! どんな代価を払っても、このろくでもない仕掛けは止めなきゃいかん!」

「できないわ」と彼女は喘いだ。「人間の力じゃ爆発は避けられないわ。でも、あなたは、ハリー――恋しい人、あなたは――今からでも――」

やがて、部屋の隅におとなしくしていた箱から、突然小さな音が聞こえた。時計が時を打つ前の音のようだった。二人は一瞬眉を吊り上げ、石のような目をして見つめ合った。それから、ハリーは顔を片腕で蔽い、もう一つの腕で娘を抱き寄せて、よろよろと壁際に退った。

鈍い、ドスンという大きな音が部屋中に響き渡った。二人は来るべき惨事を予想して目を瞬き、溺れかけた人間のように互いにしがみついたまま床に倒れた。すると、怒れる地獄の底から聞こえて来るような、長い耳障りなシュウシュウいう音が続いた。いやな臭いが二人の喉をとらえ、部屋中に濃い息詰まる煙が立ちこめた。

やがて臭いも煙も少し薄まって来た。二人は力が抜け、動揺していたが、しまいに身を起こして床に坐った。その時、最初に目に留まったのは、あの箱だった。箱は無事部屋の隅にあったが、今も蓋のまわりから小さな蒸気の渦巻が洩れていた。

「まあ、可哀想なゼロ！」娘は奇妙な泣き笑いをして、叫んだ。「本当に可哀想なゼロ！　あの人、胸が張り裂けちゃうわ！」

サマセットはまっすぐ二階へ駆け上がった。客間の扉はいつもと違って、鍵が掛かっていなかった。中にとび込むと、ゼロが奇妙に落胆した姿勢でソファーに坐っていた。傍らにまだ飲んでいないグロッグの杯があり、放心状態でいるように見えた。おまけに部屋は滅茶苦茶だった。箱があちこちに引っくり返り、床に鍵やその他の道具が散らばっていて、その混乱のさなかに女物の手袋が落ちていた。

「僕は」とサマセットは言った。「終わりにしに来たんです。あなたがただちに計画をすべて放棄するか、（いかなる代償を払おうと）僕があなたを警察に告発するかです」

「ああ！」ゼロはゆっくり首を振って、こたえた。「遅すぎましたね、君！　わたしはもう希望を失い、笑い物に、嘲（あざけ）りの的になってしまいましたよ。わたしは」と穏やかな、意気消沈した様子で言い添えた。「物語をあまりたくさん読んでいませんが、わたしの今の状態を的確に言い表わす文句が何かにあったのを憶えています。ごらんの通り、わたしはここに『破れた太鼓のように』坐っているんです」

「何があったんです?」とサマセットは言った。

「わたしの最後の爆弾一式が」謀略家は懶(ものう)げにこたえた。「他のすべてと同様に、空っぽな贋(まが)い物、偽物だったんです。素材を混ぜても、ぜんまいを調整しても無駄なわけです。わたしはもうすっかり信望を失って、（親愛なる君を除いては）誰にも顔向けできません。手下でさえわたしに食ってかかりました。わたしは今日、何というひどい言葉を聞いたことでしょう。何という偏狭な感情を、何という辛辣(しんらつ)な表現を向けられたことでしょう！　彼女は一度ここへ来ました。動揺していましたから、そのことは許せるでしょう。ところが、また戻って来ました。戻って来て、わたしを打ちのめすこの報せを伝えたんです。それに、サマセット、彼女はじつに無情でした。そうです、君、わたしは苦杯を飲んだのです。女の言葉というのはじつに……いや、いや！　わたしを告発したければ、しなさい。君は死者を告発するだけです。わたしはもう死にました。この人生最大の危機にあって、不正確で空想的でさえある作品からの引用が、頭から離れないのは奇妙ですな。でも、こんな文句を思い出します――『オセロのすることはなくなった』〔シェイクスピア「オセロ」第三幕第三場の台詞からの引用〕。そうです、親愛なるサマセット君、なくなってしまったんです。わたしはもう爆弾魔ではありません。お訊ねしますが、あんな喜びを味わったあとに、どうして栄光のない生活に身を落とせるでしょう?」

「僕がどんなにホッとしたか、口では言い尽くせませんよ」サマセットは床の中央に引っ張り出してある箱に腰かけて言った。「情にほだされてあなたを赦したくなっていたんです。それに決闘みたいなことは大嫌いですから、あなたの報せは両方の理由で、僕を喜ばせます。でも、この箱の中で何かカチカチいっているような気がするんですが」

「ええ」ゼロはやはり気怠げな態度でこたえた。「五、六個始動させておきましたからね」

「神よ！」サマセットは跳び上がって、叫んだ。「機械をですか？」

「機械！」陰謀家は苦々しげに言った。「機械ですとも！　自分が作ったのだと思うと赤面します。ああ！」両手に顔を埋めて、「こんなことを言う羽目になるとは！」

「気狂いめ！」サマセットは叫んで、相手の腕をつかんだ。「一体どういうことなんだ？　本当にこの悪魔的な仕掛けを始動させたのか？　僕らはここで吹っ飛ばされるのを待っているのか？」

「『自分の仕掛けた爆薬に吹き飛ばされる』〔「ハムレット」第三幕第四場からの引用〕ですかな？」陰謀家は思いに耽りながら、こたえた。「また引用が出たぞ。稀代だな！　ですが、実際、わたしは頭脳が麻痺しているんです。そうですよ、わたしは装置を始動させました。あなたが今腰かけている奴は三十分後に時間を合わせてあります。あっちの奴は――」

「三十分だって！」サマセットは震えおののきながら、鸚鵡返しに言った。「何ともはや、三十分後だって！」

「ねえ、何をそう興奮しているんです？　わたしのダイナマイトはタフィーほども危険ではありませんよ。わたしに独りっ子がいたら、玩具にくれてやります。この欠片をごらんなさい」ゼロは実験台から忌まわしい化合物の塊を取り上げて、語りつづけた。「これは触っただけで爆発するはずなんです。しかも、街のこの一画に瓦礫を撒き散らすほどの強烈な破壊力でね。でも、そら、ごらんなさい！　床にぶつけますよ」

サマセットは前にとび出し、恐怖のあまり無我夢中で欠片を相手の手から捥ぎ取った。「やれやれ！」額を拭いながらそう叫んで、母親が初めての赤ん坊を扱うよりももっと注意深く、爆発物をこわごわと部屋の向こうの端へ運んだ。謀略家はというと、両腕をまた脇に垂らし、気が抜けたように見守っていた。

「そいつはまったく無害なんです」彼はため息をついた。「煙草みたいに燃えるそうです」

「運命の神の名にかけて」サマセットは叫んだ。「こんな狂った真似を続けるとは、一体僕があなたに、あるいは、あなたが自分自身に何をしたというんです？　あなた自身のためでなければ、僕のためにこの命運の尽きた家から出ましょう。じつを言うと、ここにあなたを置いて行く勇気がないんです。それから、もし忠告を聞いてくれるなら、そしてあなたの決心が本気なら、すぐこの街を去りなさい。ここにはもうあなたを引き留める用事はありませんからね」

「わたしもそう思っていたところです。君の言う通り、もうここに用はない。ささやかな荷物をまとめたら、わたしと簡単な食事をして、駅まで一緒に行って、失意の男の最後を見とどけて下さい。でも」彼は未練そうに箱を見ながら、言い足した。「できれば、はっきり確かめたかった。手下が何か不手際をしたと疑わずにいられないんですよ。欲目かもしれませんが、その考えを捨てられません。科学者の弱点かもしれませんがね。しかし」といささか力をこめて叫んだ。「わたしの可哀想なダイナマイトがちゃんと扱われたとは、どうしても信じられないんです！」

「五分！」サマセットは恐ろしげに時計をチラと見て、言った。「もし今すぐ荷造りしないなら、置いて行きます」

「必要な物が二、三あります」とゼロはこたえた。「必要な物がほんの二つ三つ。親愛なるサマセット、そうすれば出かけられます」

彼は寝室に入り、不幸な連れにとっては永遠とも思われた時間のうちに、開いたグラッドストーン鞄を持って戻って来た。依然恐ろしく悠々とした動作で、大事な箱を愛しげにながめながら、客間を行ったり来たりして二、三の小物を集めた。最後にダイナマイトの四角い塊の一つを取り上げた。

「それを下に置きなさい！」とサマセットは叫んだ。「もしあなたの言うことが本当なら、その神を畏れぬ禁制品を持って行く必要はないはずだ」

「ただの骨董品ですよ」ゼロはもっともらしくそう言って、塊を鞄に滑り込ませた。「単なる過去の記念です——ああ、幸せな過去、輝ける過去！　強い酒を一杯やりませんか？　要らない？　あなたは非常に節制家ですな。まあいい。もし結果を待つ好奇心が本当にないのでしたら――」

「僕にですか！　僕は逃げ出したくて、血が煮え返っているんです」

「そうですか。では用意ができました。喜んで行くと言いたいところですがね。しかし、崇高な努力の舞台をこんな風にして去ることは――」

サマセットはもう何も言わず、相手の腕をつかんで階下へ引っ張って行った。玄関の扉がバタンと音を立てて閉まり、屋敷は無人になった。青年はなおもグズグズしている連れを引き摺りながら、広場を渡って、オックスフォード街の方向へ向かった。庭の角をまだ通り過ぎないうちに、ドスンという異様に大きな音がしたので、二人は立ちどまった。と、そのあとに、また耳を聾する音がした。サマセットがふり向いたちょうどその時、屋敷が真二つに裂けて焔と煙を吐き出し、たちまち崩れて地下室に落ち込んだ。同時に、彼は激しく地面に投げつけられた。最初に見たのは、ゼロの方だった。謀略家はキリキリ舞いをして、庭の柵にぶつかった。彼はグラッドストーン鞄を胸にひしと抱きしめてそこに立っていたが、安堵と感謝の念に満面を輝かしていた。青年は彼がこうつぶやくのを聞いた。「今こそ逝かしめ給うNunc dimittis, nunc dimittis!〔「ルカ伝」2の29〕」

人々の驚愕は言語を絶していた。ゴールデン広場全体が、慌てて駆けまわる大人や子供で溢れ返った。人々は兎穴の兎のように家の戸口からとび出したり、とび込んだりした。サマセットはこのどさくさにまぎれて、そこを中々去ろうとしない謀略家を引き摺って行った。

「素晴らしかった」とゼロはつぶやきつづけた。「筆舌に尽くし難いほど素晴らしかった。ああ、緑のエリンよ、緑のエリンよ、何という栄光の一日だろう！　そしておお、わが譏られしダイナマイトよ、汝は何と素晴らしき勝利を収めたことか！」

　彼の顔を急に影が横切った。彼は歩道の真ん中に立ちどまって、時計の文字盤を見た。「何てことだ！　口惜しいな！　七分早すぎた！　ダイナマイトは期待を上まわったが、時計仕掛けが、気まぐれな時計仕掛けが、またしてもわたしを裏切った。ああ、失敗の混じらぬ成功というものはあり得ないのか？　この記念すべき日にも影がささねばならないのか？」

「大馬鹿野郎め！」とサマセットは言った。「一体何をしたんだ？　罪もない老婦人の家と、おまえと親しくするほど間抜けだった唯一の人間の全財産を吹っ飛ばしたんだぞ！」

「あなたにはこういうことは理解できませんよ」ゼロは威厳を持ってこたえた。「この事件はイギリスを心の底まで震撼させるでしょう。グラッドストーンは、あの残忍な老いぼれは、復讐の神に指差されて怖気づくでしょう。そしてわたしのダイナマイトが実際に使えると証明されたからには――」

「大変、それで思い出した！」サマセットがふいに叫び出した。「鞄に入っている塊を今すぐ始末しなきゃいけない。だが、どうやって？　もし川に投げ込めるなら――」

「竜巻だ」ゼロは顔を輝かせて言った。「テムズ川に竜巻が起こる！　素晴らしい思いつきです！　あなたには一流の無政府主義者になる才能がありますぞ」

「本当か！」サマセットは言い返した。「それはまずいな。すると、おまえが持って行くしか仕方がない。さあ、それじゃ、さっさと汽車に乗ってくれ」

「いや、いや」ゼロは逆らった。「もうここを去る必要はなくなりました。わたしは名誉を回復しました。わたしの名声は赫々たるものになります。こいつは今までにやった最高の仕事なんです。今ここからも、〝ゴールデン広場の凶行〟の首謀者を拍手喝采して迎える人々の姿が見えますよ」

「若き友よ」とサマセットは言い返した。「君に選ばせてやる。僕は君が無事汽車に乗るか、無事牢屋に入るのを見とどけるつもりだ」

「サマセット、あなたらしくもない！」と化学者は言った。「驚きますね、サマセット」

「最寄りの警察署に着いたら、もっと驚くだろうさ」サマセットは激怒というに近い感情で言い返した。「一つの点で僕の考えは決まっているからだ。おまえはその塊も何もかもひっくるめてアメリカへ送られるか、牢獄で晩飯を食べるかだ」

「一点見過ごしているようですな」ゼロは腹も立てずに言った。「というのも、哲学者として言いますと、あなたがわたしを強制するいかなる手段があるか、わからないからです。それは――」

「いいか、よく聞け」サマセットは遮った。「おまえは科学のこと以外何も知らないが、科学はけして真の知識とは思えない。僕は人生を学んだから教えてやるけれども、僕がただ手を上げて、大声で叫べば――この街路の――この人混みで――」

「何とまあ、サマセット！」ゼロは死人のように青ざめ、立ちどまって叫んだ。「天にましま す偉大なる神よ、これは何という言葉でしょう！　ああ、冗談にも、たとえ冗談にもそんなこ とを言うべきではありませんよ。乱暴な群衆、野蛮な感情……サマセット、後生だから酒場へ 行きましょう！」

サマセットはふたたび好奇心が目醒めて、相手をつくづくと見た。「これはじつに興味深い。 そういう死に方が怖いんだな？」

「怖くない者がいますか？」と謀略家は言った。

「それで、ダイナマイトで吹っ飛ばされるのは」と青年はたずねた。「きっと、あんたには一 種の安楽死だと思われるんだね？」

「失礼ですが」とゼロはこたえた。「わたしは職業柄、日々その危険を冒して来ましたから、 誇りを持って認めますが、それは人間の心にはひどく不愉快な死です」

「もう一つ質問させてくれたまえ」とサマセットは言った。「あんたは私刑に反対だろうね？ なぜだい？」

「それは暗殺だからです」謀略家は穏やかに言ったが、質問を不思議がるように眉を少し吊り 上げた。

「握手してくれ」サマセットは叫んだ。「有難いことに、僕はもうあんたに悪感情を持っていない。あんたが処刑台にぶら下がるのを見たくてたまらないが、しごく満足して、あんたの旅立ちをお手伝いできる」

「おっしゃる意味が良くわかりませんが」とゼロは言った。「きっと親切に言ってくださるんでしょう。旅立ちについて言うと、もう一つ考えねばならない点があります。わたしは資金を調達するのを怠っていました。わたしのささやかな持金は、歴史が〝ゴールデン広場の凶行〟と呼んで語り伝えるであろうもののために使い尽くしてしまいました。それにお銭という、逞しいが下品な名前で呼ばれるものがないと、大洋を渡ることはできないことにお気づきでしょう」

「僕にとって」とサマセットは言った。「おまえはもう人間じゃない。おまえは靴の泥落としほども僕に何かを要求する権利はない。しかし、おまえが狼狽ているのは気の毒だから、極端なことはできないんだ。僕は今日まで、愚かなことは愉快だとずっと思っていた。今はそうじゃないことを知っている。おまえの阿呆面を見ると、笑いが吐き気のようにこみ上げて、血のように苦い涙が目に滲んで来る。これは何の予兆だろう？　僕は疑いはじめた。懐疑主義への信念が失くなって来た。あり得るんだろうか？」彼は一種の自己嫌悪をおぼえて叫んだ——「僕が善悪を信じるなんて、考えられるだろうか？　僕はすでに自分が個人的名誉という偏見の囚になっているのを知って、信じられないほどびっくりしている。この変化は進まねばならないんだろうか？　おまえが僕から若さを奪ったのか？　僕はこの年齢でありきたりな常識人に落ちぶれなければならないんだろうか？　しかし、この木偶の坊に話したって、しようがない。もうやめよう。おまえを女や子供の中にいさせることはできないが、避けられるものなら告発はしたくない。金がないんだって？　よし、そんなら僕の金を持って行け。もしも僕が明日以降おまえの顔を見たら、その日がおまえの最後の日だ」

「この状況では」ゼロはこたえた。「あなたの申し出を拒わるわけにいかないようです。あなたの言葉遣いはわたしを苦しめるかもしれないが、驚かせることはできません。我々のような物の見方をするには少し訓練が必要ですからな。ささやかな道徳的衛生とでも言いましょうか。そしてあなたの性格のうちでつねにわたしを魅了してきた点の一つは、この愉快な率直さです。少し立替えていただくお金は、フィラデルフィアから送金しましょう」

「しなくていい」とサマセットは言った。

「あなた、わかっていませんね」と陰謀家は言い返した。「わたしはまた信用を得て上層部の人々に迎えられるでしょうし、実験が金づまりで滞ることは、もうないでしょう」

「僕が今しようとしていることは犯罪だ」とサマセットはこたえた。「たとえおまえがヴァンダービルトみたいな大金持ちになっても、僕がこのけしからん使い方をした金を返してもらうのは真っ平だ。この金を受け取って、持ってろ。いやはや、おまえとの三日間が僕を古代ローマ人に変えたんだ」

こう言うと、サマセットは通りかかった辻馬車を呼び、二人はすみやかに鉄道駅へ行った。

そこで、ゼロが一つの誓いを立てさせられたあと、金は持主を変えた。

「さあ、これで」とサマセットは言った。「有金はたいて名誉を買い戻したぞ。僕は神に感謝する——この先餓え死にするしかないけれども、ゼロ・プンパーニッケル・ジョーンズ氏とのしがらみから解放されたことを」

「餓え死にですと！」ゼロが叫んだ。「そんなこと、考えただけでも耐えられません」

「切符を買え」とサマセットは言った。

「あなたは癇癪（かんしゃく）を起こしているようだ」とゼロは言った。

「切符を買え！」青年は繰り返した。

「うむ」謀略家は切符を手に戻って来ると、言った。「あなたの態度はじつに奇妙で刺々（とげとげ）しいですから、握手をして下さいと言うべきかどうかわかりませんな」

「人間としてなら、駄目だ」とサマセットはこたえた。「しかし、毒か地獄の焰を汲み上げる井戸とするようになら、おまえと握手することに異存はない」

「随分冷たいお別れですな」爆弾魔は嘆息をつき、なおもサマセットをうしろに連れてプラットホームを下りはじめた。ホームは乗客でごった返していた。リヴァプール行きの列車がもうすぐ発車するところで、べつの列車がすでに到着していたため、二重の人の流れがあって身動きも取れなかった。しかし、本屋のそばへ来ると空（す）いた場所があり、ここで陰謀家の注意は大判の「スタンダード」紙に引かれた。それには「第二版。ゴールデン広場の爆発」という文字が書いてあったのである。彼の目が明るくなった。ポケットに手を入れて必要な硬貨を探しながら、彼は前に跳び出した——鞄が露店の隅に強くぶつかった——すると、たちまち恐るべき音を立ててダイナマイトが爆発した。煙が晴れた時、露店は滅茶苦茶に壊れており、店員が恐怖にかられて残骸から逃げ出して行くのが見えた。しかし、アイルランドの愛国者も、グラッドストーン鞄も、それらしい残骸は見あたらなかった。

サマセットは恐怖にかられた人々の大騒ぎに乗じて逃げ出し、ユーストン通りへ出た。頭がクラクラし、身体は空腹で気持ちが悪く、ポケットには一銭もなかった。だが、舗道を歩いていると、不思議なことに胸のうちに一種の安らかな喜びが、大いなる満足が、いわば神聖なものがそこにいて、運命は優しいという感覚があった。たとえ最悪の事態になっても、ゼロが抹殺されたからには、多少の慰めを持って餓え死にできると思った。

午後遅く、彼はゴッドオール氏の店の戸口にいた。長いこと物を食べないためにすっかり元気がなくなり、自分が何をしているのかも考えずにガラス戸を開けて、中に入った。

「これはこれは！」とゴッドオール氏は言った。「サマセットさんじゃありませんか！　どうです、冒険に出会いましたか？　お約束の物語はありますか？　どうぞ、お掛けなさい。特製銘柄の葉巻を選ばせて下さい。そのかわり、あなたの最高の語り口でお話を聞かせて下さいよ」

「僕は葉巻なんか吸えないんです」とサマセットは言った。

「本当ですか！」とゴッドオール氏は言った。「しかし、よくよく拝見すると、お変わりになりましたな。あなた、何かお困りなんじゃありませんか？」

サマセットはわっと泣き出した。

「シガー・ディヴァーン」のエピローグ

去年の十二月、横殴りの雨が降る日の午前九時から十時の間に、エドワード・チャロナー氏は傘をさして、ループパート街の「シガー・ディヴァーン」の戸口へ現われた。彼はそこに今まで一度しか行ったことがなかった。行ったあとに起こった出来事の記憶と、サマセットを恐れる気持ちが再訪を妨げていたのだ。今でさえ入る前に中を覗(のぞ)き込んだが、店に客はいなかった。カウンターのうしろにいる青年は帳面に何か書き込むのに熱中して、チャロナーが来たことに気づかなかった。二度目にチラと見た時、青年が誰かわかったとチャロナーは思った。

「何と、間違いなくサマセットじゃないか!」

これこそ彼が注意深く避けていた人物だったが、彼がなぜかお客に応対する立場だということが、嫌悪を好奇心に変えた。

「『華やかなる円屋(ロタンダ)は天に冲(ちゅう)する』」店員は詩句を練るといった口調で、独りごちた。『お円屋(オロタンダ)』としてはやりすぎだろうな。でも、気高い響きになるのになあ!『華やかなるお円屋(オロタンダ)は天に冲する』しかし、そこが芸術の辛(つら)いところだ。優れた効果が見つかると、意味に関するつまらないことが始終邪魔に入るんだ」

「サマセット君」とチャロナーは声をかけた。「これは仮装パーティーなのかね?」

「何だ? チャロナーか!」と店員は叫んだ。「会えて嬉しいよ。ちょっと待ってくれ。ソネットの八行連句を書き上げてしまうからね。八行連句だけだ」そう言うと親しげに手を振って、またぞろ詩神(ミューズ)の商売に没頭した。「ねえ」とやがて面(おもて)を上げて、言った。「君は素晴らしく保存状態がよろしいようだね。あの百ポンドはどうした?」

「ウェールズの大伯母さんからささやかな遺産をもらったのさ」チャロナーはつつましくこたえた。

「ああ」とサマセットは言った。「僕は遺産相続の合法性というものを大いに疑うね。僕が思うに、遺産は国家が没収するべきだ。僕は今、社会主義と詩の段階を通っているんだよ」彼は温泉療法のことでも言うように、弁解がましくつけ加えた。

「それで君は本当にこの――場所の人なのかい?」チャロナーは「店」という言葉を巧みに避けて、たずねた。

「売子ですよ、お客様、売子でございます」相手は詩をポケットに入れて、こたえた。「幸福にして輝かしきお方のお手伝いをしているんです。煙草を差し上げますか?」

「うむ、僕はどうも……」チャロナーが言いかけた。

「気にするなよ、君」と店員は言った。「僕らはこの仕事を非常に誇りにしているんだ。それに、じつをいうとね、ここの親方は倫理という観点から見て人並優れた人物であるのみならず、文字通り王侯の腰から生まれたんだ。『我はゴッドオールの熱烈な支持者なり(ドゥ・ゴドール・ジュ・スイ・ル・フェルヴァン)。』ゴッドオールはただ一人しかいない——ときに、君」チャロナーが葉巻に火をつけていると、彼は言い足した。「探偵商売はどんな具合だったね?」

「僕はやってみなかった」チャロナーは素っ気なく言った。

「そうかい、僕はやったぜ」サマセットはこたえた。「そして天下無双の滅茶苦茶をやらかした。金を全部失くして、自分自身をまんまと非難と嘲笑の種にした。あの仕事にはね、チャロナー、人知れぬ苦労があるよ。実際、どんな仕事だってそうなんだ。人間は仕事を信じなければ、あるいは、信じるという信念を持たなければいけない。だから配管工は下等だと言われるんだ。誰も配管工事を信じられないからだよ」

「ところで」とチャロナーが訊いた。「今も絵を描いてるのかい?」

「もうやめた」とポールはこたえた。「でも、ヴァイオリンを習おうかと思ってる」

探偵商売の話が出てから、チャロナーの視線はやや落ち着きなくさまよっていたが、この時ふとカウンターの上に広げてある朝刊の記事に目が留まった。

「何と、こいつは妙だ!」と彼は叫んだ。

「何が妙なんだい?」とポールがたずねた。

「いや、何でもない。ただ、前に一度、マグワイアという人物に会ったことがあってね」

「僕もだ！　彼のことが何か載ってるのか？」

チャロナーは次のような記事を読んだ。「ステップニーで謎の死。昨日、大工を自称するパトリック・マグワイアの死体の検死が行われた。ドーヴァリング医師によると、医師はしばらく前から診療所の患者として故人を治療して来た。不眠症、食欲減退、神経衰弱の症状の故であった。死因は判明しなかった。故人は体力が衰えていたようだと医師は言う。故人は節制家ではなく、そのことが死を早めたのは疑いない。故人は悪寒のしない瘧（おこり）の症状を訴えていたが、証人ははっきりした病を見つけることができなかった。故人に家族がいるという話も聞かなかった。彼は知力の不健全な人物で、自分が秘密結社の一員であり被害者だと信じている、と医師は考えていた。敢えて意見を述べるとすれば、故人は恐怖のあまり死んだのだろうと医師は言う」

「その医者の言うことは正しいだろう」とサマセットは言った。「チャロナー君、僕は奴が死んだと聞いて安心したよ。だから――いや、結局」と言い足した。「哀れな奴、あいつも相応の目に遭ったんだ」

この時、扉が開いて、デスボローが戸口に現われた。ボタンの欠けた長いレインコートに身をつつんでいた。長靴には水が入り、帽子は使い古して油じみていたが、人生にすこぶる満足している様子だった。彼は二人に驚きと歓迎の叫び声で迎えられた。

「それで、君は探偵業を試みたのかい?」とポールがたずねた。

「いや」とハリーはこたえた。「ああ、やることはやったな、片手間にだがね。二回やって、二回共見つかってしまった。でも、僕の——僕の妻がここに来ているはずなんだがね」とまごつきながら自慢げに言い足した。

「何だって! 結婚したのか?」とサマセットが叫んだ。

「ああ、そうだ」とハリーは言った。「大分前にね。少なくとも、もう一月(ひとつき)になる」

「金は?」チャロナーがたずねた。

「そこが一番の問題なんだ」とデスボローは認めた。「僕らはひどく金に困ってる。でも、王——ゴッドオールさんが何とかしてくれるはずだ。その件でここへ来たんだよ」

「奥様は何とおっしゃるんだい?」チャロナーが社交的な人間の口調で言った。

「ラクスモア嬢だ」とハリーはこたえた。「君たちも、きっと彼女が気に入るよ。僕よりずっと賢いからね。それに物語を語るのが素晴らしく上手なんだ。本よりも面白いよ」

ちょうどその時、扉が開き、デスボロー夫人が入って来た。サマセットは〝余分な屋敷〟の若い御婦人を認めて思わず声を上げ、チャロナーはチェルシーの女魔法使いを見て一歩うしろに退り、くわえていた葉巻を口から落とした。

「何だ!」とハリーは言った。「二人共、妻を知ってるのかい?」

「会ったことがあると思う」サマセットは少し乱暴に言った。

「この紳士にはお会いしたと思うわ」デスボロー夫人は可愛らしく言った。「でも、どこでだったか、全然わかりません」

「そうです」サマセットは熱をこめて言った。「どこでだったか――僕にもわかりません――思いつきません。実際」彼は次第に語気を強めて、言葉を続けた。「人違いの可能性が高いんじゃないかと思います」

「君は？　チャロナー」とハリーがたずねた。「君も妻に見憶えがあるようだが」

「二人共、お友達なの、ハリー？」と御婦人は言った。「嬉しいわ。チャロナーさんにお会いした憶えはないけれど」

チャロナーは顔が真っ赤になったが、たぶん葉巻を手探りで探したからだろう。「僕もお会いした記憶はありませんね」とかすれた声で答えた。

「それで、ゴッドオールさんは？」デスボロー夫人はたずねた。

「あなたなんですか、お約束があるというのは……」サマセットは言いかけたが、顔を赤らめて言葉を切り、「さようでしたら、さっそくお取次ぎいたします」

店員はそう言うとカーテンを開け、扉を開いて、家の裏手に建て増しされた小さな別館の中に入った。屋根を打つ雨が快い音を立てていた。壁には地図や版画や、二、三の参考図書が並んでいた。テーブルにはエジプトとスーダンの地図とトンキンの地図が載っており、その上に、彩色したピンで、異なるいくつかの戦争の進展が日毎に追ってあった。いとも繊細な煙草のほのかな快い香りが空気に漂い、厭な臭いのする石炭ではなく、樹脂を含んだ薪の火が、綺麗な焔を出しながら、銀の架台の上でおしゃべりしていた。ゴッドオール氏はこの優雅で質素な部屋に坐って、朝の黙想に耽り、物静かに暖炉を見つめながら屋根に降る雨の音を聴いていた。

「おや、サマセット君」と彼は言った。「昨夜から何か新しい政治原理を取り入れたのかね?」

「例の御婦人です」サマセットはまた顔を赫らめて言った。

「君は彼女に会ったことがあるだろうね?」とゴッドオール氏は言った。サマセットが「はい」と答えると、「ひとつ言っておいても、かまわんだろうね」と言葉をつづけた。「この御婦人は過去をすっかり忘れたがっているかもしれない。紳士同志の間でこれ以上の言葉は必要あるまい」

そのあとすぐゴッドオール氏は、いかにも彼にふさわしい威厳のある慇懃な態度でデスボロー夫人を迎えた。

「マダム、賤が家にお迎えできて嬉しく思います」と彼は言った。「ただお越しいただくだけなら不毛な礼儀であり、わたし個人の喜びにすぎませんが、それがあなたとデスボロー氏のおためになれば、嬉しさはひとしおでありましょう」

「殿下」とクララはこたえた。「初めにお礼申し上げなければなりません。不運な人間のことをこうしてお取り上げ下さるとは、お噂の通りでございます。それに、ハリーに関して申しますと、あの人はお助けになるにふさわしい人です」と言って、言葉を切った。

「しかし、あなた御自身は?」とゴッドオール氏は仄めかした――「今、その話をなさろうとされたのだと思いますが」

「殿下はわたしの言うべきことを言っておしまいになります。わたし自身は、そうではございません」

「わたしは人を裁くためにここにいるのではありません」と王子はこたえた。「まして御婦人ならば、なおさらです。わたしはもう、あなた御自身やほかの何百万という人々と同じ私人ですが、今でも平和の側に立って闘う人間です。さてマダム、あなたが過去に人類に対して何をしたかは、わたしよりもあなたの方が良く御存知ですし、あなたよりも神の方が良く御存知です。わたしは質問はいたしません。わたしに関心があるのは未来ですし、わたしが安全を求めるのは未来のためなのです。わたしは不実な戦闘員の手に喜んで武器を渡しはしませんし、私的で野蛮な戦争を始める者を金持ちにしようとも思いません。厳しいことを言うかもしれませんが、これでも言葉を選んでいるのです。わたしはあなたが女性であることをたえず自分に言い聞かせていますが、一つの声が、あなたがその生命と五体を危険にさらした子供たちのことをたえずわたしに思い出させます。一人の女性と」彼は厳かに繰り返した――「子供たち。おそらく、マダム、あなた御自身が母親になられた時、この言葉の厳しさを身にしみて感じるでしょう。おそらく、あなたが夜、揺籠の傍らに跪く時、いかなる恥辱よりも重い恐怖があなたに圧しかかるでしょう。そして、あなたの子供が病気の苦しみと危険のうちに横たわっている時、あなたは造物主の前に跪くことをためらうでしょう」

「あなたは咎を御覧になって」と彼女は言った。「理由を御覧になりません。圧制の物語をお聞きになって、あなた御自身の胸が躍ったことはありませんか？　でも、ありませんわね！　あなたは玉座にお生まれになったんですから」

「わたしは女から生まれました」と王子は言った。「他の乳飲み子同様、鶚のようにかよわく、母の苦悶のうちから出て来たのです。このことをあなたはお忘れだが、わたしは今も良く憶えています。あれは英国の詩人ではありませんでしたかな――その詩人は大地を見渡して、巨大な城壁や、機動する無数の部隊や、海上の戦艦や、海岸に上がる大きな戦の土煙を見ます。そして、かくも多くの苦しい準備をする原因を探しまわっていると、しまいに、すべての中心に母親と赤ん坊を見つける。マダム、これがわたしの政治学です。詩はコヴェントリー・パトモア氏〔イギリスの詩人。一八二三―一八九六〕のものですが、わたしはそれをボヘミア語に訳させました。さよう、わたしの政治学はこういうものです――変えられることは変える。改善できることは改善する。それでも、人間は何か寛大な信念や賦課によって、かろうじて足枷をかけられている悪魔なのだということを肝に命じており、いかに気高く聞こえる言葉のためにも、いかに正当で敬虔な大義のためにも、こうした束縛を緩めたりはしないのです」

しばらく沈黙があった。

「マダム」と王子は言った。「わたしはあなたをうんざりさせているのではないかと思います。

わたしの考えはわたし自身のように固苦しいし、わたし自身のように、やはり古くなって来ました。それでも、お答えいただかねばなりません」

「わたしに言えることは一つだけです」とデスボロー夫人は言った。「わたしは夫を愛しております」

「良い答です」と王子は言った。「あなたは良い感化力をお挙げになりましたが、命と共に終わる必要のないものはありませんか」

「あなたのような御方を相手に自尊心を玩ぶつもりはありません」と夫人は答えた。「わたしに何をお求めですの？　抗議ではありませんわね。わたしは何を申したら良いんでしょう？　弁解もできないし、二度とするつもりもないことをたくさんやって来ました。それ以上のことが言えるでしょうか？　そう、これだけは言えます。わたしは頭の悪い政治的なお伽話で自分を欺いたことは一度もありません。少なくとも、報復を受ける覚悟はしておりました。わたし自身が戦争を――あるいは、もっとはっきりした言葉がよろしければ、人殺しを――始めている間、敵を暗殺者だといって非難したことは一度もありません。わたしの攻撃する人々がわたしの首に懸賞金をかけた時も、義人ぶった嫌悪を感じたり、感じるふりをしたことはありません。警察官を金めあての雇い人と呼んだこともありません。手短に言えば、わたしは犯罪者だったかもしれませんが、けして馬鹿ではありませんでした」

「十分です、マダム」と王子は言った。「十分すぎるほどです！　暗殺者ですら感傷家であるこの時代、わたしの目からしますと知的な聡明さに勝る美徳はありませんから。それではお退りいただきましょう。鈴が鳴ったところを見ますと、わたしの旧友であるあなたのお母様が、もうそこに来ていらっしゃるようですからな。あの人を相手に最善を尽くすとお約束します」

デスボロー夫人が「ディヴァーン」に戻ると、王子はもう一方の側の扉を開けて、ラクスモア夫人を中に入れた。

「マダム、わが良き友よ」と彼は言った。「わたしの顔はそんなに変わりましたか？　もうゴッドオール氏がフロリゼル王子だとわからないほどに？」

「たしかに殿下ですわ！」彼女は眼鏡ごしに相手を見て、叫んだ。「つねづね殿下を非の打ちどころのないお方と思って来ました。御境遇がお変わりになったことをうかがって、いつも深く悲しんでおりましたが、わたしの尊敬の念は減るどころか増しているとどうぞお考えになって下さいまし」

「わたしの知人は」と王子はこたえた。「誰でもみんなそうです。しかし、マダム、どうかお坐り下さい。わたしの用件は微妙な性質のもので、お嬢さんに関することなのです」

「それでしたら」とラクスモア夫人は言った。「お話しになる手間が省けますわ。わたしはあの子と関わり合いにならないことにはっきり決めているからでございます。あの子を弁護する言葉を一言も聞くつもりはございません。ですが、わたしは何よりも公正という美徳を重んじますので、わたしの申すことの根拠を御説明申し上げるのが義務だと存じます。あの女は生みの親であるわたしを捨てました。何年間も、ひどくいかがわしい人間たちとつきあっておりますし、破廉恥の総仕上げに、最近結婚したんです。わたしはあの子にも、つれあいとなった男にも会うのをお断わりします。あの子には年に百二十ポンドのお金をやるといつも言って参りました。もう一度、同じことを申します。あの子くらいの齢に、わたし自身がもらっていた金額です」

「結構です、マダム」と王子は言った。「そうなさい！　しかし、べつのことに触れますが、バーナード・ファンショー師の収入はいかほどでしたか？」

「父でございますか？」気骨のある老婦人は言った。「年に七百ポンドだったと思います」

「たしかあなたには御兄弟がいらっしゃいましたね？」

「みんなで四人でございます。四人姉妹でした。こんなことを認めるのは辛いのですが、あれ以上いやらしい家族は英国にほかにありませんわ」

「おやおや！　それでマダム、あなたには八千ポンドの収入があるのでしたね？」

「五千ポンドしかございません。でも、一体どういうところに話を持って行きたいんですの？」

「年に千ポンドの手当てですよ」フロリゼルは微笑んで、こたえた。「というのは、お父上を基準にしていただいては困るからです。お父上は貧しかったが、あなたは裕福です。お父上は貧しいのに、大勢のお子さんがありました。あなたの富を求める人はいません。実際、マダム、痛いところに触れるのをお許し下さるなら、お二人の境遇にはただ一つ共通点があります。どちらも、義務を果たすことよりも活発さで際立っているお嬢さんを持ったことです」

「わたし、罠にかけられてしまったわ」老婦人は立ち上がって言った。「でも、そんなことをしたって無駄です。たとえヨーロッパ中の煙草屋が……」

「ああ、マダム」フロリゼルが遮った。「わたしの没落と称される出来事が起こる以前は、そんな言葉はお使いにならなかったのに！　あなたはわたしが生計を立てている素朴な産業にそのように反感を持っておられるので、一つ申し上げさせて下さい。もし娘さんを養うことに同意なさらないなら、わたしはやむなくあの御婦人を店のカウンターのうしろに置かなければなりません。娘さんがいらっしゃれば、たいそうな呼び物になることは間違いありませんな。それにあなたの義理の息子さんにはお仕着せを着せて、走り使いをしてもらいましょう。若い血が混じれば商売は倍も繁盛するでしょうし、わたしとしてはお二人への感謝の意をこめて、ゴッドオールの名前の隣にラクスモアの名前を掲げねばならないでしょう」

「殿下」と老婦人は言った。「わたしは大変無礼でございましたし、殿下は大変悪賢くていらっしゃいます。あのお転婆娘はこちらにいるんでございましょう。連れて来て下さい」

「それより、こっそり観察しようじゃありませんか」王子はそう言いながら立ち上がって、静かにカーテンを引き開けた。

デスボロー夫人はこちらに背を向け、椅子に坐っていた。サマセットとハリーは興味津々といった面持ちで、彼女の言葉に聴き入っていた。チャロナーは用があると言って、嫌いな女魔法使いのそばから、とうの昔に去っていた。

「その時ね」とデスボロー夫人は話していた。「グラッドストーン氏は卑怯な賊の顔立ちに気づいたんです。彼の口から叫び声が洩れました。その声には勝利と……」

「あれはサマセットさんじゃありませんか！」驚いた老婦人は彼女の声域にある一番高い声で、話を遮った。「サマセットさん、あなた、わたしの家に何をなさったの？」

「マダム」と王子が言った。「わたしに説明させて下さい。その前に、お嬢さんを歓迎なさってください」

「クララ、元気にしているの？」とラクスモア夫人は言った。「わたしはあなたにお手当をあげることになるみたいよ。あなたにとっては助かるでしょうね。サマセットさんについては、喜んで弁解を聞いてあげます。あの事件は高価くついたけれど、じつに愉快でしたからね。ともかく」とポールに向かってうなずいて、言い添えた。「この青年はすごく気に入っているんです。それに、彼の絵は今まで見た中で一番面白い絵でしたわ」

「軽食を注文しておきました」と王子は言った。「サマセット君、この方々はみんな君の友達だから、よかったら一緒にテーブルに着かんかね。店番はわたしがするよ」

解説

ロバート・ルイス・スティーヴンソン（一八五〇—九四）は明治以来我が国で愛され、盛んに翻訳もされた英国作家の一人に数えられよう。

文学というものへの関心が薄れた現在でこそ、一般にはせいぜい「宝島」や「ジキル博士とハイド氏」の作者として名を知られる程度だろうが、これまでに出た翻訳を見ると、手軽に読める文庫本だけでも、「プリンス・オットー」「二つの薔薇」「バラントレーの若殿」「誘拐されて」などの長篇、連作短篇集「新アラビア夜話」、中篇「臨海楼綺譚」などがあるし、単行本やアンソロジーも含めれば、「マーカイム」「一夜の宿」「水車小屋のウィル」「壜の小鬼」「声の島」などの短篇と「寓話集」、また「旅は驢馬を連れて」「若き人々のために」といったエッセイや詩集「子供の歌の園」など、未完の傑作といわれる「Weir of Hermiston」を除いて、代表作はほぼ網羅されている。

中島敦に彼を主人公にした小説「光と風と夢」があることも、この作者の往時の人気のほどをうかがわせる。

ところが、そのスティーヴンソンの小説の中に、これまでわたしの知る限り訳されなかった小説があるのだ。それが本篇「続・新アラビア夜話――爆弾魔 More New Arabian Nights: The Dynamiter」（一八八五）である。

「続・新アラビア夜話」と銘打っているように、これは一八八二年に刊行された『新アラビア夜話』の続篇にあたる。

単行本『新アラビア夜話』の内容は二部に分かれ、第一部は、ボヘミアの王子フロリゼルと従者ジェラルディーンを主人公とした冒険奇譚だ。十九世紀のロンドンをアラビア夜話のバグダッドに、フロリゼルをハルン・アル・ラシッド教主に見立てる趣向である。

一方、第二部は中篇「臨海楼綺譚」と短篇三つからなるが、これらはいずれも独立した作品で、アラビア夜話を下敷きにしているわけでもない。従って、本篇（縮めて「爆弾魔」と呼ぶことにする）は第一部の続篇と言える。

フロリゼルとジェラルディーンは、有名な「自殺クラブ」をめぐる大立ち回りを初めとして、悪人たちを相手に数々の冒険をするが、国を留守にしてそんなことばかりしていたため、ボヘミアで革命が起こり、王子は政権を追われてしまった。そこでルーパート街に煙草屋を開くというのが、この第一部の結びだった。

わたしも時折訪ねて行って、煙草を吸い、おしゃべりをするのだが、殿下は盛んなりし頃と少しも変わらぬ立派な御様子である。カウンターの後ろに坐っておられる姿は、オリュンポスの神さながらの風格をそなえている。坐っていることの多い生活のため、胴衣がややきつくなってきたようにお見受けするが、おそらく殿下は何といっても、ロンドン一男前の煙草屋であろう。(『新アラビア夜話』南條竹則・坂本あおい訳　光文社古典新訳文庫　二八〇頁)

本書は、このフロリゼル王子が威厳に満ちた姿をふたたび見せてくれる作品で、第一部がお気に召した読者にはきっと喜ばれるであろう。

「爆弾魔」はスティーヴンソンと夫人との合作である。ここで妻ファニーについて一言申し上げておこう。

彼女は夫よりも十歳年上で、アメリカのインディアナポリスに生まれた。十七歳で結婚し、夫サミュエル・オズボーンとの間に三人の子を設けたが、一人は夭逝し、一八七六年にスティーヴンソンと出会った時は、二人の子イゾベルとロイドを連れて、パリ郊外のグレ・シュール＝ロワンで絵を描いていた。夫の浮気のため不和となり、別居していたのである。

ファニーはやがてスティーヴンソンと恋仲となり、七九年に彼女がアメリカへ戻ると、スティーヴンソンは周囲の反対を押し切り、アメリカ横断旅行をしてカリフォルニアへ渡り、八〇年にサンフランシスコでファニーと結婚した。

ファニーはその後、夫の看病をしながら彼の仕事を助ける。二人が出会った頃、彼女は雑誌に短篇小説を寄稿しており、文才に恵まれた人だった。そのことは本書を見ても明らかである。

本訳書の底本としたのは、Charles Scribners' Sons から刊行された『The Biographical Edition of Stevenson's Work』であるが、この版の「爆弾魔」の巻に付された夫人の序文によると、この作品は次のような事情から生まれたという。

一八八三年のこと、スティーヴンソン夫妻は南仏の町イエールに滞在していたが、病弱なスティーヴンソンは土地の流行病（はやりやまい）にかかり、しばらく寝込んでしまった。その時、彼は妻に言った——毎日、午後に一時間散歩をして何か物語を考え、それを僕に聞かせてくれと。いわばシャーラザッドの役割をさせたのである。

当時、ロンドンではアイルランド独立を訴える過激派が数回の爆弾事件を起こし、世間の耳目を集めていた。そこで妻ファニーは爆弾テロの陰謀を縦糸としてつながれたオムニバス形式の物語を思いつく。「わたしはモルモンの話から始めて、そのあとたくさんの話を、毎日午後に一つずつしました」と語っている。

夫婦はのちにお金に詰まった時、すぐにできる楽な仕事はないかと考えて、この時の話を本にすることにした。

わたしたちは二人して、思い出せるものを書く仕事に取りかかりました。薄い本が一冊できるくらいのものしか思い出せなかったので、夫がリストにもう一つ、『爆弾 The Explosive Bomb』という話を付け加えました。

ファニーはこう記しているため、「ゼロの爆弾の話」だけがスティーヴンソンの作品だと考える人もいるが、「二人して、思い出せるものを書く仕事に取りかかりました」と言うのだから、場所によって濃淡の差はあれ、全体に両者の手が加わっていると見るべきだろう。

「爆弾魔」は一八八五年に出版されて、好評を博した。読者はこれが合作であることにあまり頓着(とんちゃく)せず、ただスティーヴンソンの新作として受け取っていたことが、当時の評家の言葉からうかがわれる。しかし、これは共作者ファニーにとって不当な態度である。合作の度合いについて評家の意見は現在でも区々(まちまち)だが、先に引用した序文を信ずるならば、全体の構想がファニーによるものだったことははっきりしている。

実際、この作品にはスティーヴンソンの小説らしからぬ著しい特徴がある。すなわち、女性の描き方だ。しばしば言われるように、スティーヴンソンの世界は男の世界であり、女ももちろん出て来るけれども、個性のない脇役にすぎない。それがこの小説では役回りがほぼ逆転して、御覧の通り、クララとその母親という自由奔放な二人の女性が大活躍するのに対し、フロリゼルと爆弾魔ゼロはまあ別格としても、チャロナー以下三人の青年は木偶(でく)人形と言うに等しい。

合作の程度がどうであれ、「爆弾魔」はこのような面白い作品になった。英文学で爆弾テロリストが出て来るユーモア小説としては、オスカー・ワイルドの短篇「アーサー・サヴィル卿の犯罪」があるが、本篇はその先駆と言えよう。あるいはワイルドに直接の影響を与えているかも知れない。

影響といえば、本篇に明らかな影響を受けた小説が二つある。

その一つは、アーサー・マッケンの長篇「三人の詐欺師」（一八九五）である。

これは「白い粉薬の話」「黒い石印の話」など、独立した短篇としても優れた怪奇小説を組み込んだオムニバス小説で、ヘレンという謎の女が不思議な話で男たちを翻弄し、クララと同様の役を演じる。但し、一体何が真実で何が幻想なのかわからない物語の迷宮に読者を迷わせる点では、「爆弾魔」に勝っているかも知れない。

もう一つの作品は「三人の詐欺師」よりもはるかに有名だ。名探偵シャーロック・ホームズの登場を告げるコナン・ドイルの「緋色の研究」（一八八七）である。

ドイルはスティーヴンソンの愛読者で、「ナショナル・レビュー」誌に「スティーヴンソン氏の物語の方法」という文章を寄せている。その中でドイルは、スティーヴンソンの小説はたとえ全体として弱いものであっても、常に「奇妙な、効き目のある語句」や「新しい鮮烈な構想」を持つといい、その例を挙げている――

例えば、「爆弾魔」の中のモルモン教の話は、つながりを持つ話としては尻切れとんぼかも知れないが、谷間に一つポツンと灯った火、雪の中で踊り、叫ぶ白い姿、キャラバンが飢餓に襲われる恐ろしい峡谷を我々はどうして忘れることができよう。

「モルモン教の話」というのは、もちろん本書の第一挿話「破壊の天使の話」である。

この話の筋が「緋色の研究」の第二部「聖徒の国」と似ていることは、両者を比較すれば一目瞭然だし、ドイル自身そのことを認めている。

「聖徒の国」では、身寄りのない少女ルーシーを連れたジョン・フェリアーという男が、アメリカ西部の辺境でモルモンの移民団と出遭い、一緒にソルト・レイクシティへ行って、裕福な農場主となる。養女ルーシーは美しい娘に成長するが、モルモン教の教主ブリガム・ヤングが長老の息子と結婚させようとする。ルーシーを欲しがっているのはドレバー、スタンガスンという二人の男だった。フェリアーは脱出を決意し、ルーシーとジェファスン・ホープという男と三人で街を出る。ホープはルーシーを愛する鉱山師だった。一行は山間（やまあい）の細道を通り、監視の目をかいくぐって旅を続けるが、やがてフェリアーは殺され、ルーシーは街に連れ戻される。

彼女は結局ドレバーと結婚したのち、失意のあまり病気にかかって死ぬ。ホープは復讐を決意し、ドレバー、スタンガスンの二人をイギリスまで追いかけて、ついに殺すが、この事件にホームズが関わるのだ。

「破壊の天使の話」と「聖徒の国」は、粗筋だけでなく細部にも共通点が多い。例えば、「聖徒の国」では、消炭（けしずみ）で書かれた数字――これは約束の期日までの日数を示すものだ――がフェリアーの身辺に現われて、一家を脅（おびや）かす。「破壊の天使の話」の、「開いた眼」の印を想起させるエピソードだ。

ちなみに、「モルモン教」と通称される「末日聖徒イエス・キリスト教会」は一八三〇年にジョーゼフ・スミスが創始した宗派で、初期には一夫多妻制を行っていた。そのためアメリカ連邦政府との軋轢（あつれき）が生じ、両者の対立は一八七〇年代から八〇年代、すなわち「爆弾魔」が書かれた時代、ピークに達していた。

　こうした背景から、アメリカでもイギリスでもこの宗派を邪教とする通念が形作られ、婦女子を拐（かどわ）かすとか、暗く謎めいた秘密組織だとかいった話が、旅行記や通俗小説に描かれた。「破壊の天使の話」も、ドイルの「聖徒の国」と同様、当時のそうした偏見に染められた内容で、読者はくれぐれもここに見える歪曲されたモルモン像を本気で受け取らないでいただきたい。作者自身、この物語がフィクションにすぎないことを明らかにしている。なにしろ、これを語るクララは稀代の法螺（ほら）吹きであり、聞き手のチャロナー青年も彼女の言うことは嘘だとすぐに見抜いているのだから。

　繰り返しになるが、「爆弾魔」は今までなぜか邦訳に恵まれなかった。夫人との共作なので軽んぜられていたのかもしれないが、ファニーの息子ロイド・オズボーンとの共作「箱ちがい」「難破船」「引き潮」は訳されているのだから、どうも腑（ふ）に落ちない。

　わたしは以前坂本あおいさんと一緒に「新アラビア夜話」の第一部を訳して以来、ずっとこの作品のことが気になっていた。今回、ここに翻訳の機会を得たことに感謝する。

二〇二一年春　　訳者しるす

訳者略歴＊南條竹則（なんじょう　たけのり）
1958年生れ。作家。著書に『酒仙』『魔法探偵』『人生はうしろ向きに』他。訳書に『ガブガブの本』『木曜日だった男』他。

爆弾魔（ばくだんま）――続（ぞく）・新（しん）アラビア夜話（やわ）

二〇二一年四月二〇日初版第一刷印刷
二〇二一年四月二三日初版第一刷発行

著　者　R・L・スティーヴンソン／ファニー・スティーヴンソン
訳　者　南條竹則
発行者　佐藤今朝夫
発行所　株式会社国書刊行会
東京都板橋区志村一―一三―一五
電話〇三（五九七〇）七四二一
https://www.kokusho.co.jp
印　刷　三松堂株式会社
製　本　三松堂株式会社
ISBN978-4-336-07203-0